年華似錦 2

風文創 200

天然宅 著

目錄

第二十六章　有驚無險

等到第二天早上，由於要靠丹年指路，慕公子便沒再綁著丹年的雙手。他還要讓丹年坐到他懷裡，然而丹年說什麼都不願意，他只得讓她坐到他身後，兩人依舊共騎一馬。

在丹年指揮下，一行人快速策馬奔馳。

領頭的面具男顯然不信任丹年，多次跟慕公子勸說她的話不可信，說不定會將他們領入圈套之中。

丹年一副「愛信不信隨便你」的樣子，慕公子反倒深信不疑。

事實上，丹年也想過把這群人困死在這大片山林裡，只可惜山林裡不但有河流，還有動物。這群人身手高強，不怕獵不到食物，人多也沒有什麼大型的野獸會來招惹他們，只有逃出去，她才有機會擺脫這群人。

不出兩天，前方已能看到大片草原了，丹年欣喜不已的同時，將滿腔焦慮壓抑在心底，不管有沒有人會來救她，她都要保持冷靜才行。

就在慕公子策馬前行時，領頭的面具男對丹年厲聲喝道：「妳從方才就開始不停往後看，想要什麼花招？」

丹年重重哼了一聲，別過臉去不回答，慕公子回頭盯著丹年，她卻一臉平靜。

正當兩人對視之際，慕公子忽然大喊道：「後面有人追過來了！」說完便用力一甩馬鞭，馬兒頓時狂奔起來。

丹年驚喜地扭頭轉向後方，隱隱能聽到整齊有力的馬蹄聲，也能看到山石道上有模糊的影子。沒多久，就看到一身白衣的沈鈺領頭在最前面衝刺。

慕公子回頭看了一眼，更加使勁催促身下的馬匹。

風在丹年耳邊呼嘯颳過，丹年湊近慕公子的耳朵，大聲喊道：「我哥哥只是為了救我，你放我下去，他們不會為難你們的！」

誰知丹年得不到任何回答，奔馳的速度反而愈來愈快，劇烈的顛簸讓丹年不得不老老實實抱住慕公子的後腰。

就在丹年以為他們要衝出這片山林進入草原之際，慕公子猛然勒住了馬。丹年看到前方停了一隊嚴陣以待的士兵，領頭者正是沈立言。

丹年興奮地喊了起來。「爹！爹！」

不料慕公子一言不發地策馬左轉，一群人跟著他又飛速閃進了山林，七拐八彎之後，甩掉了追兵。

丹年有些失落，眼看親人就在眼前，卻又再一次分別，看向慕公子的眼神也隱隱多了仇恨。

經過一個小山坳時，慕公子停下了馬，原本七、八個人的隊伍已經跑散了，只剩下三、四個人跟著慕公子。

慕公子讓丹年下了馬，讓人看著她，他頓了一下，看了丹年半晌，忽然走了過去，在丹年的驚呼聲中一把掀開她的外袍！

「這是怎麼回事?!」慕公子聲音扭曲地質問著丹年。他手裡抓著丹年的外裙，發現裙子早已被她用匕首割得亂七八糟，露出裡面白色的內裙。

丹年一巴掌重重拍開慕公子的手，卻忽然發現他的手背又細又白，明顯是養尊處優的一雙手，但他在抓著她的手時，手掌內側又布滿了粗糙的繭子，這說明了什麼？

丹年定定地看著慕公子。勒斥人從小生長在草原，歷經風吹日曬，不可能有如此細嫩的手背，只有一個原因，他是大昭人，而且是出身富貴人家的大昭人，手掌上的繭子，是他練武和練字留下來的。

見丹年不語，慕公子要人箝制住她，伸手搜丹年的身，從她的袖子裡搜出了匕首。

「原來我還是小看了妳！」慕公子拿著丹年的匕首，在她白嫩的脖頸上比劃著。這丫頭竟然割下身上的衣服當路標，引人來搭救！

丹年忍不住心驚膽顫，這人已經被她氣昏了頭，會做出什麼事來，她完全不敢想像。

慕公子給她的感覺，就像是個喜怒無常的貴公子，一會兒和風細雨、語意溫柔，一會兒暴躁易怒、反覆無常。丹年覺得自己正面對一個不受控制的瘋子，她的小命隨時可能不保。

匕首壓在丹年脖子上的力道愈來愈大，慕公子低頭看著丹年，隱藏在面具下的面孔猙獰異常。

就在此時，一支羽箭破空而來，擦過慕公子的後腦勺，深深釘在他身後的樹幹上，箭尾還抖個不停。

不遠處，沈鈺帶著大隊人馬趕到，慕公子一把抓起丹年上馬飛奔而去，其他人則緊緊跟在他們後面。

沈鈺緊追在後，他怕傷到丹年，沒敢再放箭，而是指揮士兵包抄，讓慕公子一行人分散開來，他再帶著幾個人追擊被困在慕公子懷裡的丹年。

情急之下，丹年一頭撞上慕公子的下巴，趁他頭昏眼花之際，從馬上滾落下來，重重跌到地上，在草叢裡翻了好幾圈才停下來。

追在後面的沈鈺見到這個情景，三魂七魄都要嚇掉一半了。

丹年落馬時腦子一片空白，搖搖晃晃地站起身後，才發現自己的左胳膊痛得要命。

慕公子停下馬，默默盯著丹年，面具下的臉孔不知道是什麼表情。

丹年好不容易脫離他的掌控，雖然淚水還在眼眶裡打轉，卻是毫不示弱地回瞪他。

眼看沈鈺等人就要到了，慕公子大喝一聲揚鞭，雙腿一夾馬腹，馬嘶鳴了一聲便繼續向前跑去，少了一個人的負荷，馬兒奔跑的速度加快許多，沒多久就看不到影子了。

沈鈺趕到以後，吩咐手下的人繼續追擊，自己則慌慌張張下馬扶著丹年，上上下下檢查了很多遍，看到她只有左胳膊受傷，才鬆了口氣。

丹年仔細看了看沈鈺，他人不僅又黑又瘦，還蓄了鬍子，這哪是她那平時注重個人形象又臭美的哥哥啊！

丹年鼻子一酸就要大哭，沈鈺趕緊捂住她的嘴，不讓她哭出聲來，要是讓人聽出她是個女子，她的閨譽就連裡子都不剩了。

沈鈺將丹年抱上馬趕了回去，此時他不見半點翩翩公子的模樣，而是絮絮叨叨將丹年罵了個狗血淋頭，最後說要不是進山林找了很久，看到沿路有碎布條，還不知道能不能找到丹年。

丹年轉身用完好的右胳膊抱住沈鈺，眼淚開始止不住往下掉，她以為自己再也看不到發作起來跟老太婆一樣嘮叨的哥哥了。

沈鈺教訓了半天，忽然感到胸前一片濕潤，發現丹年把頭埋在他懷裡，像隻做錯了事情的小狗一樣，不禁嘆了口氣，摸了摸她的頭。

到了木奇鎮，沈鈺用披風把丹年裹了個嚴實，只露出一雙眼睛，進了臨時軍部的房間後，丹年才看到沈立言已經在等她了，大概是剛進來吧，他身上還有未來得及脫下來的盔甲。

丹年看到沈立言，剛平息的情緒又起來了，哇的一聲就撲到沈立言懷裡大哭，沈鈺則退了出去，找軍醫過來幫她看胳膊。

丹年顧忌著有外人在場，不敢多說話。軍醫年約五十歲，拍著胸脯向沈立言和沈鈺再三保證丹年只是輕微損傷，只要包紮十幾天，不要亂動，包准跟沒受傷前一個樣。

等軍醫離開，丹年才在沈立言和沈鈺的追問下，說出最近發生的事。沈鈺聽到沈立非和沈大夫人想把丹年當成沈丹荷的陪嫁時，氣得大拍了桌子一下。

沈立言安撫過沈鈺，轉向丹年嚴肅地問道：「這件事，妳大伯父和大伯母明白地跟妳娘提過了嗎？」

「應該沒有，不然娘還會讓她進我們家門嗎？只是大伯母要我去他們家參加宴會，還邀請白家二房夫人，明擺是讓她先來相看我的！」丹年氣惱地說道。

沈立言摸了摸丹年的腦袋，柔聲說道：「丹年別氣，只要爹在，誰都不能左右我們家丹年的婚事！」

丹年又說自己聽廉清清傳來邊境告急的消息就跑去找沈立非，他卻不聞不問，還是她去找蘇晉田父子，才得以解除這次的危機。

沈立言和沈鈺看著丹年，又是驚喜又是訝異。平日看丹年就是個懶懶散散的小丫頭，李慧娘還一直擔心沒有人家願意來提親，現在看來，丹年真是不鳴則已，一鳴驚人。

看到丹年胳膊包紮起來，癟著嘴動彈不得的可憐模樣，沈立言不好指責她什麼，轉而是談起廉清清。

丹年解釋廉清清是兵部廉茂大人的女兒，同時仔細觀察沈立言和沈鈺的表情。

沈鈺應該是記不得廉清清這個未婚妻了，並未有什麼反應，沈立言回憶了一下，便想起來了。他回頭笑著跟沈鈺說：「阿鈺，當年回老家的路上，爹幫你訂了一門親事，對象就是廉茂大人的女兒。」

沈鈺不禁瞠目結舌，丹年則在一旁適時裝出吃驚的樣子，打趣起沈鈺。「怪不得廉小姐對你那麼關心，大清早偷跑出來跟我說邊境的情況！」

「這……孩兒覺得不妥。」沈鈺瞬間就恢復了神態，慎重地對沈立言說道。

見父親和妹妹都盯著他，沈鈺皺起眉頭分析道：「廉茂大人在兵部任職，必然知道爹要去邊境，我們一家也來了京城。若是有心結親，母親和妹妹在京城多日，豈會不登門拜訪？就連那位廉小姐，也是丹年偶然間結識的。」

沈立言一臉讚賞地看著兒子，說道：「阿鈺說得沒錯，方才丹年說廉家並不贊同自家女兒與她來往，怕的就是我們會拿當年的婚約說事。」

丹年癟著嘴，她哥哥是世界上除了爹以外最好的男人，是廉家那群人沒眼光。「就是，我們才不理他們。哥哥是這麼好的男人，還怕找不到妻子嗎？」

沈鈺捏了捏丹年還帶著嬰兒肥的臉頰，說道：「小丫頭，幾天不見妳就男人長、男人短的，這話是妳能說的嗎！」

丹年左手動彈不得，只能用右手扯著沈鈺的耳朵，含含糊糊嚷著。「放手……」

沈立言見女兒受了欺負，一巴掌拍到兒子頭上，笑罵他不懂事，這麼大了還跟妹妹鬥嘴。

傍晚時沈立言幫丹年端來了飯菜，是丹年最愛吃的蛋炒飯，鮮嫩的蛋炒飯配上油光發亮的爽口小鹹菜，外加一碗青菜湯，讓幾天來只能吃烤得半生不熟羊肉的丹年開心不已。

沈立言慈愛地看著丹年扒著飯，提醒她別吃太快，要喝點湯。等丹年吃飽，沈立言才開了口。「丹年，妳是怎麼說動蘇晉田大人發兵、發糧的？在木奇鎮被圍之前，我向東平府總兵胡謙發了數十封求救信，他都裝作不知道。」

丹年方才見沈立言看著她吃飯，卻不說話，就知道他有話要問她。她支支吾吾了半天，才說道：「這很奇怪嗎？邊境失守了，蘇大人在京城也過得不踏實啊！」

沈立言搖頭笑道：「丹年，妳別騙我。木奇鎮失守了，還有東平府，胡謙在京城的背景很深，不僅有兵有糧，城池也很堅固，即便勒斥來攻，守城十數日並非難事，朝廷絕不會放任東平府失守，絕對會派援軍。」

沈立言思索了一會兒，又斟酌著說道：「況且，木奇鎮被圍，朝廷眼見大皇子困在城中，卻視而不見，太后娘娘和皇后娘娘的意圖令人深思啊！只要再等兩天，就算木奇鎮不被破，也等同於一座死城了，可現在卻又突然發兵發糧前來救援，實在讓人猜不透用意。」

丹年再次聽到大皇子這個人，回想起之前聽過後宮秘辛，不由得好奇地問道：「大皇子就是皇上的大兒子吧，我聽說太后娘娘和皇后娘娘想藉機除掉他，為什麼？他不是皇室子孫嗎？」

沈立言嘆了口氣。「太后娘娘和皇后娘娘均出身自雍國公白家，太后娘娘還是皇后娘娘的姑姑，大皇子不過是皇上寵幸了一名宮女留下來的，自然不為兩宮娘娘所喜。不是嫡子卻是長子，皇后娘娘不允許任何人威脅自己的兒子登基。」

丹年聽聞後感慨良多，當年蘇晉田要拿她換蘇允軒，是因為知道當時的慶妃，也就是現在的太后，絕不容忍太子遺孤存在。

沈立言見丹年神色惻然，叮囑道：「爹剛才跟妳講的都是皇室秘密，不可跟第三個人提起。」

說完，沈立言又追問道：「白天時見妳不願意多說，我就知道妳想隱瞞些什麼，現在阿鈺不在，妳告訴爹到底是怎麼回事？蘇大人是有名的老油條，從先帝時代到現在，一直穩坐不倒，怎麼會因為妳去求他，他就甘冒得罪兩宮娘娘和白家的風險發兵發糧？」

丹年躊躇良久，卻不知怎麼開口。眼前的爹爹面容有些清減，滿臉慈愛與擔憂，他向來都把她捧在手心裡當成親生女兒般疼愛，她要如何告訴他事情的真相呢？

丹年低下頭想了很久。蘇晉田和蘇允軒必定認為沈立言知道她與蘇允軒的身世，回京後對他也會有所防備，與其讓沈立言處於被動、莫名挨打，不如告訴他事實，讓他有所準備。

「爹，我知道我不是你和娘的親生女兒。」丹年低聲說了一句，卻猶如驚雷一般，響徹沈立言耳邊。

沈立言大驚失色。「妳是怎麼知道的？誰告訴妳的？」

丹年想了一下，慢慢說道：「爹，您別著急，我們一家來京城以後，有天晚上我書桌上突然出現了一封信，信裡把我的身世說得清清楚楚。」

沈立言連忙問道：「信呢？送信的人呢？」

「那封信我燒掉了，怕有人看到，給爹惹麻煩。我也沒有看到送信的人，那封信就像憑空出現一般。」丹年垂著眼睛答道。

沈立言並未起疑，轉而問道：「蘇大人當初確實是前太子陣營的人，不過他在前太子失勢後就脫離了陣營，他會為了一個沒人能確定的太子千金，而得罪皇后娘娘和太后娘娘？」

丹年遲疑了一會兒，她怕沈立言得知真相後會失望——冒死救下來的孩子，居然是個冒牌的山寨貨。

「爹，我不是前太子的女兒，我是蘇大人的女兒。我和前太子的兒子蘇允軒同一天出生，蘇大人怕前太子的兒子有危險，便偷偷用我換了他。後來……後來您就出現，救了我。我怕您在這裡有危險，就去威脅蘇大人，要是他不發糧發兵，我就告訴天下人蘇允軒才是前太子遺孤！」

說完，丹年就深深低下頭，不敢看沈立言的表情，她怕她看到的會是失望。丹年記得清清楚楚，當初沈立言想救她，也是衝著前太子對他有恩。

丹年偷偷安慰起自己，沒關係，自己已經得到這麼多年的親情，還有什麼不滿足的呢？只是雖然她這麼想，眼淚還是一滴滴落了下來。

沈立言聽了以後，微微嘆了口氣，抬手撫上丹年的小腦袋，溫言道：「丹年，不管妳是誰的孩子，我和妳娘都是妳的親爹娘，阿鈺就是妳的親哥哥。」

他蹲下身子，慈愛地抹去丹年臉上的淚痕，笑道：「我的傻女兒，是不是以為我會不認妳？」

丹年噙著眼淚，不好意思地笑了，正要說些什麼，就聽到門外有道細微的輕響。沈立言大喝了一聲「誰」便衝了出去，丹年心頭一涼，難道這段談話被人偷聽了去?!

沈立言跑了出去，卻沒發現有任何人影，只有風吹得樹枝打在屋簷上，發出像剛才那般輕微的聲響。

見到沈立言回來，丹年鬆了口氣，狂跳的心臟也漸漸平緩下來，她暗笑自己經歷了綁架事件後就變得膽小無比，跟驚弓之鳥似的。

沈立言仔細關好門，神色凝重地問道：「蘇大人可對妳有過加害之心？」

丹年回想起蘇允軒不辨喜怒的態度，搖了搖頭，說道：「我走的時候，蘇大人想單獨跟我說話，我心裡氣惱，沒理會他，他應該對我沒有惡意。」

沈立言點了點頭，只要多一個人知道丹年的真實身分，蘇晉田父子便不會對丹年不利。沈立言讓丹年先在房間休息，他還要去見胡謙，商量一下追擊勒斥的事情，等會兒會讓沈鈺過來陪她。

丹年見沈立言要走，連忙叫住他，問道：「爹，這次把我帶到戰場上、又挾持我進迷失林的，都是那個戴銀色面具的人，他到底是誰？」

「我也不清楚，此人在木奇鎮被圍之前就和我交手過幾次，甚是狡詐，似乎對我們內部的情況很了解，而且勒斥王居然派大將扎蒙做他的副官，可見此人地位之高。」

沈立言急著去辦事，說完就囑咐丹年不要再操心這些事情了。

沈立言出去之後，丹年趴在桌子上，忍不住回想起過去幾天發生的事情。那個神秘的面具男慕公子被她連著耍了幾次，性格又陰晴不定，看起來就是個器量狹小之人，萬一他發誓要報仇而追殺她……丹年重重將頭磕到桌子上，她要怎麼辦啊！

沈鈺一推開門，就看到丹年一臉悲苦地趴在桌子上，笑道：「丹年，妳這是在做什麼？」

丹年苦著臉。「剛剛不是跟你們說了嗎，那個戴面具的人看起來就是有仇必報，萬一他跑去大昭追殺我怎麼辦？」

沈鈺收起了笑臉。「丹年，明天就讓爹派人送妳回去，他一個勒斥人，再怎麼囂張，也不至於敢到京城裡去。」

雖然丹年懷疑慕公子是大昭人，但她卻沒告訴沈鈺她的猜測，因為眼前還有更令她擔心的事。一聽要回京城，還要面對討厭的大伯父一家，她就癟著嘴不吭聲，沈鈺也沒說什麼，而是坐在丹年身旁，靜靜看著她的側臉。

丹年看到沈鈺看著自己，奇怪地問道：「哥哥，你看我做什麼？是不是有什麼事瞞著我？」

沈鈺淡淡一笑，摸了摸丹年的腦袋，感嘆道：「丹年是大姑娘了，沒想到這次得救，是靠丹年。」

丹年沒想到沈鈺會說起這件事，她把頭靠在沈鈺胳膊上蹭了蹭。「都是一家人，還說什麼靠不靠的。對了，這次我見到小石頭了。」

沈鈺笑道：「我和爹也沒料想會在這裡碰到小石頭，妳可還記得吳嬸嬸和馮老闆？當初為了躲開沈家莊的人，他們跑到邊境上，在木奇鎮開了家小貨棧。」

丹年一聽到這話，立刻起身，驚喜地問道：「吳嬸嬸和馮老闆也在這裡？他們真的在一起了？」

沈鈺怔了一下，失笑道：「妳一個姑娘家，怎麼什麼都懂的樣子？」

丹年不理會沈鈺的囉嗦。「小石頭怎麼會長成那樣，跟小時候一點也不像！」

「人長大了都會變的，妳小時候不也是？哭起來臉就跟抹布一樣皺成一團！」沈鈺取笑丹年。

丹年聽了，一張臉拉得老長。她就知道不能給沈鈺好臉色看，不然沈鈺這臭小子一得瑟就想辦法欺負她。

「我要洗澡！」丹年說不過沈鈺，開始耍起小姐脾氣。

沈鈺哭笑不得地尋了個大木盆，又費力提了幾桶熱水進來。

本來沈鈺要叫吳氏過來幫丹年洗澡，然而丹年說什麼也不願意在別人面前脫得精光洗澡，堅決不肯退讓。

沈鈺拗不過丹年，只得退到門外，讓她用一隻手慢慢洗。等丹年洗好了，他又進來幫她擦乾頭髮，鋪好了床讓她睡下。

第二十七章　開拓事業

第二天丹年一覺睡醒已是晌午了。沈立言的臨時軍部設置在一棟小木樓裡，丹年睡的是二樓沈鈺的房間。

推開房門，丹年就看到一個十歲上下的小丫頭端著銅盆站在門口，她紮著兩個羊角辮，黑瘦的臉上嵌著一雙黑白分明的大眼睛，怯生生地看著她。

見丹年出來了，小丫頭小聲說道：「是沈大人吩咐奴婢伺候姑娘梳洗的。」

丹年頓時覺得頭皮發麻，讓一個連盆子都端不穩的小丫頭來伺候她，心裡實在過意不去，根本是虐待童工啊！

水端進來以後，丹年便吩咐小丫頭出去了，她艱難地用一隻手洗了臉。沈鈺進屋，見丹年不方便綰髮，很自然地拿過木梳幫她梳頭。

銅鏡中映照出沈鈺的臉龐，眉目俊朗，神情秀逸，丹年默默讚嘆自家哥哥長得愈來愈好看了，頗有禍水的潛質。

讓沈鈺綰好俐落的男子髮髻，丹年在衣裙外套上沈鈺的一件長衫，活脫脫像一個未長大的漂亮小公子。

沈鈺跟丹年說會讓小石頭一家帶她回京城，因為邊境這幾年不太平，小石頭家的生意也不好做，還不如回京城找門路。

丹年撇了撇嘴，沒別的辦法。她已經出來這麼久，娘親肯定要急瘋了，家裡的飯館也不知道怎麼樣了。

丹年想跟沈立言道別再走，沈鈺卻說他忙著交接軍務。大皇子前段時間受傷臥床，今天精神好了許多，已能下床隔著簾子聽沈立言彙報了。

丹年想起那個病懨懨的大皇子就很不滿，要不是他，他們一家人犯得著往死裡拚嗎?!高高在上的太后和皇后，為了除掉一個大皇子，拿整個國家的命運開玩笑，也不管這場戰爭會造成多少家庭破碎，果然無情最是帝王家！

出了小木樓，馮老闆和吳氏已經在馬車旁等著了。丹年已認不出吳氏了，現在的她滿臉英氣，身形也壯實了許多，說起話來中氣十足，再不是以前那副怯懦的樣子了，馮老闆倒是沒怎麼變，站在一旁含笑看著眾人。

看到丹年，吳氏開心地就要給她一個熊抱，嚇得沈鈺立刻擋在丹年身前，笑著解釋說丹年現在有傷在身，胳膊上還包紮著呢！

小石頭催促說時間不早了，要趕緊上路。車廂裡鋪了兩床厚被子，吳氏幫丹年脫了鞋，直接坐到厚被子上，免得路途顛簸，傷處留下什麼後遺症。

一路上，馬車走得奇慢無比，丹年知道這是為了自己好，回想起之前晝夜兼程趕往木奇鎮，彷彿就像一場噩夢。

中午時，他們到了官道旁一家小飯館，丹年在吳氏小心攙扶下走了進去，小飯館中間一群人圍了個說書人，正在說書。

只見那人口沫橫飛地說著。「那木奇鎮被圍了個結結實實，連隻蚊子都飛不進去。可憐沈大人再英明，沒糧沒兵也沒辦法啊！

「就在此時，沈大人家的家僕忠肝義膽，勇闖勒斥人虎穴，不顧勒斥人砍向他的大刀，向沈大人喊出要他堅持下去，援軍馬上就到的消息！」

眾人發出了一陣敬佩的驚呼，丹年含著一口水正要嚥下去，頓時噴了出來，咳了半天。

說書人看丹年如此不給面子，白了她一眼，繼續講道：「可惜了那個家僕，鐵錚錚的大昭漢子，就這麼……」

他搖頭嘆氣說不下去了，周圍的人也發出了惋惜的嘆息聲，還有幾個感性的大媽和小媳婦抹起了眼淚。

丹年嗆得眼淚都流出來了，不停咳嗽，吳氏和小石頭焦急地幫她拍背順氣。過了好一會兒，丹年才緩過氣來。

此時小二端了麵上來，丹年一邊吃麵，一邊回想那說書人的話。很明顯，沈立言和沈鈺對外宣稱在城門下冒死傳遞情報的人，是沈家的家僕，而且早已遭勒斥人殺害，現在是死無對證——這樣就能跟她撇得乾乾淨淨了。

不過丹年想起回去要面對李慧娘就頭疼，自己偷跑出來這麼多天，她肯定氣得不輕。從小到大李慧娘沒對她發過脾氣，這次不知道能不能原諒她……

馬車慢慢走了幾日，一行人終於入京，丹年再度回到京城巍峨的城門下，遠遠就能望見皇宮，這一切都起源於那裡發生的事。

這十幾年來的紛紛擾擾，連同此次邊境戰爭，就好像是當權者的遊戲一般，她不由自主地被捲入遊戲的漩渦中。

隨著離家愈來愈近，丹年就愈緊張。待她敲響了門，開門的老鄭看到她像看到鬼一樣，兩條腿抖得跟篩糠似的。

丹年不悅地皺了皺眉頭，招呼小石頭一家將馬車駛入院子。

徐氏從門口的耳房出來，見到了丹年，立刻歡天喜地地上前向丹年行了個禮，接著趕緊去堂屋通報。

李慧娘在梅姨和碧瑤攙扶下快速走了出來，丹年看到她焦急迫切的眼神，鼻子酸得就要流下淚來。

丹年趕緊跑到李慧娘跟前，訥訥叫了聲。「娘！」

李慧娘頓時揚起手掌，卻怎麼也不捨得往丹年的小臉上打下去，氣得把頭別過一邊去不理她。

丹年看她真的生氣了，眼淚開始啪嗒啪嗒往下掉，委屈地說道：「娘，我手臂摔傷了，好疼！」

李慧娘一聽，趕緊擁著丹年往屋裡頭去，尤其不敢碰到丹年的傷肢，生怕出了什麼意外。

丹年忙說自己就是胳膊疼，早就沒事了。她指著門口的小石頭一家，朝李慧娘說道：

「娘，回頭我再跟妳說爹和哥哥的事情。妳猜他們是誰？」

李慧娘認出了馮老闆。「這、這是馮老闆吧?!」

吳氏見李慧娘認不出自己，哈哈笑了一聲，上前爽朗地說道：「慧嫂子，我是吳妹子啊，這是小石頭！」

李慧娘又驚又喜，拉著小石頭不停打量，嘖嘖稱奇，說當年小石頭還沒有沈鈺高，現在倒長得這麼高壯，差不多高沈鈺一個頭了。

吳氏笑說邊境上頓頓都是肉，小石頭吃得好、長得快，就是性子不行，靦覥得跟個大姑娘似的，可把她愁壞了。

李慧娘要梅姨和碧瑤走上前來，兩家人互相認識了一下。梅姨與碧瑤住的後院還有空房，丹年便讓小石頭一家先暫住在空房裡。

吃過飯，吳氏就和小石頭還有馮老闆去收拾房間，李慧娘則拉著丹年仔細詢問她這段時間到底出了什麼事。

丹年含含糊糊說了自己去大伯父家求救未果，轉而去求蘇晉田蘇大人，蘇大人菩薩心腸慈悲為懷，救了被困的爹和哥哥。

李慧娘不了解官場人情，以為真是一家人運氣好，遇見貴人相助，連忙到隔間的佛堂裡虔誠地上了三炷香，感謝蘇大人出手相救。

丹年偷偷癟了癟嘴，自己還真是不小心，讓沒良心的蘇晉田當了一回好人。

丹年記掛著委託趙福開飯館的事情，既然小石頭一家來了，店裡的勞動力問題也解決了。他們一家在邊境攢的那點錢肯定不夠在京城做生意，現在她提供工作機會，他們肯定願意。

「娘，趙先生呢？」丹年抬頭問道。

「後院裡有妳梅姨和碧瑤，他為了避嫌，都是在店鋪裡睡，連張床都沒有。」李慧娘嘆道。

丹年不甚在意地說：「他在碰到我們之前還睡大街呢，有個遮風擋雨的地方就該偷笑了，只要他人沒跑掉就成！」

李慧娘笑罵她從小就是個小奸商，丹年笑嘻嘻的也不反駁，對李慧娘撒了一會兒嬌，就要碧瑤去後院叫小石頭，讓小石頭準備一下馬車，帶著她們去找趙福。

趁著等待的時間，丹年讓李慧娘回房間歇息，叫來一直躲在房裡的老鄭。

老鄭過來以後，低著頭站在丹年跟前，丹年漫不經心地喝著茶，問道：「你是怎麼跟我娘說的？」

老鄭小心翼翼地說道：「老奴實話實說了，小姐舉著匕首架到老奴脖子上，說要去邊境找二爺和鈺少爺。」

丹年算是明白李慧娘看到她時那恨鐵不成鋼的眼神了。顧不得跟老鄭計較這個，丹年問道：「我大伯父那裡你是怎麼說的？」

老鄭跪到了地上，求饒道：「小姐，您要老奴跟大爺說的那些話，就算給老奴幾百個膽子也不敢啊！二夫人說先瞞著大爺一家，就說小姐生病了不便見客，要是老奴洩漏了風聲，就發賣了老奴一家！」

自己的娘也挺強勢的！丹年心中暗暗讚嘆，她們連手段都想到一塊兒去了。

此時碧瑤走了進來，通報說小石頭已經把馬車準備好了。

丹年放下茶盅，面色嚴肅地對老鄭說：「你幫我瞞下這件事，我先謝謝你。」

老鄭慌忙叩首稱不敢當。

丹年擺手止住了老鄭的話，繼續說道：「這次我帶回幾個以前就在我們家幫忙做事的人，現在不缺人了。你還是回沈家大院去吧，大伯母那裡我會幫你說好話的。」

老鄭跪在地上，聽聞此話也不怎麼吃驚，他向丹年磕了個頭，站起身來從袖子裡掏出一樣東西，輕輕放在丹年面前的茶几上，便退了出去。

丹年看到茶几上放的，正是前些日子丟給老鄭當作路費的玉鐲，這老鄭倒不是個貪財的壞人。

解決了老鄭，丹年心頭一派輕鬆，她心想老鄭這些日子以來膽顫心驚，也存了想走的心思。無論如何，家裡少了監視的人，怎麼樣都舒坦許多。

在碧瑤一路指揮下，小石頭駕車到了城北的飯館處。

碧瑤站在屋裡喊了兩聲，就聽見後院的趙福答了一聲。「來了！」

見到丹年，趙福趕緊上前行了個禮，說已經找好磚和泥，買了鍋具和帳檯。

丹年和趙福商議了一下飯館的格局，決定參照中式自助餐店的模式，大堂西側是擺放飯菜和收銀的地方，東側大片區域都放上桌椅當作吃飯的地方，灶房則設在後院。

價格就照之前丹年規劃的，一份米飯一個大錢，兩個饅頭一個大錢，一樣素菜兩個大錢，葷菜則是四個大錢，葷菜和素菜各有五、六樣供人挑選。

這些家常菜做法簡單，出門在外做生意的人不怎麼計較口味，梅姨和吳氏兩個人就能勝任廚師。

丹年還特地交代每天飯館裡都要燒一大鍋菜湯，把雞蛋打散漂在湯上，每個來用餐的客人都贈送一碗菜湯。

中午吃飯時，丹年乘機向小石頭一家提出想讓他們去店裡幫忙的事情。小石頭他們正愁初來京城找不到活能做，這會兒有現成的工作，自然又驚又喜，滿口答應。

吃完飯，小石頭、馮老闆和吳氏就匆匆去了飯館，丹年不放心，想跟著去，被李慧娘攔了下來，乖乖睡了午覺再起來練字。

還未等丹年寫滿一張紙，就聽見梅姨稟報說沈大夫人跟前的朱嬤嬤來了，說是帶了沈大夫人的話，問丹年這兩天病可好了些？

丹年掃興地扔下毛筆，吩咐碧瑤收拾下桌子，便往堂屋趕去。還沒走到門口，便聽到屋裡面朱嬤嬤正在和慧娘說話，朱嬤嬤的說笑聲隔了老遠都聽得清清楚楚。

丹年在心裡冷哼一聲，掀開簾子進了堂屋。這朱嬤嬤不過是大伯母跟前的婆子，以為來了他們這裡，就能充個主子了？

朱嬤嬤見了丹年，滿臉堆笑地站起來說道：「丹年小姐，大夫人遣老奴過來看看。前幾日大爺和大夫人聽說丹年小姐身體不適，擔心得不得了。」

正所謂伸手不打笑臉人，丹年微微笑道：「勞大伯父與大伯母掛心，我現在身子舒服多了。」說完便坐到李慧娘身邊，也不抬眼看朱嬤嬤。

朱嬤嬤坐了一下便起身告辭了。丹年思量再三，決定還是不跟李慧娘說她在許氏那裡聽到的話，若那是許氏誆她的，只會平白讓李慧娘憂心。

要是沈立非一家真厚顏無恥地提出要求，到時候再由李慧娘親自出面拒絕就行。

「娘，我不喜歡大伯母一家，感覺他們對我們有些想法。」丹年想來想去，只能用這種方式提醒李慧娘注意一下。

李慧娘摸了摸丹年的腦袋，嘆道：「妳大伯母那裡，以後能不去就不去了。別看她一臉和善，其實人心隔肚皮呢。」

丹年乖乖地點頭，蹭了蹭李慧娘的胳膊，笑道：「娘，等我們的飯館賺了錢，就買處宅子，不住大伯父家的房子了。」

李慧娘含笑應了，剛要說些什麼，就聽見梅姨在外間通報說老鄭夫妻要來向她和丹年辭行。

李慧娘詫異地看向丹年，只見丹年撇撇嘴說道：「是我讓他們走的。現在我們有了小石頭和碧瑤兩家人，我不想用大伯父家的奴才，跟我們又不是一條心。」

「也是，放兩個人在這裡，跟監視我們似的。」說罷，李慧娘就拉著丹年進了外間。

老鄭夫妻收拾好了行李，向李慧娘和丹年磕了個頭，李慧娘也未挽留，吩咐丹年取了二兩銀子出來，給了老鄭當作辭別的謝禮。

過了兩日，小石頭回來說按照丹年的規劃，飯館已經布置妥當了，就等著開張，請丹年為飯館命名。丹年想了想，這間飯館是在自己和娘親殷切盼望爹和哥哥回家而開張的，就寫了「盼歸居」三個字交給小石頭。

飯館開張第一天，丹年和李慧娘礙於身分不能親自坐鎮，兩人心裡都記掛不已。

臨近中午時，沈大夫人派了老鄭過來，說後日慶王爺在城郊的莊子上有個聚會，想帶丹年和沈丹荷、沈丹芸一道過去玩。

丹年正操心飯館的事情，隨口說道：「不去，沒空！」

老鄭不禁苦著臉求丹年，李慧娘想了想，擺手要老鄭回去，說丹年一定會去，老鄭這才歡天喜地離開了。

丹年不明白李慧娘為什麼要她去，李慧娘笑咪咪地說：「我們既不能由著妳大伯父一家安排，也不能讓妳一輩子待在家裡做個老姑娘啊！丹年，妳大了，多見見幾個世家子弟也不錯。」

丹年脹紅了臉，說起世家子弟，她就想起那個永遠冷著一張臉的蘇允軒。

雖然他幫了她一個大忙，然而丹年一想起蘇允軒，就氣不打一處來。他老是擺出別人欠了他錢似的冷酷模樣，要有女人看上他，肯定是瞎了眼！

到了下午，小石頭就駕著馬車帶吳氏、馮老闆、梅姨和碧瑤從飯館回來了。

丹年驚訝地問道：「你們怎麼回來得這麼早？」

碧瑤笑著說：「第一批做出來的飯菜，不到中午就賣光了，客人都沒地方坐呢！我們在灶房裡忙著做菜，饅頭賣光了也來不及蒸，馮叔叔沒辦法，跑到包子鋪買了上百個饅頭回來配著菜賣，最後幾十個客人都沒喝到菜湯。」

丹年這才徹底放下心，跟李慧娘相視而笑，開業第一天就有如此盛況，看來是個好兆頭。

丹年看著笑靨如花的碧瑤，擔心地說道：「碧瑤，飯館裡有沒有人想欺負妳？要是有，妳就不要再去了。」

碧瑤搖頭說道：「沒有人欺負我，小姐別擔心，再說……」

她紅著臉，看了在院子裡的小石頭一眼，低聲道：「還有馮大哥在我旁邊呢！」

丹年看著碧瑤一副小女兒的姿態，不由得暗笑，才這麼幾天工夫，碧瑤就喜歡上小石頭了。

碧瑤比她大了快一歲，已經到了訂親的年紀，兩家若能結成一家人，也是美事一樁。

第二十八章　竹林偶遇

到了約定的時間，沈家的馬車就停在門外等丹年了，丹年在李慧娘催促下磨磨蹭蹭地梳洗完，就被塞進了馬車裡。李慧娘叮囑了半晌，不外乎就是不要跟大伯母一家說太多話、多交幾個朋友。

駕車的是熟人老鄭，馬車駛到沈家大院門口，丹年就換坐沈府女眷專用的馬車，車廂內頗為寬敞，沈大夫人、沈丹荷和沈丹芸早已等在裡面了。

見了丹年，沈大夫人親熱地拉過丹年坐到她身邊，對面的沈丹荷這次態度倒是很親熱，連問丹年身子如何、可好透了？

丹年看向她的笑臉，只覺得虛情假意，上次她見了自己，跟看到仇人一樣，這次也不知道沈大夫人提點了她多少。

見沈丹荷有心示好，丹年不便拂了她的臉，便微笑說前段日子想念父親和哥哥，加上有些水土不服，才生病了，有勞她們牽掛。

誰知沈丹芸還沒聽完，就嗤笑了一聲。

丹年抬頭看向坐在沈丹荷旁邊的沈丹芸，一些日子不見，她出落得越發豔麗了，一身玫紅色的繡花外褂和裙子，頭上戴著粗大的鎏金釵，更襯得她明豔動人。

沈丹荷本身氣質溫婉，長相也頗為出眾，但沈丹芸坐在她旁邊，就硬生生成了沈丹芸的陪襯。

丹年不動聲色地垂下眼睛，心底暗笑。怪不得沈大夫人不願意把這個庶出的女兒一併嫁到雍國公府，有這麼豔麗的小妾，女婿的心思哪還會放在自己親閨女身上？

沈大夫人不悅地皺了皺眉頭，看著不服管教的沈丹芸，低聲喝道：「沒規矩！」

沈丹芸氣惱地瞪了沈大夫人一眼，不情不願地說道：「丹年妹妹好！」

丹年連忙回了聲好，卻在心裡搖頭嘆氣。這沈丹芸和她娘周姨娘的性子，真是如出一轍！

馬車走了很久，才到了聚會地點，車伕直接在莊園大門口出示牌子，馬車就逕自駛了進去。一下了車，丹年不禁對眼前的景色讚賞不已。

以進莊園的大道為分界線，西邊的建築頗有江南園林的味道，小巧精緻，迴廊、假山和荷塘相映成趣；東邊是一大片開闊空地，有不少公子哥兒在那裡跑馬。

不管是布置還是建造，這莊園都稱得上是費盡心思。

陪沈大夫人說話的，是一個年輕的貴婦，她看到丹年時，面露疑惑。

沈大夫人忙拉過丹年，向那貴婦笑道：「這是我二弟家的女兒丹年，剛來京城沒多久，帶她出來跟幾個姊妹一起玩。」

說著，又跟丹年介紹道：「這是慶王爺家的二兒媳婦，妳叫她齊二夫人就行。」

齊二夫人忙擺手笑道：「這可折煞我了，丹年妹妹叫我二嫂子就好！」

丹年看著齊二夫人，覺得頗有好感，她說話爽快，看起來就是個很開朗的人，便應她的要求叫了聲「二嫂子」。

齊二夫人招呼沈大夫人往西邊的假山竹林處歇息，用石頭堆起來的高臺上，建了幾處樓閣涼亭，已有些夫人和小姐坐在那裡喝茶聊天了。

一到涼亭裡，沈丹荷就被一群同齡的女孩拉到一處去聊天了，沈大夫人也被一群貴婦圍了起來，只剩下丹年和沈丹芸坐在涼亭一角，圍著沈丹荷的一群華服少女，還時不時朝兩個人拋來不屑的白眼。

鑒於之前的「小妾」風波，沈丹荷對自己大為不滿，丹年也不確定那白眼到底是給她的，還是給一旁長相「狐媚妖豔」的沈丹芸。

為了不讓自己受到打擊，丹年堅信那白眼是拋給沈丹芸一個人的。

正當丹年坐著等吃飯的時候，原本不理睬丹年的沈丹芸說話了。「妳可別以為沈丹荷她們娘倆是真心對妳好！」

丹年搞不清楚沈丹芸的想法，只是小心地答道：「大伯母對我挺好的。」

沈丹芸嗤笑道：「妳懂什麼？母親不過是想利用妳罷了！」

丹年憨憨地笑道：「二姊姊亂說，我沒錢又沒勢，大伯母能利用我什麼？」

沈丹芸用看白癡的眼光看著丹年，半晌不吭聲，過了一會兒，似乎是跟丹年說話，又像是自言自語。「我一定不能像我娘一樣讓人作妾，一輩子受人閒氣。」

丹年初見沈丹芸時，便覺得她必定不安分又有想法，至此，丹年也想明白了。上次見面時，沈丹芸定是知道了沈大夫人的想法，要她代替她去作妾，才對她那麼親熱。

丹年垂著眼睛，含笑道：「二姊姊想多了，大伯父和大伯母那麼疼妳，一定會給妳找個好人家的。」

沈丹芸從鼻孔裡冷哼了一聲，正要說些什麼，但此時沈丹荷和沈大夫人那票人突然安靜了下來。

丹年和沈丹芸向涼亭外看去，只見十幾個年輕公子三三兩兩地朝她們這邊亭子下的石板路走了過來。

走在最前面的一個年輕公子，一身白色錦袍，臉上掛著和煦的微笑，溫文儒雅。

沈丹芸湊近丹年的耳朵。「別看傻了，那是雍國公家的大少爺，也是世子，已經和大姊訂了婚約。」

丹年心下一驚，眼前俊逸的世家公子再也提不起她半點興趣，一想起自己有可能當他小老婆，她心裡就嘔得不得了。

接著丹年看到了「老冤家」蘇允軒，旁邊還跟著那個自詡風流的死胖子唐安恭。丹年惡毒地想著，他肯定是性格太差娶不到媳婦，不得已才來相親，可千萬別有女孩被他好看的外表給騙了，實際上他既高傲又毒舌！

丹年偷偷吐槽完，才看到一旁的沈丹芸早就站了起來，含羞地看向涼亭下面。

丹年好奇地隨著她的目光往下看，蘇允軒正走到涼亭旁邊，而沈丹芸原本捏在手裡的繡花絲帕，就這麼飄落到蘇允軒和唐安恭面前。

蘇允軒依舊是皺著眉頭，瞥了地上的絲帕一眼，抬起了頭，他無視一臉嬌羞的沈丹芸，眼神直接對上了丹年。

對上那雙幽冷的眸子後，丹年心頭一跳，下意識地脫口而出，嚷嚷道：「不是我丟的！」

千萬不能讓這個高傲又毒舌的蘇允軒以為她拋了帕子給他，她真心丟不起這個人啊！

可說完以後，丹年才覺得不妥，一張粉臉脹得通紅，慌忙縮了回去。她不禁暗自懊惱，這簡直就像是欲蓋彌彰！

看到亭臺處已經不見丹年的蹤影，蘇允軒收回了視線，想起方才丹年羞紅的俏臉，他臉上也不自覺地浮現出一絲笑意，繼續往前走。

唐安恭則是驚喜地撿起絲帕，抬頭看向上方的沈丹芸，眼睛笑得瞇成了一條線，這真是豔遇啊！

沈丹芸萬萬沒想到絲帕被唐安恭撿了起來，又羞又惱，一張豔麗的臉龐脹得通紅，更增添了幾分媚色。見涼亭下方唐安恭的眼神越發放肆，沈丹芸氣惱地扭頭坐下，不再理會涼亭下面的事情。

想起方才的事，丹年低著頭，忍不住笑了起來，沈丹芸惱怒地斥道：「笑什麼笑！」

丹年也不生氣，而是笑咪咪地問道：「妳是想扔給另外那個人吧？」

沈丹芸鬧了個大烏龍，剛剛還有些惱羞成怒，這會兒情緒穩定下來，索性承認了。「沒錯。」

說著，又向丹年解釋道：「那位公子是戶部尚書蘇大人的獨子。」

丹年有些不解地問道：「妳看上他哪裡了？」她怎麼就沒看出蘇允軒有什麼優點？

沈丹芸白了丹年一眼。「妳懂什麼？蘇少爺年紀輕輕就已經是同進士了，向來潔身自好。」

丹年想了半天，說道：「蘇少爺應該比妳小吧？」

沈丹芸警覺地問道：「妳怎麼知道他比我小？妳以前就認識蘇少爺了？」

丹年急忙解釋道：「沒有，我哪裡認識什麼人！我是看他臉嫩，沒多大年紀。」

沈丹芸這才放下心來，自信滿滿地說：「這有什麼！只要他看上我，肯來我家提親，我爹沒有不答應的道理。」

丹年看著一提起蘇允軒就兩眼發光的沈丹芸，暗暗在心中嘆息。這孩子怎麼這麼想不開，非要往石頭上撞？唐安恭那個胖子都比老是冷著一張臉的蘇允軒好！

沈丹芸一臉嚴肅地盯著丹年，說道：「妳可不許跟旁人嚼舌根。」

丹年舉手發誓，表示今天的事情絕對不讓第三個人知道。

沈丹芸還想說些什麼，就聽到有人在通往涼亭的小道上喊丹年的名字，丹年站起來一看，正是多日不見的廉清清。

丹年正要揮手讓她過來，又想到她與哥哥有婚約，廉家人卻是那種態度，心情頓時有些失落。

廉清清在這種地方看到朋友，開心地一路朝丹年跑過來。

大概是因為一直沒人理睬很是無趣，沈丹芸看到廉清清來，有些興奮地迎了上去，親熱地笑道：「清清，妳也來了。」

廉清清隨便應了聲，並不把沈丹芸當一回事，而是越過沈丹芸直接到丹年跟前，笑嘻嘻地說要丹年陪她四處轉轉。

沈丹芸被徹徹底底地無視了，面子險些掛不住，丹年便笑道：「二姊姊要不要一起去玩？」

有了臺階下，沈丹芸臉色好了很多，笑著說：「我就不去了，母親說不定有什麼事情要找我呢，妳們轉一會兒就回來吧，快到中飯時間了。」

丹年應了一聲，就和廉清清出了涼亭。

一離開眾人的視線，廉清清就恢復了她活潑的本性，她扯著丹年的手撒嬌道：「丹年，妳不知道，最近妳生病在家，可把我悶壞了。」

她們第一次見面時，丹年就跟廉清清約好會找時間去廉家玩，反正她也想順便打聽一下邊境的消息。不過後來廉清清上門直接轉告她木奇鎮的危機，加上廉家並不希望她們走得太近，拜訪廉家的事便作罷了。

丹年的左手臂還纏著綳帶，她不動聲色地扯開廉清清拉著她的手，笑道：「怎麼會，瞧妳說得那麼誇張，還不是跟其他小姐們玩得挺開心的。」

廉清清噘著嘴。「那些人怎麼能跟妳比，整天以為自己多有教養又多會讀書，一個個跟木頭似的，太無趣了！改天我教妳騎馬好不好？」

丹年笑而不語，兩人走在園林小路上，廉清清不停跟丹年介紹著周遭的景致。

丹年看廉清清對這裡很是熟稔的樣子，好奇地問道：「妳以前來過這裡？」

廉清清笑道：「我娘和慶王妃娘娘從小就是好朋友，莊園還沒蓋好，就請我們來看過好幾次了。」

丹年點點頭，京城裡的官家總是有些盤根錯節的關係，數起來都沾親帶故的。

廉清清忽然想起了什麼，拉著丹年的手，開心地說道：「妳還不知道吧？我們在邊境戰場上打贏了勒斥，說不定妳爹過幾天就能回家了！」

丹年雖然早已知道此事，但聽廉清清提起來，還是相當高興。「是啊，爹就快回來了！」

廉清清滿臉敬佩地說道：「我聽爺爺和爹說，是你們家的家僕冒死在戰場上通風報信，真是大昭的好男兒啊，說不定皇上還會嘉獎他呢！」

丹年只得一臉沈痛地回應。「希望老沈一路走好！」

她順便在心裡默默加了一句——快忘掉這個好男兒吧，嘉獎什麼的就免了。

走到僻靜處，廉清清見四下無人，悄聲問道：「丹年，妳是不是要嫁到雍國公府作妾？」

丹年猛然聽到這句話，驚訝得連話都不會說了，臉色煞白。廉清清和沈丹荷的關係一般，連她都知道了，豈不表示人盡皆知？她頂著一個「未過門小妾」的稱號，怎麼活得下去啊！

廉清清急了，趕忙安慰道：「妳別急，我也只是聽說而已，只是覺得妳要給人作妾也太可惜了。不過妳要願意也挺好的，我見過世子，一表人才呢！」

過了好半晌，丹年才找回自己的聲音，她沙啞著嗓子，一字一句地說道：「絕對沒有這回事，我就是死，也不會給人作妾的！關於我的婚事，只要我爹娘和哥哥都沒點頭，就沒人能作得了主！」

廉清清鬆了口氣。「我就說嘛，妳哪是那種貪圖富貴的人！」

丹年緊接著問道：「這事妳聽誰說的？從哪裡傳出來的？」

廉清清小心地看著丹年的臉色說話。「我聽那群和妳大姊姊走得近的姑娘說的，她們傳妳大伯父家選了妳當陪嫁。說妳……說妳不過是個庶子的鄉下閨女，能讓世子作妾，就是燒了幾輩子高香了。」

事到如今，丹年反而不生氣了，這件事情在還沒定下來前，大伯父和大伯母不可能會說出去。

看來是那個自以為賢良聰慧，卻不長腦子的沈丹荷說的了。她一直瞧不上眼的堂妹要陪嫁過去當妾，心中苦悶，跟自以為很要好的閨中密友說了，結果一傳十、十傳百，大家都知道了。

廉清清見丹年臉色一陣青一陣白，出言勸慰道：「丹年，妳不要太生氣，世子長得好看，家世又好，她們都巴不得嫁過去，只是嫉妒妳罷了！」

丹年乾笑一聲，她哪是生氣這個啊！「清清，如果妳再聽到有人談起，就說我爹娘已經為我訂親，等年紀一到，我就嫁過去了。」

廉清清看丹年說得認真，毫不猶豫就相信了，保證以後聽見誰八卦丹年，就跟別人解釋清楚。要是哪個小姐不相信，還亂嚼舌根，就用拳頭招呼她！

丹年被逗樂了，廉清清是個可愛純真的女孩，當她嫂子該多好？只可惜她家應該不會同意。

不過這樣也好，沈鈺要是有了廉茂那麼強勢的岳父，依照他現在自由散漫的性子，過得肯定不開心。

兩人不再想這些煩心事，繼續邊聊邊往前走，漸漸就要走到園林的邊緣處了，前面是一大片茂盛的竹林，出了竹林就是莊園的主幹道，路的另一側，就是公子哥兒跑馬用的場地。

廉清清忽然拍了拍頭，說她跑出來這麼久，還沒跟她母親說一聲，她母親就在離竹林不遠處的亭子裡陪慶王妃喝茶。

丹年笑著要她快點過去，廉清清有些不好意思地要丹年在竹林邊等她，她很快就回來。

丹年看竹林旁的路兩邊都很暢通，只要大叫一聲，兩頭都有人能聽見，想來也不會發生什麼事，便催廉清清快些去跟她母親報平安。

等廉清清離開，丹年便走到路邊的石凳上坐了下來，走了半天路，她也累了。

沒多久，丹年就聽到一陣馬蹄聲傳了過來。丹年心想是在東邊跑馬的公子哥兒，不好抬頭張望，只是低頭看著自己的裙襬，希望對方趕快過去。

不料那騎馬的人停在丹年面前，像是坐在馬上俯視丹年一般。丹年一抬起頭，就看到剛才沈丹芸介紹過的人——雍國公的嫡長子騎著馬，溫文爾雅地看著她。

一身白色錦袍與他如冠玉般的臉龐相得益彰，淺淺的笑意更讓他看起來容易親近。若丹年不知道自己可能變成他的小老婆，自然會對這種大眾情人般的貴公子心生好感。

「妳就是沈立非的姪女沈丹年？」白振繁從馬背上俯下身子，淺笑著問道，聲音如同泉水淙淙流過一般好聽。

丹年抬頭盯著他，帶著不容置疑的語氣笑道：「我是沈立言的女兒沈丹年。」

白振繁有些意外地看了丹年一眼，待丹年欲仔細觀察他時，他馬上恢復原先從容淺笑的模樣，從腰上拽下一個東西丟到她手裡，便策馬往前奔去。

丹年瞠目結舌地看著他瀟灑遠去的背影，想不通此舉到底是什麼意思，她低頭看到一塊白玉珮靜靜躺在自己手心裡，上面還綴著編法繁複的紅絲線中國結，莫非……這是他給自己的定情信物?!丹年只覺得滿臉黑線，手中的白玉珮就像燙手山芋一樣。

這些貴族公子，一個個眼高於頂、態度高傲，他們高姿態施捨的東西，尋常百姓都得感恩戴德地接受嗎?!

丹年撇了撇嘴，準備找個隱蔽的角落把白玉珮丟了。既然是雍國公繼承人的東西，她自然是扔得愈遠愈好，丟得愈隱密，就愈查不到她頭上。

還沒等丹年處理掉東西，便有一個女孩氣喘吁吁地跑了過來，後面還跟著一路小跑追趕著她的丫鬟。

那女孩走到她面前上下打量了一番，見丹年衣料普通，頭上也沒多少頭飾，態度便有些輕蔑，她語氣不善地問道：「世子剛才是不是跟妳說話了？」

丹年打量起眼前的女孩，她個子不高，五官小巧，人長得很精緻，可說出來的話就不那麼讓人高興了。

「不行嗎？」丹年被這些莫名其妙的人弄得心情亂糟糟的，也不跟她客氣。

女孩一聽，更加不滿了，她插著腰罵道：「就憑妳，也癡心妄想世子青睞？不照照鏡子！」

此時，她的丫鬟終於追了上來，扯著女孩的袖子小聲說道：「小姐，我們快回去吧！」

女孩不耐煩地甩開丫鬟，指著丹年叫道：「我告訴妳，別以為世子跟妳說了兩句話，就以為妳能攀上他了！」

丹年懶得搭理她，說不定她就是沈丹荷某個腦殘密友，痲雀再進化十萬年，也變不了鳳凰，在這種人身上浪費時間，罪過太大了。丹年直接無視這位聒噪的小姐，準備起身走人。

此時那女孩眼睛一亮，看到丹年從手中露出來的白玉珮，忽然上前抓住紅絲線中國結，一把將白玉珮扯到自己手中，接著情不自禁嚥了口口水。

她擋在丹年面前，問道：「這白玉珮可是他送妳的？」

丹年低下頭，嘴角微揚，真是踏破鐵鞋無覓處，得來全不費工夫。想是這小姐離得遠，只看到他與她說話，沒看到他給她白玉珮的過程。

丹年抬起頭來時，一臉茫然。「沒人送我，是我在草叢裡撿到的，看起來很貴，許是別人身上掉下來的。」說著就要伸手去拿那塊白玉珮。

那位女孩眼珠一轉，將白玉珮攥緊，得意地說道：「料妳也不知道這白玉珮的來歷，現在它是我的了！」

丹年急切地說道：「憑什麼是妳的？這是我撿到的，肯定是方才世子掉的，我要還給他！」

女孩凶神惡煞地瞪了丹年一眼。「妳算什麼東西，也敢來跟我搶？我可是京兆尹家的嫡出小姐！」

京兆尹家的嫡出小姐?!丹年幾乎要對京兆尹家的家教喝采了，沈丹芸雖然是庶女又桀驁不馴，可對外也算得上是溫良有禮的淑女，怎麼這京兆尹家的嫡出小姐和沈家莊的女暴龍有得拚啊？

看到丹年懷疑的眼光，那女孩不高興地說道：「我知道妳不認識我，我不過是剛隨父親來京城赴任沒多久罷了。」

聽她這麼說，丹年總算明白了。

大昭有官員外派的習慣，凡是當年考中的進士，大部分都會抽籤分到外地去做地方官，除非找關係、走後門，才能留在京城裡。

這位小姐的父親應該是外派期滿，績效不錯，禮也送得很到位，才能補上京城的缺。

不過據她所知，京兆尹並非什麼肥缺，京城中皇親貴戚一撈就是一大把，經常有富貴人家的子弟打架鬥毆，這京兆尹就是豬八戒照鏡子，裡外不是人的苦差事。

丹年深深看了那位小姐一眼，不再吭聲，繞過她往回走。

那個女孩看著丹年的背影，得意又小聲地嘟囔著。「怕了吧！」

接著她就小心地將白玉珮收進自己懷裡，拉著自家丫鬟往反方向走去，沒走幾步，轉了個彎就不見人影了。

丹年回頭看到那位小姐遠去，便停下了腳步。今天發生的事情太多了，她需要好好想一想，先是有人四處傳言她要去作小妾，又是萬人迷雍國公世子扔白玉珮給她。

雖然她成功地把白玉珮讓了出去，可還不知道日後會有什麼變故，會不會追查到她頭上？古時候男女定情經常送些什麼玉珮、手帕的，如果她真的收下白玉珮，就算沒有的事情，也會被傳成風花雪月。

算一算時間，廉清清也該回來了，她去了好長一段時間……想到這裡，丹年心下一緊，莫非廉清清是有意把自己引到這裡來的？

一想起純真善良的廉清清有可能戴了面具和她交往，一種被背叛的感覺油然而生，讓丹年無法平靜下來。

第二十九章　欲加之罪

丹年低頭蹲在路上，抱膝想著事情，面前冷不防多了個人影，遮住了光線。丹年抬頭一看，原來是蘇允軒，看樣子是剛從竹林裡鑽出來的，身上還沾著幾片竹葉。

丹年見不得蘇大少爺俯視她，她萬分不樂意比蘇大少爺矮一截，於是她慢悠悠站起身來，裝出不在意的模樣，拂了拂衣服上根本不存在的灰塵。

蘇允軒臉上掛了一絲譏諷的微笑，向丹年拱手說道：「沈小姐真是好手段，戲演得真好！」

丹年挺了挺胸膛，笑道：「不敢當，能得蘇少爺如此賞識，丹年真是慚愧！我哪能比蘇少爺和蘇大人十幾年來父子情深演得更好！」

蘇允軒冷哼了一聲，從牙縫裡迸出話來。「伶牙俐齒，嘴尖舌巧，哪裡像是個大家閨秀？」

丹年抱著胳膊，一臉無所謂的樣子。「還真是讓蘇少爺失望了，丹年從小長於鄉野，沒唸過書，又沒有一個那麼有大家風範的父親，自然不是什麼大家閨秀。」

「我聽說勒斥人圍了木奇鎮，攻城當日，沈家家僕忠肝義膽，雖然身陷敵營，卻在城門下傳遞消息給沈大人，說不日便有援軍。」蘇允軒忽然轉開話題，盯著丹年，不錯過她臉上任何一個表情。

「我調查過，沈大人進京時只帶了家人，沒帶一個僕人。」蘇允軒繼續說道。當初丹年去找他父親時，曾說過要自己去木奇鎮，因此他相當懷疑傳言的真實性。

丹年不甘示弱地瞪著蘇允軒。「真可惜，我平平安安從木奇鎮回來了，知道秘密的人一個都沒事，讓蘇少爺失望了。」

丹年覺得跟他多說無益，抬腿就要離開，蘇允軒卻一把抓住她的胳膊，一副欲言又止的模樣。

丹年頗不耐煩地說：「你想做什麼？你放心，這個秘密我不會告訴任何人的。」

過了半晌，蘇允軒才問道：「剛才白振繁為什麼要給妳白玉珮？」

「白真煩？這是誰啊？」丹年用力扯著胳膊，奈何蘇大少爺不動如山，扯得她胳膊生疼。

「就是剛才那個騎馬的白衣公子。」蘇允軒湊近了丹年。「妳怎麼會不知道白振繁是誰？」

丹年翻了個白眼，無關緊要地說了句。「他錢多人傻！」

「妳是不是要去當白振繁的妾？」蘇允軒問出這話時，也說不清楚為什麼自己會老大不痛快。

丹年左胳膊的傷還沒完全好，被扯得發痛不說，現在又聽到有人說自己要去作妾的事情，頓時火大起來，也顧不上許多，大聲叫道：「你們這群傻子！鬼才要去嫁給那個什麼真煩假煩的人作妾，誰敢再說一次，我就嫁給誰的親爹當他的後娘！」

話才剛說完，丹年的嘴巴就被蘇允軒捂得嚴嚴實實。丹年正在氣頭上，一隻手奮力抵抗蘇允軒，另一隻手則用力拍他的腦袋出氣。

蘇允軒被揍急了，低喝道：「嚷那麼大聲，妳想讓人聽到嗎？」

丹年被捂緊了嘴巴，只能發出嗚嗚咽咽的聲音，吃力地表達自己的不滿。

就在此時，唐安恭從竹林裡鑽了出來，他四處張望，像是在尋找什麼。待他看到蘇允軒抱著丹年，兩人扭成一團時，不禁目瞪口呆，蘇允軒與丹年也傻住了。

半晌，唐安恭率先反應過來，他笑得一臉猥瑣，連聲道：「抱歉抱歉，你們繼續、繼續，當我沒來過。」話雖如此，他一雙小眼睛卻牢牢黏在他們兩人身上。

丹年如夢初醒，一把推開蘇允軒，蘇允軒臉紅到了耳根，他輕咳了一聲。「不是你想的那樣，你想多了。」

唐安恭笑得見牙不見眼。「沒想多，你們在幹什麼，我就在想什麼。表弟你還真不厚道，整天裝得一臉正經，明明是我先認識這位姑娘，卻被你搶了先！」

丹年一張臉像火在燒，安慰自己幸好周圍沒什麼人。她恨恨瞪了蘇允軒一眼，只見蘇允軒紅著臉不敢看她，她忍不住氣呼呼地低頭快步往前走去，懊惱透了。

等出了小路，走到方才歇息的涼亭那邊，被冷風一吹後，丹年的腦袋清醒了許多，涼亭早就沒了人影，應該是午飯要開席了。丹年早上起得有點晚，來不及吃飯，肚子早就餓得咕嚕叫了。

此時路上匆匆走來一個梳著雙髻的小丫鬟，她向丹年福了一福，笑道：「小姐可是跟家人走散了？奴婢帶您去宴會廳。」

丹年連忙謝過小丫鬟，小丫鬟則抿著嘴笑說不敢當。丹年跟在小丫鬟後面，不由得佩服起慶王爺府來，連個小丫鬟都如此有禮，可見主人的品性也不一般。

到了宴會廳，男席和女席是分開來的，大部分人都已入席了，丹年只看到了沈丹芸，她旁邊有兩個空位，明顯是留給沈丹荷和大夫人的。沈丹芸那桌除了那兩個空位，都坐滿了人，丹年有些遲疑，不知該坐到哪裡。

正當丹年想隨便找個地方坐下時，就聽到廉清清在叫她。她看到廉清清身旁有空位，便掛上一副笑臉去了廉清清那桌。

廉清清拉著丹年的手坐下，嗔怪道：「我不過是去跟母親說幾句話，回去就不見妳的人影了。」

丹年低頭笑了笑。「我看園子漂亮，不知不覺就走遠了。」

看著廉清清的表情，倒不像是在作假，難道那雍國公世子真的是偶然路過那裡而看到自己的？

趁著還沒開席，廉清清向坐在她旁邊的母親介紹了丹年。丹年早就記不清楚當年抱著廉清清的年輕女人是什麼模樣了，只記得她是個很主動的人。

廉夫人保養得宜，臉上不見一絲皺紋，穿著打扮無一不顯富貴，正含笑看著丹年。

丹年察覺到廉夫人笑容中那分警戒，便站起身來按照禮節向廉夫人福了一福，乖巧地叫了聲。「丹年見過廉夫人。」

待一行完禮，廉夫人就笑道：「丹年是吧，真是可人的好孩子。別那麼多禮，快坐下來，一會兒就開席了。」

丹年看她笑就覺得頭疼，既然要她不必那麼多禮，為何非要等她行完了禮才說？這是拐著彎提醒自己廉家的地位遠在他們家之上吧？

廉家明知道這種宴會就是變相的相親大會，還帶著女兒來這裡，恐怕是想藉這個機會幫女兒找夫婿吧！

坐在中間的廉清清有些不高興了，她撒嬌地拉著廉夫人的手。「娘，丹年又不是外人，她和別的女孩可不一樣！」

廉夫人慈愛地看著廉清清，朝兩人笑道：「好好好，丹年快坐下吧。」

丹年微笑坐下，並不吭聲，她一邊含笑聽廉清清說些趣事，一邊用眼尾餘光看向沈丹芸所在的那一桌。

臨開席時，沈大夫人才在沈丹荷陪同下緩步而來，只是兩人的臉色都不大好看，負責女席的齊二夫人笑著迎了上去，沈大夫人和沈丹荷隨她到了宴桌，坐在齊二夫人身旁。

丹年看到沈大夫人附在齊二夫人耳邊說了些什麼，齊二夫人的臉色一下子難看了起來，眼睛看向坐在一旁低頭沈默不語的沈丹荷。

沈大夫人拍了拍齊二夫人的手，說笑了幾句，齊二夫人才勉強配合著笑了幾聲。

丹年有些想不通，沈丹荷一副受了委屈的樣子，她在京城貴女圈裡很受吹捧，又是雍國公繼承人的公認未婚妻，有誰會跟她過不去？

未等丹年多想，丫鬟們隨即如同流水般端上菜餚，菜的味道不錯，可惜丹年才吃上兩口，就有同桌或是鄰桌的夫人來關切丹年是哪家的閨女、年紀多大了。

丹年少不得要起身行禮，裝出一副乖巧的模樣回答長輩的問題，一旁的廉清清也沒好到哪裡去，一時之間十幾張宴桌觥籌交錯、人影穿梭，好不熱鬧。

好不容易等宴席散了，丹年琢磨著那群來變相相親的少爺和小姐們，該見面的也見了、該勾搭的也勾搭完了，以為這下可以回家了。

不料，慶王爺還安排了飯後節目，男賓去了莊園後院的比武場玩射箭，女賓則被安排在戲臺聽戲。

丹年實在不想聽戲，這裡離自己家，坐馬車也要大半個時辰，可沈大夫人和沈丹荷、沈丹芸都老神在在，一點兒提前回去的意思也沒有。沒有馬車，光靠她一雙腳實在很難走回去。

廉清清倒是對看戲興趣很大，她見丹年沒興致，頗感奇怪地說道：「丹年不喜歡看戲嗎？我最喜歡看戲了！」

丹年納悶道：「妳能聽得懂他們在唱什麼？」

「聽不懂啊！」廉清清理直氣壯地說道：「不過人家都說看戲、看戲，覺得好看就行了！」

廉夫人聽她們兩人說話，呵呵笑了起來，她摸著廉清清的腦袋，向丹年笑道：「清清被我慣壞了，沒一點官家小姐的樣子，還不如丹年，年紀比清清小，卻比清清穩重踏實多了，多像個官家小姐！」

這話讓丹年聽得不是滋味，什麼叫「像」官家小姐？丹年嘴角微揚，含笑緩緩說道：「廉夫人太謙虛了，清清天真爛漫，是您教導有方的結果。」意思就是說，妳女兒沒教養，那也是妳教出來的！

丹年滿意地看到廉夫人的臉色變了變，淡淡笑了兩聲，轉而和其他夫人聊天，廉清清聽不出她們兩人話裡的針鋒相對，專心看著戲臺上花稍的人物，覺得很是有趣。

沒多久，一個小丫鬟匆匆來請丹年，說是沈大夫人請她過去。丹年皺著眉頭，直覺上那裡沒有好事等著她。

小丫鬟領著丹年去了莊園西邊的庭院，丹年看小丫鬟路走得很急，不由得問道：「妳可知我大伯母找我有什麼事？」

小丫鬟停下腳步，轉身低眉福了一福，聲音軟軟地說道：「回稟小姐，奴婢也不知，沈大夫人正與我們二夫人說話，就讓奴婢過來叫您了。」

此時男賓在後院玩射箭，女賓都在看戲，路上反而清靜，半天見不到一個人影。丹年淺淺一笑，從袖子裡摸出兩個大錢來，塞到小丫鬟手裡，笑咪咪地對她說：「有誰在場？」

小丫鬟也笑了，不動聲色地把錢塞進袖子裡，甜甜地說：「奴婢走的時候，房間裡除了沈大夫人與我們二夫人，還有雍國公府白家二房的白夫人以及沈大小姐與沈二小姐，之後是否還有其他夫人或小姐過去，奴婢就不知道了。」

丹年低頭笑了笑，擺了這麼大的陣勢要她過去，是要她看好戲，還是要看她的好戲？她朝小丫鬟一笑。「好了，我知道了。」

說著，丹年又掏出兩個大錢，請小丫鬟幫自己向廉小姐帶個話，若是自己半炷香過後仍未回去，就請廉小姐過來找她。小丫鬟拿了錢，歡天喜地地應了下來。

到了房門口，小丫鬟站在門簾外通報了一聲，說是沈家丹年小姐過來了，就有丫鬟掀開了門簾，請丹年進去。

丹年一進屋，看到正對著門口的美人榻上歪著一個四十歲上下的婦人，正是多日不見的白夫人，她半閉著眼睛，旁邊有丫鬟在幫她捶腿。

兩旁的椅子上坐著齊二夫人和沈大夫人，沈丹荷和沈丹芸站在她們旁邊，沈丹荷面無表情地看著丹年，沈丹芸的眼裡則帶著濃重的幸災樂禍。

丹年心裡打了個突，擺出一副笑臉，對沈大夫人問道：「不知大伯母叫我來有何事？」

沈大夫人拿起絲帕擦了擦眼角，說道：「丹年，妳爹不在家，我這當大伯母的可是為妳操碎了心，怕妳在家過得悶，就帶妳來慶王爺的莊園。可妳，唉，不是我說妳，妳不能做出這樣的事啊！」

丹年被沈大夫人一番唱作俱佳的表演給弄糊塗了，如此苦口婆心的勸說，她都幾乎要相信自己不留神時做了什麼天怒人怨的事。

丹年轉頭看向慶王府的齊二夫人和白家二房白夫人，除了白夫人歪在美人榻上之外，齊二夫人是正襟危坐，一臉嚴肅地看著丹年。

在座的夫人，哪一個出來說話都有分量，丹年思及此，便笑道：「丹年不知大伯母在說些什麼。剛才丹年一直和廉夫人還有廉小姐在看戲，若是丹年做了什麼不恰當的事，還請大伯母明示。」

沈大夫人沒料到丹年態度會是如此，只得繼續說道：「丹年，妳家裡生活不寬裕，可該是自己的，自然是自己的，不是自己的財物也莫貪啊！」

丹年眉頭皺了起來，這話是什麼意思，拐彎抹角說自己手腳不乾淨？

丹年火氣漸漸竄了上來，她強壓住火氣問道：「大伯母覺得丹年貪了什麼？」

一旁冷眼看著丹年的沈丹荷忍不住了，她走上前去，一副溫柔長姊的姿態，柔聲道：「丹年妹妹，我們早已知道了，在場的都不是外人，只要妳主動把東西交出來就行，妳還小，大家都會原諒妳的。」

丹年冷笑一聲。「妳這是什麼意思？既然都知道了，還想讓我說什麼？」

沈丹荷一向覺得丹年是個膽小怕事的鄉下人，沒想到會當場頂撞她，一時之間竟說不出話來。

此時，沈丹芸幸災樂禍地笑道：「丹年妹妹，大姊姊和母親的意思是說妳偷了雍國公世子的白玉珮，早點交出來，免得到時被搜出來，大家臉上不好看。」

丹年聽到「搜身」兩個字，腦子中理智的那根弦一下子繃斷了。「搜身?! 沈丹荷，枉妳自稱滿腹詩書，書都讀到狗肚子裡去了！」

不管沈丹荷脹成豬肝一般的臉色，丹年繼續罵道：「我沒見過什麼世子的白玉珮，我也不認識什麼世子，若妳們執意要搜，我一個孤苦弱女子也沒別的辦法，只能任妳們欺凌！」

環顧周圍五個表情各異的夫人與小姐，丹年瞪大眼睛，厲聲道：「倘若妳們沒搜出什麼來，我就一頭撞死在這莊園裡，等我父兄回來，再由他們替我收屍伸冤！」

沈大夫人萬萬沒想到丹年會是這個反應，原以為她膽小怕事，嚇唬、嚇唬她，她就會把世子的白玉珮給交出來。隨行的丫鬟說看到世子將白玉珮丟給了丹年，之後便慌張跑來稟告她。

關於那塊白玉珮，在京城同一個圈子裡打滾的人都知道，是雍國公府大老夫人去請高僧開過光的，世子從小就帶在身邊，重要性不言而喻，如今卻是初次見面就給了丹年。莫非他吃膩了燕窩魚翅，喜歡上清粥小菜，還真對這小丫頭產生了興趣不成？

沈大夫人不允許任何威脅她女兒地位和寵愛程度的事情發生，世子年輕俊朗，家世又沒得挑，女兒能與他訂親，是沈家處心積慮找了多少關係、賠了多少人情才換來的。

在沈大夫人眼裡，丹年只是個陪嫁，不應自以為是，產生什麼不該有的想法。更何況，若是坐實了偷藏財物的名聲，丹年可是騎虎難下。名聲一毀，到時還不是任她安排當個陪嫁，二弟夫妻說不定還會感激她給了丹年一個好歸宿。

沈大夫人有心擺出個大陣仗來提點和嚇唬丹年，只要這次把她鎮住，以後也會老實得多，不過是個鄉下來的女孩，就算有什麼想法，也要統統喝斥回去！

然而丹年的反應卻大大出乎沈大夫人意料，她如此剛烈，如此篤定自己沒有見過白玉珮，也不認識世子，莫非是那個丫鬟看錯了?!

沈大夫人驚疑不定，要真是看錯了，那這回鬧的烏龍可大了，二弟要是從戰場回來……想到這裡，沈大夫人換上了一副笑臉，柔聲勸道：「丹年，不要急，大伯母也是為了妳好。有人嚼舌根說看到妳偷拿了世子的白玉珮，大伯母也是怕妳惹禍上身，世子他……」

丹年不耐煩地打斷沈大夫人的話。「我已經說了，我不認識什麼世子，也不想認識！」

沈大夫人被丹年駁了面子，臉色一陣發青，沈丹荷不滿地瞪著丹年，正要說些什麼，丹年忽然想到了一件事，頗為玩味地笑道：「聽大伯母說，這世子是尊貴得不得了的人，身上的白玉珮定是相當珍貴，既然丟了，這莊園上任何人都有可能撿到，不如全叫過來搜個身吧。當然，大姊姊也要搜，說不定還有意外的驚喜呢！」

沈丹荷怒極，指著丹年罵道：「妳、妳真不知廉恥！」

丹年咯咯笑了起來，沈丹荷畢竟是受這時代的女子教育出來的，就算行為再齷齪，罵起人來水準還是很低落。

「不知廉恥？那大姊姊就知廉恥了？為了一個男人的東西，聯合一群人來搜堂妹的身，還未出閣的大姊姊，妳可真知廉恥啊！」丹年咬牙切齒地罵道。

沈丹荷差點就要哭出聲來，被沈大夫人狠狠瞪了回去。沈大夫人轉頭面向丹年，板著臉重重咳了一聲。「丹年，妳爹娘沒教妳禮貌嗎？怎麼這樣同長姊說話！」

丹年無所謂地笑了笑，大家都已經撕破臉了，現在還跟她講什麼長幼有序？方才一個勁兒地恐嚇威脅她，往她身上潑髒水的，又是誰啊？

沈丹荷緩過勁來，一雙眼恨不得往丹年身上射刀子。她轉身向白夫人和齊二夫人福了一福，已然恢復那個溫良賢淑的大家小姐形象。「兩位夫人，沈家出了這樣的事情，實在是讓您二位見笑了。丹荷一定要……」

「欸，等等，大姊姊。」丹年特意拉長了語調。「什麼叫沈家出了這樣的事？我可什麼都沒做，莫非是大姊姊和二姊姊做了什麼見不得人的事讓人家見笑了？可別把我也扯上！」

沈丹荷不怒反笑了起來，眼裡寒光四射，恨不得把丹年大卸八塊。

其實丹年站在沈丹荷的立場上也能理解，就算是被《女訓》、《女誡》教育過又如何？看著未來老公的小三站在自己面前，哪個女人心情都舒暢不了吧！

不過，怨恨的對象成了自己，丹年就高興不起來了，她看著在一旁偷笑看戲的沈丹芸，有些意興闌珊地向三位夫人福了福身子。「既然沒丹年什麼事，丹年就先告退了。」

「站住！」沈丹荷喝住了丹年。「事情還沒查清楚就想溜，沈家的人光明磊落，未出過作奸犯科之人，也不會姑息養奸！」

丹年收回了抬出去的腳，饒有興味地看著沈丹荷，問道：「喔？那大姊姊想要怎麼查呢？」

沈丹荷盯著丹年，一字一句地說道：「既然有丫鬟看到妳在竹林那邊撿到世子的白玉珮，不妨找那丫鬟來跟妳對質，妳若真的清白，我們也不會冤枉好人。」

丹年點頭表示同意，不就是想鬧嗎？看她們能翻出什麼浪來！

第三十章　化險為夷

過了一會兒，沈家一個十八歲上下的丫鬟就被帶進了房間。她身段窈窕、妝容可人，穿著一身水綠色的外褂和百褶裙，若不是頭上沒有什麼像樣的首飾，比丹年還像個官家小姐。

一進門，丫鬟就跪倒在地，向眾位夫人與小姐磕了個頭。「妍落給各位夫人、小姐請安。」

沈丹荷眼裡帶著勝利的喜悅，指著丹年問道：「妳可看清楚了，是不是丹年妹妹拿了世子的白玉珮？」

妍落怯生生地抬起頭，看了看丹年，正巧對上丹年的眼睛，她發現丹年的眼神饒有興致，不見半點驚慌。

妍落壓下心底的慌亂，再次磕頭說道：「是，奴婢看得清清楚楚，正是丹年小姐拿了世子的白玉珮。」

沈丹荷笑道：「丹年妹妹，這下沒話說了吧，若是妳快些認了，哪裡需要費這麼大的工夫？」

丹年現在已冷靜許多，沈丹荷做出這等噁心的事，無非是要打壓自己。沈丹荷看著未來的小三蹦躂在自己面前，深感不爽，要樹立主母的威嚴，方便以後一輩子騎在小妾頭上。

不過自己沒什麼好怕的，白玉珮根本不在自己身上，更何況，白玉珮是雍國公世子扔過來的，沈丹荷此舉，估計有更深一層的用意。

丹年笑咪咪地對沈丹荷說道：「妹妹當然有話要說，光憑這個丫鬟的片面之詞，就斷定我偷拿東西，未免不公，我還能說就是她這丫鬟偷了白玉珮呢！她口口聲聲說是世子的白玉珮，那就先請世子確認一下，是不是真的丟了白玉珮，若不是，那就把這丫鬟拖出去打幾十個板子，治她個誣衊主子的罪名。」

妍落一聽要牽扯到世子，立刻從地上直起身子，一臉緊張地叫道：「奴婢看得清清楚楚，就是世子沒錯！」

沈大夫人最見不得奴婢沒規矩，未等妍落說完，便厲聲喝道：「沒規矩的東西！問妳話了嗎?!」

丹年不管沈大夫人，而是轉頭蹲下，對妍落笑道：「喔？把妳當時看到的情況說出來吧。」

妍落低著頭，訥訥地說道：「我看到世子騎馬經過竹林旁的小路上，白玉珮掉了出來，丹年小姐就撿起來，藏到了懷裡。」

栽贓陷害的事情，妍落並不是頭一次做，雖然她看到的是世子向丹年小姐拋出了白玉珮，可大夫人和大小姐聽到以後，嚴厲警告她要她按照她們的意思說話。

世子是那麼高高在上的人，身分又尊貴，她只是個卑微的奴婢，他要是生氣了，只要一跺腳，她就會粉身碎骨。

可萬一事成了，大小姐看她有功，說不定會把她選做陪嫁丫鬟，日後說不準世子會看上她，若能跟了世子，即便是個沒名分的通房丫頭，她也甘之如飴。

丹年看著伏地不語的妍落，白夫人則如老僧入定般瞇著眼不動，似乎眼前發生的事情與她沒半點關係。

齊二夫人盯著自己手上鎏金的指甲套，心裡默默嘆了口氣。沈大夫人和沈丹荷這步棋太陰險了，那沈丹年母女孤身在京，算計人家作陪嫁的妾已是失德，如今又要一群人欺負一個小姑娘。

齊二夫人本姓白，她的母親就是白夫人，世子是她的堂弟，齊二夫人的祖母便是沈丹荷祖母的嫡親姊姊，其中關係盤根錯節。原以為嫁給一個閒散王爺，就不必再理會這些事了，可如今母親居然幫沈大夫人算計起自家侄子的婚事了。

齊二夫人想起堂弟白振繁，他是個在萬千寵愛下長大的白家嫡長子，是伯祖父精心栽培的接班人，用人中之龍來形容他一點都不為過。那麼聰明驕傲的男子，怎麼會容忍有女人監視他，甚至干涉他要做的事？

沈丹荷這小姑娘長得不錯，就是心性太高，連個陪嫁的小妾都容不下，日後如何堪任雍國公府的主母？更何況，白家還未到沈家下聘，沈家就把自己抬到如此位置……

丹年不動聲色地觀察了一下白夫人和齊二夫人的態度，敢情這兩個人是被拉過來打醬油的？心中有了底，丹年點了點頭，繼續對妍落問道：「好吧，那當時妳是站在哪裡看到的？白玉珮那麼小的東西，站遠了，也看不到吧。」

「奴婢是躲在竹林旁邊的假山後看到的，離丹年小姐很近，看得清清楚楚！」說到這裡，妍落充滿了自信。

「喔，這麼說妳是沒事一直跟在我身邊嘍？還是妳在監視世子？」丹年繼續往白振繁身上扯。

沈丹荷的弱點在於她還沒修練到家，但凡有女子出現跟她分享男人，她就坐不住了，只要不斷講到白振繁，沈大夫人和沈丹荷必定像被踩了尾巴的貓一樣跳起來。

「我看還是請世子……」還未等到丹年說完，就聽見門外有小丫鬟通報說廉小姐來了，要找沈家的丹年小姐。

丹年暗自鬆了口氣，廉清清還是很夠意思！

廉清清帶著一個小丫鬟，一進來，她就朝三位夫人行了個禮，笑嘻嘻地朝丹年問道：「妳怎麼去了這麼久，我找妳找了好長一段時間。」

丹年指著地上跪著的妍落，輕描淡寫地說道：「還不是這個丫鬟，非要說看到我撿了雍國公世子的值錢白玉珮。」

廉清清皺著小巧的眉頭。「怎麼會有這種事，妳不都和我在一起的嗎？」

「這丫鬟說就是在竹林旁邊的小路上，看到世子掉了白玉珮，被我撿了去。」丹年淡淡地說道。

「不可能。」廉清清斷然地說道，不屑地盯著沈丹荷和沈丹芸。這肯定是栽贓嫁禍，丹年根本不想與世子扯上關係，又怎麼會拿他的白玉珮？

廉清清繼續說道：「我看到還有別人走過那條路，怎麼能賴到妳身上?!」

沈丹芸唯恐天下不亂，乘機問道：「喔，還有誰？」

廉清清理直氣壯地說道：「還有京兆尹家的董小姐和她的丫鬟，她也有嫌疑！」

說來也是湊巧，廉清清去找廉夫人時，剛好看到京兆尹家董小姐一路朝丹年的方向走過去，她的丫鬟還在後面追著跑。

聽到這裡，丹年眉頭微微皺了起來。

事情開始不受控制了，她原本是打算讓廉清清把她帶出去就行，反正父親和哥哥就快回來了，大伯母一家以後頂多唸自己幾句，大不了搬出去租間房子住就是。

現在廉清清提出那個搶了白玉珮當寶貝的小姐，事情就難辦了。丹年瞬間做出決定，這件事她打死都不能認，不想被送去當小妾，就不要和世子產生一星半點兒的關聯。

廉清清在家裡是最受寵的，廉家在京城地位也不低，看見自己唯一認可的朋友受了氣，便不管三七二十一，揚手叫過小丫鬟，吩咐她去請董小姐過來。

沈丹荷臉色有些難看，這個廉清清果真是武夫之後，絲毫不懂人情世故，她還來不及阻攔，廉清清隨身帶來的小丫鬟就飛奔出去了。

事已至此，丹年也只得抱著看好戲的想法，騎虎難下的反倒成了沈大夫人和沈丹荷。若是那董小姐有點腦子，咬死不承認，這件事就到此為止；若是那董小姐認了——丹年垂下眼睛，她就只好來個死不認帳了。

沒多久，董小姐就帶著隨身丫鬟來到房間裡。

齊二夫人抬起頭，含笑向董小姐介紹在座的夫人與小姐，輪到丹年時，齊二夫人便說她是沈大夫人的姪女。

董小姐額頭不禁冒出汗來，莫非這群人是要替這個叫丹年的人討公道？

丹年一副若無其事的模樣，她想讓事情到此為止，鬧大了她也沒好處。看到董小姐一臉心虛，丹年就替她著急，雖然說她父親官不大，但沈大夫人和沈丹荷找碴的對象又不是她，自然不會為難她，只要她咬死不承認，便什麼事都沒有，可如今她卻這麼不爭氣。

丹年偷偷在心裡嘆氣，那個從她手裡搶白玉珮的刁蠻小姐上哪兒去了！

齊二夫人介紹完，看到董小姐緊張的模樣，覺得有些糊塗。沈家的丫鬟信誓旦旦地說看到沈丹年把世子的白玉珮撿走，看起來不像是撒謊，沈丹年如此篤定，也許是在賭她們不會搜身，可這董小姐是在怕什麼？

齊二夫人笑道：「董小姐可是熱了？也難怪，從戲臺到這裡，走了這麼遠的路。」

董小姐乾笑道：「不累不累。」

齊二夫人微微嘆口氣。最後壞人還是她來做，在座的人之中，只有她是慶王府的人。「董小姐別害怕，只是有個問題問問妳。中午之前，妳可有從竹林旁的小路上經過？」

董小姐半天沒吭聲，一時之間氣壓低得有些嚇人。

丹年心裡開始打鼓了，這個人到底在想什麼？只要說一句「沒去過」就行了，這些人又不會揪著她不放！

可丹年哪裡想得到，這董小姐以為這裡坐的都是丹年的親戚，以為她們是為了幫丹年教訓她，故意要安個罪名給她！

廉清清悄悄握住丹年的手，朝丹年笑了笑，意思就是她相信丹年。從一開始踏入房間，丹年就面臨審判、誣衊與羞辱，如今有廉清清給她一個溫暖的笑容，丹年很是感動。廉清清是個單純美好的女孩，她實在不該懷疑廉清清。

齊二夫人見董小姐不說話，便斟酌著開口了。「世子的白玉珮在竹林旁邊的小路上弄丟了，那是他從小就戴在身上的，我是他堂姊，又是慶王府的媳婦，便想幫他找回來。」

董小姐實在承受不了這麼壓抑的氣氛，哇的一聲哭了出來，眼淚鼻涕橫飛的從袖子裡抖抖索索地掏出一塊白色的玉珮來。

她來京城的時間不長，可也聽人說過沈家大小姐是與世子訂親的對象，她只是想親手將白玉珮交給世子，跟他說上幾句話就心滿意足了，可誰料到事情會變成這樣?!

沈丹荷嫌惡地看了董小姐一眼，上前一把扯走那塊玉珮，仔細一端詳，果然是世子隨身佩戴的白玉珮！

丹年笑咪咪地看著沈大夫人和沈丹荷，白玉珮找到了，她們自編自演的爛劇也該謝幕了。

沈丹荷看著董小姐，如同在看一個下人般，用居高臨下的語氣說道：「董小姐，妳可知偷藏他人財物是何罪？」

董小姐邊哭邊喊道：「我只不過是撿……不，不是我撿的，是她！」

她用手指著丹年，咬牙切齒地罵道：「是她給我的！」

無論如何，她絕對不能讓人把偷竊財物的罪名安在自己身上，父親好不容易才答應讓自己跟來京城，若是坐實了這個罪名，父親肯定會送自己回老家去！

丹年笑了，語氣如春風般和煦。「董小姐，妳是不是被日頭曬昏了腦袋？我與妳素不相識，為何一見面就要送妳這麼貴重的禮物？」

廉清清也幫腔道：「董小姐，丹年又不認識妳，怎麼可能送妳禮物，妳別逮著誰就咬啊！」

慌亂中，董小姐彷彿抓到了一根救命稻草般，她指著一旁不停發抖的丫鬟說道：「我的丫鬟，我的丫鬟她看到了，是這個沈丹年給我的！」

廉清清不屑地撇了撇嘴。「照董小姐的說法，我和我娘還有我的丫鬟，都能為丹年證明東西不是她給妳的了！」

說真的，丹年的確沒把東西「給」董小姐，而是她搶走的。丹年偷偷拉了拉廉清清，有她作證，自己算是洗脫了嫌疑，大伯母一家不會再追究這件事了。

這個董小姐也是傻，不懂京城的規矩，還以為自己能像在家裡一樣蠻橫。

白夫人原本一直瞇著的眼睛睜開了，她看了看淺笑不語的丹年，再看看一旁的沈大夫人和沈丹荷，出來打了個圓場。

白夫人和藹地勸慰丹年。「丹年啊，妳大伯母和妳大姊姊是太急切了，唯恐妳做了什麼事情，沒辦法向妳爹娘交代，她們帶妳出來玩，是要承擔風險的，妳可別怨她們啊！」

丹年有禮貌地彎腰朝白夫人福了一福。其實快要被她嘔死了，說得沈大夫人多麼偉大高尚似的！話雖如此，丹年還是答道：「大伯母和大姊姊都是為了丹年好，丹年知道。」

白夫人滿意地點了點頭，看向哭得亂七八糟的董小姐，慢條斯理地說道：「既然董小姐把東西交出來，這件事就算了。辰娟啊，妳得空了，便同董小姐的母親提點一下，教孩子得多花些心思，莫耽誤了孩子。」

齊二夫人連忙起身稱是，董小姐聞言哭得更是大聲，這下她爹娘絕對不會讓自己在京城待下去了。

廉清清看沈大夫人和白夫人一副要開始話家常的架勢，連忙拉著丹年告辭，退出了屋子。

等她們到了院子，丹年長長地吁了口氣。

廉清清幫著丹年搓著手，擔心地說道：「丹年，妳的手怎麼冰成這樣？」

丹年不禁莞爾，輕輕抽回手，謝道：「不礙事的，一會兒回了血就好了。剛才……真是謝謝妳。」

廉清清不好意思地擺了擺手。「千萬別這麼說，妳是唯一能跟我說得上話的朋友，既然是朋友，幫妳不是應該的嗎？以後妳儘量不要跟妳大伯母還有兩個堂姊牽扯了。」

說著，廉清清湊近丹年的耳朵，壓低聲音道：「就是她們想讓妳去作妾，我娘說她們缺德沒良心！」

丹年笑了笑，換了個話題。「清清，妳說一群小姐說妳是草包，可我覺得妳也挺聰明的啊！」

廉清清吐了吐舌頭，笑道：「我啊，就是不耐煩作那些酸詩，聽人唸書我都能睡著，所以她們才這麼說。不過，她們看不起我，我還瞧不起她們呢！」

丹年看著廉清清一臉嬌憨的模樣，也笑了。她就像她在前世的表妹一樣，單純可愛，常常為了學習而頭疼。

廉清清拉著丹年的手，邊走邊說：「丹年，其實我知道妳不喜歡我娘，我娘也不願意讓我同妳來往。可我覺得妳是好人，就是跟妳聊得來。要是以後又發生了什麼惹妳生氣的事情，妳一定要記得還有我這個朋友喔！」

丹年忍不住停下了腳步。她一直以為廉清清是個沒心眼的女孩，沒想到她把一切都看在眼裡，什麼都明白。如果說以後還會發生什麼事，可能就是哥哥和廉清清的婚事吧……

廉清清見丹年不吭聲，有些急了，不禁拉著丹年的手晃了起來。

丹年連忙安慰道：「妳當然是我的朋友！」一句話又哄得廉清清開心了半天。

兩人在莊園裡又逛了一會兒，小ㄚ鬟在後面提醒說時間不早，夫人該等急了。

廉清清看了看天色，確實該回家了，便問丹年要如何回去，是否要和沈大夫人她們一道坐車。

丹年思前想後，覺得沈立言還沒回來之前，她不便與沈大夫人鬧翻，要是不去坐她們的馬車，就像不給沈大夫人面子，便對廉清清笑說自己還是要跟她們一起回去。

第三十一章 另覓住處

兩人走到莊園入口，十來輛馬車並排停在路口，廉清清和丹年道別後就上了自家馬車，揚塵而去。丹年開始尋找沈家的馬車，然而來回找了幾遍，都沒看到早上過來時那輛馬車。

丹年不死心地問起一旁慶王府的小廝。「可有看到沈立非大人府上的馬車？」

小廝看了她一眼，行了個禮，恭順地答道：「沈大人家的馬車早就離開了。」

丹年不敢相信自己的耳朵，大伯母居然做出這種事情，連等都不等，就把她一個未出閣的女子孤身留在郊野的莊園上！

漸漸的，馬車都走光了，丹年孤零零地站在路口，心中怒火卻是愈漲愈高，真是欺人太甚！然而怒火再高，也擋不住太陽逐漸西落，看到天邊的晚霞與即將轉暗的天色，丹年有些著急了。

此時，一輛被漆成全黑色的馬車停到丹年面前，裡面的人一把掀開車簾，簡單有力地朝丹年撂下兩個字。「上車！」

丹年瞪著依舊一臉嚴肅的蘇允軒，慢悠悠地從牙縫裡擠出兩個字。「不上！」

她沈丹年就是再窮困潦倒，再怎麼落魄，也堅決不讓仇人同情！

正所謂富貴不能淫，威武不能屈，丹年原本垂頭喪氣的情緒，在看到蘇允軒後，立刻轉變成鬥志高昂。

「那妳怎麼回家？」蘇允軒見丹年不配合，皺起了眉頭。

看到蘇允軒生氣，丹年就開心無比。「不用你管！」

丹年轉頭叫來一個莊園上的小廝，笑得一臉燦爛。「我是內閣大臣沈立非大人的女兒沈丹荷，在你們家玩得太高興了，忘了時間，麻煩找輛馬車送我回家，慶王府不至於為難一個來作客的人吧！」

小廝一般沒機會接觸到閨閣小姐，所以不知道丹年並非沈丹荷，他剛要領命，就看到戶部尚書蘇晉田大人的獨子，同進士蘇允軒公子黑著臉瞪他，那眼神明明白白告訴他，敢去找馬車，他就死定了。

小廝不知如何是好，眼神輪流在丹年和蘇允軒身上打轉，結結巴巴地說道：「這、這、這……」

蘇允軒手一揚。「這裡不用你管，下去吧！」

小廝得了令，毫不猶豫地選擇了氣場強大的蘇允軒，慌忙行個禮便離去了。

丹年看著小廝幾乎是落荒而逃的背影，氣得指著蘇允軒喊了一聲。「你！」

蘇允軒這小屁孩著實可惡，不只嘴巴壞，欺負起人來也很精，丹年咬牙切齒，卻毫無辦法。

蘇允軒嘴角揚著一抹幾乎看不到的笑意。「妳還能坐哪輛馬車？莫非沈小姐想在郊野上的莊園露宿一宿？」

丹年算是明白了，蘇允軒這個人看起來像是謙謙君子，實際上最是霸道不講理！

她昂首挺胸走向馬車，既然有人錢多人傻，願意免費送她一程，她幹麼跟自己過不去！

蘇允軒看著丹年像隻驕傲的小公雞一樣，目不斜視地上了馬車，看都不看他一眼，臉上竟是自己也未察覺到的寵溺。

等丹年上了馬車，馬車便緩緩行駛，丹年掀開車簾，對車伕說道：「去城西梨花巷。」趕車的大叔扭頭朝丹年咧嘴一笑。「好！」說著一甩韁繩，加速往前駛去。

就在大叔回頭那一瞬間，丹年看到他的臉，那精明幹練的眼神似乎在哪裡見過……丹年抓著車簾，瞪著趕車大叔的後腦勺冥思苦想了半天，突然叫道：「我見過你！」

蘇允軒聞言，不由得笑了笑。原本一直閉目養神的他，睜開眼睛看著丹年。

丹年指著車伕叫道：「我小時候你趕車差點撞到我，你的馬生病了，還是我爹給治好的！」

林管事回頭一笑，三十五歲上下的臉龐顯露的是與年齡不符的頑皮，他哈哈一笑，並不回答。

丹年恍然大悟，放下車簾，看向端坐在車廂內的蘇允軒。「你就是那個小少爺，這麼說來，你母親……」

丹年愈想愈揪心，當年蘇允軒是母親去世才返回外公家，這不就意味著丹年的生母，那個如水般溫柔，懷胎十月卻在生產當天被奪去孩子的劉玉娘早就去世了？

丹年呆呆地看著坐在她對面的蘇允軒，艱澀地開口了。「這麼說……娘親她早已不在人世了？」

蘇允軒淡淡地說：「我對母親沒有太多印象，她總是終日在佛堂唸佛，我是在祖母身邊長大的。」

丹年嘲諷地一笑，低聲喃喃道：「你不會不知道為什麼娘親總是躲在佛堂裡。他日倘若你成就了王侯霸業，史書上只會讚美你們一個臥薪嘗膽，終成大業；一個忍辱負重，成就了千古名聲。可有誰會記得一個懷胎十月、生產當日就被奪去孩子的母親？有誰會記得那個被犧牲掉的孩子？有誰問過這兩個人願不願意犧牲自己？」

丹年其實對劉玉娘沒有什麼母女親情，更多的是對她還有對自己的同情。前世遭到家庭變相拋棄放逐，對她早已是不可修復的創傷；剛來到這個世上，又遭親生父親將自己推入火坑，這兩件事，在丹年心裡是一塊永遠好不了的傷疤。

過了很久，蘇允軒低沈的聲音響了起來。「如果我能選擇，我也不願意一出生就背負無數條人命，更不願意讓母親躲入佛堂悲苦而死。」

丹年的情緒平穩了一些，語調也恢復了平時的輕鬆。「萬幸，我還活著，我會連同娘親那份一起活下去。蘇晉田不是想要我的命嗎，我偏要活得很好！」

「丹年，父親他也是妳的父親，他有他的無奈。」蘇允軒語氣中有了無奈和責備。

車廂內燈光昏暗，丹年看不清蘇允軒的臉，但丹年能想像出他皺著眉頭的樣子，還有一臉的不贊同。

丹年坐直了身體，閉著眼睛說：「我姓沈，我的父親只有沈立言，我是沈立言的女兒，蘇晉田如何無奈，跟我半點關係都沒有！」

回答丹年的，只有蘇允軒的呼吸聲。

馬車外的林管事嘆了口氣，他勒住馬，朝車廂裡低聲說道：「少爺、丹年小姐，已經到梨花巷口了。」

丹年悄悄用衣袖擦了一下眼睛，撩開車簾跳了下去，她在車外訥訥地朝車廂內說了句。「謝謝。」

車廂內再無言語傳出來，林管事笑咪咪地看了丹年一眼，揚鞭駕車緩緩離去。

丹年看著遠去的馬車，嘟囔著。「真是個怪人！」便轉身敲響了家門。

丹年剛敲門喊了聲「娘」，門就立刻被打開了，開門的人是小石頭，院子裡隨即響起匆匆的腳步聲，沒多久，家裡的人全都到院子裡了。

丹年被這陣仗嚇了一跳，剛要說些什麼，就見李慧娘衝上前來，緊緊攥著丹年的手，哭罵著。「妳這孩子，怎麼這會兒才回來！」

此時天色已黑，丹年抬眼看向周圍的人，發現他們也都是一臉擔憂，頓時內疚不已。丹年抱著李慧娘的胳膊，掏出絲帕幫她擦了擦臉。

梅姨和吳氏連忙招呼丹年進屋再說話，丹年扶著李慧娘進了屋，才向眾人不好意思地笑道：「玩得有點晚，讓大家擔心了，以後一定注意時間。」

大夥兒笑了笑，小石頭卻是欲言又止，擔憂地看了丹年一眼，才跟著吳氏和馮老闆去了後院。

李慧娘幫丹年倒了杯水，丹年慢慢喝著潤喉嚨，李慧娘坐到她身旁，問道：「今天是怎麼回事，怎麼會這麼晚回來？要是妳再不回來，我就要小石頭去妳大伯父家問問了。」

丹年踮起腳尖，在地上劃了半天，決定還是跟李慧娘說說今天發生的事情。

她想了一下，抬起臉認真地同李慧娘說道：「娘，之前大伯母來，是不是跟妳提過我的婚事？」

李慧娘一怔，隨即緊張地問道：「怎麼？妳大伯母跟妳說了？這種事情怎麼能跟孩子說！這人真是……」

李慧娘以為沈大夫人撩撥丹年聽她的安排嫁人，一時之間氣憤不已。

丹年連忙拉住李慧娘的手，安撫道：「娘，大伯母沒說。上次在大伯母家裡，嫂子告訴我說大伯母她想……她想讓我當沈丹荷的陪嫁，給雍國公世子作妾。」

丹年支支吾吾說了出來。在自己的娘親面前說這些話，丹年原以為她會很氣憤，誰知一說出來，才發覺她更多的情緒是委屈。

李慧娘大驚失色，拉著丹年慌忙問道：「怎麼會有這種事？就算妳爹還遠在邊境，但我還在這裡，她憑什麼做決定？這簡直是、簡直是喪盡天良！」

說完，她忽然轉頭對丹年罵道：「妳這孩子，這麼大的事情怎麼瞞著我?!大家族的骯髒事妳又沒見過，萬一吃了虧……」

丹年一看李慧娘動怒了，後悔不已，忙解釋道：「娘，嫂子也說了，大伯母只是有這個想法，萬一她是騙我的呢？不是平白給娘添麻煩嗎？只是……今天出了點事情，我覺得，嫂子她沒騙我。」

「出了什麼事情？」李慧娘生怕丹年吃虧，緊張地問道。

丹年含蓄地提了一下事情經過，李慧娘氣得一掌拍在桌子上，發出一聲巨大的聲響，桌上的茶水也濺了出來。

丹年看李慧娘這個樣子，心疼不已，剛要說些什麼，就聽到梅姨和碧瑤在門外用擔憂的聲音問出了什麼事。

猜測她們應該是聽到響聲跑過來的，丹年忙道：「沒事，不小心撞到了桌子，妳們回屋吧！」

說完，丹年趕緊拉著李慧娘的手看，果然紅了一大片。她心疼地吹了吹李慧娘的手掌，勸慰道：「娘，您何必跟那幫子小人生氣呢？」

李慧娘氣得頭疼，用另一隻手揉著額頭，喘著氣罵道：「怎麼能不氣？妳爹和哥哥還在邊境，他們可好，一個個算計起我們母女了，今天不但冤枉妳偷東西，還把妳一個人丟在別人家裡，真是……」

丹年看李慧娘氣得說不出話，想換個話題哄她開心，想起今天廉清清說過的話，連忙歡快地跟李慧娘說道：「娘，我今天聽廉小姐說，邊境大捷，爹和哥哥很快就能回家了！」

李慧娘聞言，驚喜地抬頭。「真的？」

丹年重重點頭。「肯定不會錯，廉小姐的父親和爺爺都在兵部擔任重職，消息向來很靈通。」

李慧娘這會兒才露出了笑容，她摸著丹年的腦袋，感嘆道：「妳爹和哥哥回來就好了，以後妳就待在家裡，在妳爹回來之前都不要跟妳大伯父那邊有聯繫了。」

丹年連忙點頭稱是。

「那個廉小姐……她父親可是叫廉茂？」李慧娘像是想起了什麼，追問道。

丹年也不敢隱瞞。「娘，我在木奇鎮時聽爹說，廉小姐和哥哥有婚約，可是爹說，廉家沒提這件事，顯然是有心不認，當年口頭約定也做不得數，我們就當沒這回事好了。」

李慧娘點了點頭。「沒錯，我們攀不上他們家，等妳哥哥回來，就幫他說門親事。唉，以前在老家的時候，我為他找了多少姑娘，他沒一個願意的，問他想要什麼樣的，他又不說。這小子，也不知道哪家姑娘能入他的眼，我們在京城又沒認識什麼人，也不知道有沒有人家願意把姑娘嫁過來……」

丹年看李慧娘嘆氣搖頭，一副甜蜜的哀愁模樣，不禁笑了起來，撒嬌道：「娘，您擔心個什麼啊，哥哥長得好看，又是舉人，多得是漂亮姑娘哭喊著要做我的嫂子！」

李慧娘想起自己一表人才、風度翩翩的兒子，又聽見丹年耍寶似的安慰，也笑了起來。

丹年看李慧娘高興了，稍稍鬆了口氣，又跟李慧娘提起搬出去住的事。

李慧娘又皺起了眉頭。「現在我也想快點搬離這裡，可原本希望時間能緩一緩，好透過經營盼歸居賺些錢買房子的……」

「娘，就先租房子吧。明天我就讓馮叔叔和小石頭去打探一下，看看有沒有空房子能租，租個兩進的小院子，就夠我們幾個人住了。」

丹年從背後摟住了李慧娘的脖子，笑嘻嘻地說：「爹的俸祿可以拿來付房租，現在盼歸居每天又有不少收入，足夠我們生活了。」

李慧娘拍了拍丹年摟著她的手，欣慰地笑了。

第二天中午，馮老闆就匆匆跑回家，同李慧娘還有丹年說已經看好了一處宅子，丹年驚喜異常。「這麼快?!」

馮老闆呵呵笑道：「是趙先生拜託的人人面廣、路子多，就是當初介紹買鋪面的中間人幫忙找的，三進的房子，家具什麼的都齊全，就是有點小，也有些年頭了，比不上現在住的房子。我先過來回報一聲，現在中午忙，等下午我就讓小石頭趕車帶夫人和小姐去看房子。」

說完，馮老闆就匆匆走了。

丹年心想，房子小倒沒什麼問題，倘若住得不如意，等爹和哥哥回來再挪地方就是，現在她連一天都不願意在大伯母家的房子裡住著，住一天糟心一天。

等到過了午飯時間，小石頭滿頭大汗地駕車回來了，丹年和李慧娘把房子落鎖，上了馬車。

馮老闆在房子那裡等著她們，新房子離盼歸居不遠，院牆也高，一般人不太可能爬上去。

但就是像馮老闆說的，房子很小，原主家在窄小的腹地上建起三間瓦房，等於沒了院子。

丹年關心的是價錢，若房租太貴，他們可承受不起。

馮老闆笑說他和趙福已經與房東談好，一個月二兩銀子，他們問了不少人，說這價錢算是公道的。

丹年點了點頭，這價錢還在她預算範圍內，當下李慧娘便和房東訂了契約，付三押一，一下子出去八兩銀子，要不是飯館生意不錯，天天有進帳，家裡可要捉襟見肘了。

訂下房子後，房東留了鑰匙就走了，以後每三個月會過來收一次租金，要是不租了，就提前一個月向他打聲招呼，李慧娘和丹年自然滿口答應。

當天下午，梅姨與碧瑤以及小石頭一家人便輪流把行李打包運到新房子裡，然後匆匆回去飯館，準備明天營業要用的材料。

丹年自家的東西太多，一時半刻收拾不完，丹年和李慧娘便想著下午先把行李打包好，晚上時再連同其他兩家人的鋪蓋等物品，一起搬到新房子裡去。

丹年安排了一下新家的房間，小石頭一家住前排，丹年和李慧娘住中間那排，碧瑤和梅姨則住後排。

丹年有心想讓趙福到家裡住，自從和趙福合夥做生意，他可算是幫了丹年大忙，丹年也不好意思讓他一直住在飯館裡。

趙福忙擺手推辭了，說晚上沒人看著飯館他不放心，還說他一個大男人住哪都行。

丹年見趙福堅持，便不再說什麼了。

因為沈立言和沈鈺不久以後就要回來，加上之前下了幾場雨，箱籠裡的衣服有點受潮，李慧娘便把他們兩人壓箱底的衣服全都拿出來晾曬了。

丹年看李慧娘認認真真整理著沈鈺的衣服，暗笑不已。一提起沈鈺，李慧娘就絮絮叨叨說這孩子多不聽話，自己一點都不想他之類的，現在看她那個樣子，根本是恨不得沈鈺馬上就回到她身邊來。

那廂熱熱鬧鬧收拾行李搬家，雍國公府世子的院子裡卻是一片肅殺之氣。

白振繁手裡摩挲著那枚他丟給丹年的白玉珮，嘴角微揚，噙著一絲溫柔的笑意，一旁的小廝白仲躬身侍立，大氣都不敢喘一聲。

白仲自幼就跟隨白振繁，對他的脾氣瞭若指掌，他愈平靜，笑得愈溫柔，就表示他愈憤怒。

一旁的紅木小几上放著用白振繁最喜歡的鈞瓷茶碗泡的君山銀針，茶早已放涼沒了熱氣，白振繁卻連看都不看一眼，看來內心是翻江倒海。

白仲不明白的是，這塊白玉珮是世子幼時起的貼身物品，怎麼會到了沈大小姐手裡？就算是世子送過去的定情信物，沈大小姐也沒道理送回來啊……

沈家在京城並無多少根基，能攀得上雍國公府長房嫡子，是幾輩子修來的福氣，就是皇子，都不見得有世子那麼尊貴。

莫非沈大小姐腦袋被門夾了？把世子送出去的貼身白玉珮給送了回來？這……不是在打

世子的臉嗎？白仲謹慎地抬起頭，仔細觀察著自家少爺的臉色。

白振繁看到白仲看向他的眼神，他繼續摩挲著白玉珮，慢悠悠地說道：「你可知這白玉珮我送給了誰？」

白仲小心翼翼地說道：「一定是世子送給沈大小姐的。」

「哼，送她？」無視白仲不解的眼神，白振繁自顧自地說著。「我把白玉珮給了沈立言的女兒。」

白仲想了半天，才想起來誰是沈立言，剛要說些什麼，就看到白振繁譏諷的眼神。「白仲，你跟了我這麼多年，該留心的事情還是要留心，以後你還有大用處。」

白仲臉一紅，連忙說道：「世子教訓得是，只不過……這沈立言大人的女兒，不就是沈立非大人要送過來的陪嫁嗎？」

白振繁依舊是一副漫不經心的態度。「你聽誰說沈立言的女兒要陪嫁到府上？」

白仲不禁一怔。「我聽到京城裡私底下有人這麼說，以沈立非大人的做事方式，是極有可能的。」

白振繁「啪」地把白玉珮放到紅木小几上，靠到榻上閉目養神。「沈立非算盤打得再好，也得沈立言同意才行。我聽說，沈立言到邊境沒多久就扭轉了局面，硬是把守著木奇鎮，沒讓勒斥前進一步，是個人才。

「勒斥此次來犯，不過是個試探，明年，最遲不過後年，一定會有更大的動作。大昭沒幾個堪用的武將，沈立言的前途不可限量。只是如今雖然打了勝仗，卻還不能對邊境戰事下定論，但若是論功行賞，沈立言少不了要加官晉爵。」

白仲皺著眉說道：「世子，這恐怕不好吧。若朝廷正面肯定這次戰事，豈不是讓大皇子給占了先機，萬萬不可……」

白振繁張開眼睛，慢悠悠地問道：「白仲，若你是個女人，你是想讓你的親生兒子來繼承夫家家業，還是想讓你侄兒來繼承？」

白仲心頭一驚。「世子，您的意思是……」

當今的太后與皇后，全出自雍國公府白家，白振繁的爺爺就是太后的弟弟，不久前他已卸下雍國公封號，改由白振繁的父親繼任。論輩分，白振繁得叫太后姑奶奶，叫皇后姑母。

太后，就是當年的慶妃，在除掉前太子齊旭峻之後，幫助自己的兒子齊旭峰成為大昭新一任皇上。只是白家一直有取代齊家成為一國之主的心思，太后對此算是支持，可皇后卻不這麼想。

白振繁說道：「姑奶奶千方百計幫表哥登上皇位，可這大昭作主的人卻不是皇帝，你說姑母會甘心嗎？」

白仲恍然大悟，皇上不是沒自己的主意，而是拿不了主意，只因大權掌握在白家人手中。皇上大權旁落，成日鬱鬱寡歡，只能靠著吟詩作畫紓解心情。

皇后仗著娘家背景硬，後宮的妃子幾乎無所出，皇上子嗣單薄，登基後四、五年內，也就只有皇后生的一個兒子。

可誰想得到，就在十年前，皇上當著大昭文武百官的面祭天時，一直跟在皇上身邊的大太監王銳突然領來一名面容憔悴的宮女，還拉著一個七、八歲的男孩。男孩穿著由宮女服改小的舊衣，瘦弱得彷彿風一來就能把他吹倒一般。

王銳大哭著以頭撞地，說這是皇上還是皇子時，喝醉後臨幸了那個宮女而有的孩子。他怕這個宮女地位粗鄙，擾了皇上的眼，就把他們母子藏在後宮一個廢棄的宮院裡，直到現在見到皇上只有一個子嗣，不得已才冒死把這個事實公諸於眾。

白仲想到這裡，不禁在心底冷笑。王銳哪是怕那宮女擾了皇上的眼？而是倘若他當時將宮女懷孕一事說出來，只怕不出三天，就會一屍兩命。

王銳和宮女剛把男孩帶出來，在場的文武百官就紛紛稱奇，那個男孩和皇上長得實在太像了，根本不需要找人證物證。

只是說完這些，王銳便一頭撞死在臺階上，那無名的宮女也用一把匕首刺進胸口，去了陰間。

白仲不難想像皇后當時的心情，千防萬防，卻沒想到戒備森嚴的後宮中，居然藏了這麼一個「孽種」，硬是在自己眼皮底下活了七、八年。

皇后是老雍國公的嫡女，現任雍國公一母同胞的姊姊，當今太后的嫡親姪女。

那個瘦弱男孩的存在，對出身尊貴的皇后來說，無疑是奇恥大辱，可太后卻伸手護住了那個孩子，畢竟不管是誰生的，都是她的孫子，所以大皇子才能平安長大。

可世事難料，如今大皇子被兩宮娘娘派去邊境，扣押糧草讓他去打仗，明眼人都知道這是讓大皇子去送死。無情最是帝王家，礙了別人的路，轉眼間說翻臉就翻臉。

其實，這道理也不難懂。二皇子太過溫和怯弱，和當年的皇上沒什麼兩樣，況且朝中反對白家的人不在少數，他們自然不可能支持二皇子。現在有個大皇子放在那裡，無論對白家或是皇后，都是巨大的威脅。

至於皇后，她雖然不希望自己的兒子重蹈丈夫的覆轍，變成白家的傀儡，可世子實在太過優秀，她不得不防。

皇后若是覺得白家擋了二皇子的前程，因此和白家翻臉，那白家百年積累的基業可就要因為內鬥而……想到這裡，白仲不寒而慄。

「太后和皇后兩位娘娘都是白家的女兒，應該不會……」話一出口，白仲自己都覺得很牽強。

白振繁看自小一起長大的白仲臉色有些白，笑道：「白仲，姑奶奶和姑母未必不同我們一條心，但也未必跟我們一條心。」一說罷，他不再看白仲可憐兮兮的表情，繼續閉目養神。

白仲看向紅木小几上的白玉珮，瞬間想通那所謂「京城第一才女」的意思，沈大小姐不過是想來提醒……喔不，是想來「警告」世子的。

想到這裡，白仲在心底冷笑。真是個不知高低深淺的女人，世子這麼心高氣傲的性子，也是妳能算計的？

等白仲退下去，白振繁閉著的眼睛微微張開了一些。他瞇著眼，看著那塊白玉珮，低聲自言自語道：「敢算計我？莫非是以為白家當家主母一定是妳嗎?!」

第三十二章　不見芳蹤

丹年和李慧娘在家裡歡樂地收拾行李，一想到要搬出沈大夫人的房子，她就開心不已。兩人一邊閒聊一邊整理東西，卻聽到有人叩響了大門。

家裡沒個男人在，李慧娘不得不小心謹慎一些，她提高了聲音問道：「誰啊？」門外是個耳熟的男子聲音。「我是老鄭啊！」

李慧娘透過兩扇門之間的縫隙看了一眼，發現果然是老鄭，便開了門。

一進院子，李慧娘就對老鄭沒什麼好臉色，老鄭見她心情不好，便滿臉堆笑地說道：「二夫人，昨天大夫人回去時，說左等右等都不見丹年小姐……」

說到這裡，李慧娘兩道眉毛挑得老高，一雙眼睛冒著火，老鄭不明白到底是怎麼回事，只好繼續小聲說道：「丹芸小姐身子又不適，急著去看大夫，想是丹年小姐先搭了哪位小姐的馬車回去了，便帶著兩位小姐回府。」

李慧娘強忍著怒氣問道：「還有什麼要說的嗎？」

老鄭慌忙回道：「大夫人就是想問丹年小姐有沒有平安回來，昨天丹年小姐玩得挺開心，跑了好幾個地方，她實在找不到，想看看丹年小姐現在怎麼樣了？」他愈說聲音愈小。

丹年坐在堂屋裡，聽見院子裡老鄭和娘親的談話，一時之間不怒反笑。這個大伯母真是會說話，明明是她們把自己扔在別人的莊園不管，這會兒倒成了她不聽話，沒規矩到處亂跑，讓她們找不到人，才不得已先離開的。

丹年走進院子，朝老鄭冷笑道：「聽你這麼一說，還真是煩勞大伯母費心了，丹年好得很，沒缺胳膊少腿，教她遺憾了！」

老鄭只得賠笑道：「丹年小姐就愛說笑話，要不老奴帶二夫人和丹年小姐回府上說說話，有什麼誤會當面說清楚就好了。」

丹年隨意擺了擺手，說道：「不必了，根本就沒什麼誤會。」

說著，她揚手指了指房子。「勞駕你跟大伯母說一聲，這房子我們不住了。」

還沒等老鄭從目瞪口呆中反應過來，丹年已經進屋拿了一串鑰匙出來，扔給了老鄭。「這是房子的鑰匙，我們可沒私底下重配過，要是大伯母不信，就麻煩她破個費，把這房子的鎖都換過一遍就是了。大伯母財大氣粗，想來不差這一點錢。」

老鄭回過神來，乾笑道：「丹年小姐這是做什麼呢，搬出去了，您和二夫人要住在哪裡啊？二爺和鈺少爺回來了，可怎麼跟他們交代啊？」

丹年想到能搬出去，心情就很好，也不和老鄭多說。「你把我的話帶給大伯母就行了，我和我娘不敢煩勞你們。」

說罷，丹年擺了擺手，要老鄭回去了。

老鄭剛走不久，小石頭和馮老闆便趕著車抵達，幫她們把行李運上馬車，李慧娘和丹年將房子落了鎖，便轉身離開。

馬車上，丹年撩開車簾，看了她住沒多久的房子一眼，就放下車簾。

沈家大院中，沈立非渾身怒氣，一反平日對外彬彬有禮的君子風度，氣呼呼地對低著頭的妻子和女兒罵道：「妳們，妳們真是不長腦子！」

沈丹荷長這麼大，還沒被父親如此訓斥過，心中委屈得很，絞著手裡的絲帕不吭聲。

「相公，這件事是我考慮不周，你不要苛責丹荷了。」好半晌，沈大夫人才擠出這麼一段話。

沈立非嘆了口氣，朝妻子擺了擺手。「妳先回去歇著吧，我同女兒說幾句話。」

沈大夫人出去之後，剩下沈丹荷和沈立非面對面，沈立非看著她不服氣的表情，溫和地問道：「丹荷，妳可知妳錯在哪裡？」

沈丹荷精緻的小臉一揚，驕傲又倔強地說道：「女兒沒錯！那沈丹年不過是個庶子所生的鄉下丫頭，我今天不鎮住她，等日後到了雍國公府，她若生出什麼不安分的想法，到時只怕是個棘手的麻煩！」

沈立非不置可否地應了一聲，接著說道：「那還白玉珮給世子的事情呢？」

說起白振繁，沈丹荷粉嫩瑩白的臉就飛起一抹紅暈，但語氣卻依然倔強。「他是女兒未來的夫婿，女兒是他家未來的主母。」

沈立非清楚沈丹荷話裡的涵義，他輕嘆一聲，拍了拍沈丹荷的肩膀。「丹荷，爹知道，妳人長得漂亮，才氣又高，還有人封了『京城第一才女』的稱號給妳。」

他說到這裡時，沈丹荷不禁一臉欣喜驕傲。

沈立非將沈丹荷的表情盡收眼底，話鋒一轉。「妳現在年輕，覺得這個稱號很了不起，可將來妳長大了，就會發現才女什麼的都是虛名，帶不來什麼實質的東西。」

見沈丹荷吃驚地看著他，沈立非繼續說道：「我們沈家是從妳爺爺這輩才在京城扎根的，除了在白家二房有親戚，可說是毫無根基。沈家能和白家結親，不知是我託了多少關係和人情才保來的媒；但白家精明得很，只是口頭應允罷了，若是白家反悔，妳就是京城百年以來最大的笑話！」

一段話彷彿晴天霹靂般降到沈丹荷頭上，她只能訥訥說道：「不會的，怎麼會呢？除了我……」

沈立非有些心疼地看著女兒，搖搖頭道：「除了妳，還有無數貴女等著嫁給世子，說句大不敬的，就連皇子都比不上世子的地位。妳這番動作，肯定惹怒了他。」

沈丹荷囁嚅道：「女兒只是見不得他和別的女子……而且，就算要，也不能跟個鄉下丫頭，簡直是在羞辱女兒……」

沈立非又拍了拍沈丹荷的肩膀，安慰道：「丹荷，妳將來是要做雍國公府主母的人，怎麼連這點氣量都沒有？妳哥哥不成器，將來等爹不在了，妳沒個靠得住的兄弟，再不賢慧大度，如何在雍國公府站得住腳？」

沈丹荷忍不住大哭。「爹，我知道，我都明白。可我就是不舒服，我好喜歡世子，一想到會有其他女人來跟我分享他，一顆心就跟刀割般一樣難受……」

「等會兒妳找妳娘去吩咐廚師做些拿手的點心，明天帶過去雍國公府，算是道歉。」沈立非叮嚀了一下，沈丹荷邊抽泣邊點頭。

沈立非見沈丹荷還在傷心哭泣，有些煩躁了，他見門邊有管事站在那裡，像是有事要稟報，擺了擺手就讓沈丹荷出去了。

管事猶豫了半天，見沈立非臉色陰晴不定，一時之間也不敢進來，沈立非見管事探頭探腦，早就不耐煩了，罵道：「有什麼事，還不滾進來說！」

管事慌忙進了屋子，行了個禮，便小聲地說道：「大爺，大夫人派老鄭去探望丹年小姐，現在他人已經回來了。」

沈立非用眼角斜睨著管事。「喔，他怎麼說？」

「回大爺，二夫人一家搬走了……」管事小心翼翼地說道。

良久，沈立非才開了口。「等二弟回來再解釋吧，都是一家親戚，不會為了這種小事傷了和氣的。你下去吧！」

管事趕緊應了一聲，躬身離去。

管事離開後，沈立非不禁頭痛地靠在榻上，真是一個個都不讓他省心！二弟的兒子與女兒都不是省油的燈，若是丹年真不安分，小小年紀就想勾搭世子，還真是件棘手的麻煩事……

就在丹年搬家那天的下午，蘇允軒決定去唐安恭家一趟，只因他接到唐安恭小廝冒死傳來的消息——唐安恭的老爹，也就是他的姑丈，正在暴打唐安恭。聽小廝說他姑丈這次是來真的，因為唐安恭偷偷去逛青樓，被他姑丈帶人逮了回來，氣得要打死這個不肖子。

蘇允軒原本正在翻看一本新到手的古詩集，是前朝幾位大師鬥墨時留下來的合集，看著詩集，他就想起那個在書鋪與他互不相讓的沈丹年。

淘氣的、不講理的、耍小聰明的、憤怒的、真情流露的……都是同一個沈丹年。

聽到唐家小廝的哭訴，蘇允軒看書思念佳人的閒情逸致被破壞殆盡，不住扶額嘆息。姑丈就那麼一個寶貝兒子，每次教訓都只是做做樣子，怎會捨得打死他？不過說真的，他這個表哥也太不爭氣了。

蘇允軒正要擺手不去管他們家的事情，卻忽然想起去唐家的一條路上離丹年住的梨花巷只有幾步遠。一想到丹年，他就能迅速記起丹年的一顰一笑、一舉一動。

那日兩人坐在馬車上，昏暗的光線下，他只看得清楚丹年挨著車窗的白嫩的耳朵。她的耳垂飽滿圓潤，戴了只米粒大小的珍珠耳墜，隨著馬車的晃動，耳墜也跟著輕輕搖晃。晃啊晃，晃得他一顆心都跟著搖了起來，有種想把那小巧的耳垂含到嘴巴裡細細品味的衝動。

一旁被唐安恭遣來搬救兵的小廝長時間沒得到答覆，疑惑地抬起頭，就看到以不苟言笑聞名的蘇少爺嘴角微翹，像是在品味美好的回憶一般，不禁嚇傻了。莫非自家少爺得罪了蘇少爺，蘇少爺就等著自家少爺挨打？

「蘇少爺？蘇少爺？」為了自家少爺的小命，小廝狠下心豁了出去，喚醒沈浸在自己思緒中的蘇允軒。

蘇允軒一驚，才發現自己竟然走神了，他不自在地咳了一聲，將手上的古詩集小心地合上，才站起身來吩咐道：「你且回去，我隨後就到。」

待小廝出門後，蘇允軒找了個木盒子，是前年他過生日時，別人送的禮物盒子，雕刻得很是用心，比裡面裝的禮物還讓他滿意。蘇允軒小心將古詩集裝進了盒子裡，叫過一直站在門口候著的林管事，便要出門。

林管事促狹地盯著蘇允軒手裡的盒子，淡淡一笑。

蘇允軒被瞧得不自在，俊秀的臉上飄著紅暈，不自在地咳了一聲，只說要去唐家看看唐安恭。

林管事也不戳破，笑嘻嘻地看著蘇允軒寶貝地捧著那個盒子。他一邊準備馬車，一邊問道：「少爺，回來時我們換條路走吧。」

蘇允軒一驚，問道：「為什麼？」

林管事笑道：「少爺，快到晚飯時分了，我們抄近道趕回來，才不會耽擱時辰。」

蘇允軒忙道：「今天不急，照原來的路走就行。」

林管事確認了內心的想法，等馬車駛出院子以後，才對著車廂內笑道：「少爺，經過梨花巷時，奴才有事要辦，得讓少爺等奴才一會兒，到時少爺可以出馬車走走。」

蘇允軒在車裡面鬧了個大紅臉，故作老成的「嗯」了一聲。

到了唐安恭家裡，唐老爺的氣差不多出完了，雷聲大雨點小，唐安恭也就是被他爹拿著雞毛撢子抽了幾下而已。

蘇允軒低聲勸慰了自家姑丈一會兒，斜眼瞪了瞪趴在長條凳上唉叫個不停的唐安恭，婉拒了姑姑留飯的好意，匆匆告辭。

離開唐家以後，林管事火速駕車到了梨花巷，熟門熟路地摸到丹年居住的地方，林管事不時偷笑幾聲，蘇允軒乾脆無視林管事。

蘇允軒整了整衣冠，等他下馬車走到巷底，卻發現門鎖上了。

蘇允軒頓時覺得有盆冷水潑到自己頭上，垂下眼眸轉身要走時，就聽見隔壁家的門「吱呀」一聲打開了——一個穿著粗布衣服的中年婆子端著一盆水出來了。

看到蘇允軒站在鄰居家門前，中年婆子好心上前說道：「這位公子，您找這家人嗎？」

蘇允軒拱了拱手，恢復了冷峻的神情。「是。」

中年婆子遺憾地朝蘇允軒擺擺手。「您來得不巧，就在不久前，這家人搬走了。」

「搬走了？搬哪裡去了？」蘇允軒驚訝之餘，說話聲音也大了起來。

中年婆子側身從門口出來，順便帶上了房門，說道：「我只是個洗衣服的婆子，哪裡清楚這個！只是上午時我聽到這家院子裡有個姑娘在說什麼……什麼這房子不是他們家的，跟原主家又鬧翻了，才會搬走。」

蘇允軒淡淡應了一聲，轉身要走時，就聽見那中年婆子搖頭嘆息嘀咕著。「可惜了，這家主人還不錯，做了稀罕好吃的東西，還會拿一份到鄰居家，對人也和氣……」

蘇允軒瞧著那中年婆子有些佝僂、慢慢離去的背影，抬手看了看手裡的木盒子，一時之間也不知該怎麼辦。

出了巷子，蘇允軒看到林管事有些詫異的眼神，頓時有些氣惱，他故意不理林管事，臉色微紅地上了馬車。

他覺得自己今天所作所為，遠遠超出他應該做的範圍，滿心歡喜到訪卻撲了個空，就像個傻子一樣。

林管事噙著微微的笑意駕起了馬車。說到底，少爺不過是個十五歲的少年，平日不苟言笑，就像個小老頭般，如今總算遇到讓他心動的女孩。他看著少爺長大，自然希望他萬般都好。

雖然那女孩的身分有些棘手，不過若是能讓少爺掛念，他也認了，以後再想辦法就是。

即便不成，總有件能讓少爺開心的事情，好過現在老氣橫秋的模樣。

林管事想著想著，便想到幾年後他抱著小少爺，教他拳腳功夫的景象了。

正當林管事興奮之際，車廂裡傳來蘇允軒清冷的聲音，還微微帶了些窘迫。「林叔，我只是……覺得有愧於她，你不要多想。」

林管事嬉皮笑臉地說：「沒多想、沒多想，少爺多慮了。奴才嘴巴很嚴，少爺不要擔心。」

蘇允軒一聽這腔調，就知道林管事肯定是往「那方面」想了，各種羞惱一起湧了上來。「林叔，你已經三十好幾了，一直沒安家，我要父親幫你娶房媳婦可好？」

林管事聞言大驚。「少爺，您別害我，我自由慣了，可千萬別找個女人來管束我！」回答他的，只有蘇允軒帶著得意腔調的一聲「哼」。

第三十三章　一家團圓

搬家當晚，丹年興奮得有些睡不著，不過她絕不承認是她有認床的壞毛病。新家長時間沒住人，有股潮濕發霉的味道。

現在已經是初夏時節，碧瑤怕丹年聞久了那股味道，對身體不好，便開了窗戶。夜裡微涼的風透過窗戶吹了進來，粉紅色的紗帳便微微飄動。明亮的月光照耀著，鏤刻著花紋的窗框在牆上投射出明暗不一的影子。

丹年看著那些影子，眼睛睜得老大，她睡不著覺，便叫碧瑤來陪她說說話。

碧瑤有些拘謹地站到丹年床前，小聲問道：「小姐有什麼事？」

丹年從床上坐起身子，往裡面挪了挪，她拍拍床上的空位，笑道：「我睡不著，妳躺在我旁邊，陪我說說話。」

碧瑤有些緊張，連連擺手道：「使不得，碧瑤只是個伺候主子的下人。」要是讓她娘知道了，肯定一頓好罵。

丹年柔聲說道：「沒事，我就是跟妳說說話，不會告訴梅姨，妳放心。」

碧瑤不再推辭，她脫下身上外罩的棉布衫子，只剩下白色的裡衣，小心地躺到床上。

丹年趴著身子，看著枕頭上的繡花，漫不經心地說道：「碧瑤，妳以後有什麼打算嗎？」

碧瑤有些靦覥地笑道：「能伺候小姐，我就很高興了，只要小姐不嫌棄我，我就一直跟著小姐。」

丹年拉著碧瑤的手，說道：「論年紀，妳大了我一些，本該叫妳姊姊的。」

見碧瑤神色惶恐，丹年連忙繼續說道：「妳雖然不識字，可腦子聰明，算起帳來比誰都快、都準，就連長期做生意的馮叔叔，打算盤都不如妳心算得快。把妳這麼個人才放在我這裡當一個鋪床、洗衣服的丫鬟，我覺得太委屈妳了。」

「那小姐的意思是……」碧瑤不明所以地問道。

丹年斟酌了一下，說道：「我娘的意思是想讓妳回來伺候我，不想讓妳一個姑娘家在外拋頭露面做生意，等明、後年就幫妳找個好婆家嫁了。可我覺得，就這麼把妳的頭腦全部用到柴米油鹽的算計上，實在太可惜了。」

碧瑤看著丹年，小聲地問道：「小姐，您想讓我做什麼？」

丹年不禁笑了。碧瑤看起來呆呆的，實際上卻聰明得很，一點就通。

「碧瑤，咱們家的情況妳也看到了，若還在偏遠的沈家莊，我自然不用為生計發愁，可如今，我們沒錢沒權，只有被人欺負的命。若是妳嫁了個窮人家，就得天天為了一文錢發愁；若是妳有幸嫁了富人家，還是會因為娘家窮困，被婆家瞧不起而發愁。」丹年嘆道。

碧瑤垂下眼睛，嘆道：「小姐，您說的這些，我都想過，可女人不都是這麼過的嗎？像我娘，我爹不在了，她辛苦拉拔我長大，若不是遇見夫人和小姐，還不知道要熬到什麼時候。」

丹年溫和地看著她。「正是這樣，才不能就這麼下去。我們的盼歸居，看起來生意很好，不過開這種飯館，不需要多高明的廚師，只要學走我們做生意的點子，到時大街小巷都是這種飯館，我們還怎麼賺錢？」

碧瑤吃驚地看著丹年。她沒想過這一層，只覺得每天看著飯館的收入就很開心，因為有沈家大爺那層關係在，也沒有人為難過他們。

「還有，妳也知道，我和大伯母翻了臉，不曉得他們什麼時候會來對付我，到時盼歸居不知還能不能做下去。」丹年嘆道。

碧瑤坐起身來，堅定地對丹年說：「小姐，您說，我們該怎麼做？」

丹年歪了歪頭，答道：「具體的內容我還沒計劃好，但有了初步的想法。等過幾個月，錢稍微賺多了一點，我想開一間成衣鋪子，由妳來照看著。這些日子以來，我瞧那些夫人與小姐時常參加宴會，個個都挖空心思在衣服上下工夫，唯恐被別人搶得先機。京城裡有錢人多，只要我們時不時有些新想法出來，生意必定不錯。」

丹年唸大學時有個好友，喜歡玩遊戲、看動漫，也喜歡裝扮成遊戲與動漫裡的人物。每次她要做衣服，丹年都會幫她從頭到腳找很多參考圖片，幾年下來對於服裝設計和衣料也有了不少了解，各種古典人物造型早就記在她腦子裡。以前她是懶得做，現在正好拿出來賺點外快。

碧瑤點頭稱是，不過立刻又擔憂起來。她紅著臉囁嚅道：「小姐，我連好一點的衣服都沒穿過，怎麼能開成衣鋪子？」

丹年笑了。「只要不賠錢，起先一年，就當是讓妳繳學費了，我相信妳的能力。」

碧瑤羞澀地低下頭，又像是想到了什麼，欲言又止。

丹年笑道：「有什麼話就直說，悶在心裡不好。」

碧瑤不好意思地說道：「小姐看重碧瑤，是碧瑤的福分，不過……不過我覺得馮大哥也很有能耐，比我強多了，不如讓馮大哥去做這鋪子的管事。」

丹年早就知道碧瑤喜歡上了小石頭，小石頭是個好人，她打從心底替碧瑤高興。想到自己小時候還想找小石頭當自己的相公，丹年不禁啞然失笑。那時的自己，哪裡想得到會被逼來京城，被迫捲入許多是是非非，若能一直留在沈家莊裡，過著平靜安穩的生活，該有多好！

碧瑤見丹年看著她笑，有些忐忑地問道：「小姐，您別多想，我只是……」

丹年擺了擺手。「碧瑤，妳若是喜歡小石頭，我找娘幫妳作個媒。小石頭脾氣好，人也聰明，將來肯定是個好丈夫、好父親。」

碧瑤羞得兩頰紅成了一片。「小姐，我們在說正經事，妳卻捉弄我！」

丹年笑了，故意打趣道：「那好吧，看來我們碧瑤對小石頭沒那個意思，我去跟娘說，千萬別把妳許給他！」

碧瑤一聽便急了。「誰說沒意思，我只是……」

待看到丹年促狹的笑意，碧瑤才回過神來，一張臉像火燒似的。

丹年笑夠了，也不再逗她。飯館現在人手還是很緊，明天一早碧瑤就要去幫忙，她也不好再留著碧瑤陪她聊天解悶了，撩開紗帳就要碧瑤回去睡。碧瑤卻堅持服侍丹年躺下，幫丹年夾好紗帳，才轉身離去。

碧瑤出去後，丹年嘆了口氣。小石頭心思比馮老闆活絡得多，馮老闆只是個守業的人，小石頭才是適合創業的人。丹年琢磨了半天，還是想讓小石頭做點事情，西域的香料在大昭很受歡迎，最近更因和勒斥打仗的緣故，使得貿易中斷，香料的價格貴比黃金。

小石頭在邊境待了很多年，熟悉邊境貿易，若是能在京城開一間香料鋪子，由小石頭來經營，想必會有不錯的收益，對小石頭一家也算是有了交代。

讓丹年頭疼的是，他們家在京城沒房子、沒田地，以前在沈家莊，丹年從來不擔心糧食問題，畢竟家裡地大，糧食也多。

可是到了京城，什麼都要用買的，糧店去晚了就關門，不留神就會餓肚子，這讓丹年生出了極大的恐慌感。想靠一間盼歸居在京城買房、買地，短時間內太困難了一點。

丹年一想到未來就頭皮發麻，不禁小聲嘟囔著。「還不如回沈家莊呢，有房子有地，還不用面對這群欺負人的權貴！」

上次見到廉清清時，她說沈立言和沈鈺就快要回家了，也不知道這次他們能不能回沈家莊。不過丹年不太懂李慧娘的態度，她雖不喜歡京城，卻一心想幫沈鈺在京城找個媳婦。

丹年猜了半天，只想到李慧娘是想讓沈鈺在京城安家，能夠參加殿試取得好名次，能去國子監這類機構，安安穩穩當個教書先生，和他們的舅舅李文笙一樣，既得人尊重，又有不少俸祿。

不過丹年卻不這麼想，沈鈺表面儒雅恭順，實際上並不安分。他這次跟去邊境打仗，一方面是擔心沈立言，另一方面，是嚮往豪氣干雲、詭譎多變的沙場。

丹年把一家人的事情在腦子裡輪著轉了幾圈，愈想愈亂，忍不住唉聲嘆氣。「錢啊錢，都是錢害的！」

自從丹年下定決心好好發展事業，每日都要到盼歸居門口轉上兩圈，若是看到盼歸居人聲鼎沸、客似雲來，便開心不已；若是看到沒幾個人來吃飯，便有些不高興，患得患失的。說給碧瑤聽，碧瑤賞給她一個大白眼。「小姐，您在飯點上來看，自然人多，不在飯點上來看，人肯定少啊！」

丹年紅了臉，乾笑著不說話。

丹年自打發沈大夫人那隻黃鼠狼派來拜年的老鄭後，就沒再見過他們，她也沒告訴他們自己搬到了哪裡。若是有心要找，憑他們家的勢力，找到新住址也不是什麼難事。

這日丹年正要出門到飯館找小石頭，她想和他商量一下開香料鋪子的事情，李慧娘正巧要去買東西，便準備跟丹年一起出去。

剛打開大門，丹年和李慧娘就看到吳氏高興不已地回來了，她扯著嗓門大喊。「慧嫂子，姊夫和阿鈺要回來了！」

丹年和李慧娘滿臉驚喜，互看了一眼。李慧娘忙問道：「他們在哪裡？怎麼沒把他們帶回家來？」

吳氏笑道：「慧嫂子，妳別著急。上午飯館裡有個來吃飯的行腳商人，說是剛從西邊回來，他出發時看到軍隊已經開拔了，不過一、兩天工夫，估計就能到京城了。我琢磨著，姊夫和阿鈺定會隨軍隊一起回來。」

李慧娘聽著，雙手合十向天虔誠地拜了三拜，喃喃說道：「老天有眼、老天有眼！」

丹年正感到高興，忽然想了起來。「娘，我們搬家了，爹和哥哥回來以後，怎麼找到我們？」

李慧娘一聽就著急起來，當下便要回梨花巷的舊住處守著，丹年卻不願意。「娘，那房子的鑰匙都還給大伯母了，您難不成要站在門口？」

李慧娘一怔，笑道：「沒事，就去一會兒，每天在那裡等著就好了。」

丹年看著李慧娘，有些心疼。李慧娘已經快四十歲了，身體也大不如前，天氣愈來愈熱，在外面站上一天，就是成年男子也受不了。

「娘，不如這樣，我寫張字條，標明我們現在的住址，讓吳嬸嬸貼到梨花巷那房子的門上，等爹和哥哥回來看到了，自然就知道我們現在住哪裡了。」丹年想來想去，也就這麼一個辦法了。

李慧娘很是贊同，等丹年寫完，吳氏拿著字條要出去時，李慧娘又怕字條被風吹雨打弄壞了，沈立言父子會看不到，還特地囑咐吳氏要交代一下鄰居，這樣一來，即便他們回來看不到字條，還有鄰居能告知。

丹年忍不住發笑，李慧娘嘴上說不在意，可心裡卻盼得比誰都殷切！

第二天下午，丹年練了一會兒字，就覺得腦袋昏昏沈沈，李慧娘正在一旁做些針線，連忙叫她去榻上躺一下。

還沒等丹年的頭沾到枕頭，就聽見大門被人敲得咚咚作響，傳來「娘、娘，開門」的聲音。

丹年一聽到聲音，立刻從床上跳了起來。「娘，好像是哥哥的聲音！」

她的睏意頓時消失無蹤，拉著李慧娘就往門口奔去。

果然，出現在門口的正是一臉風霜的沈立言父子，李慧娘顫抖著看了沈立言一眼，再轉眼去看沈鈺，沈鈺也看著她，雖然還是一臉痞痞的壞笑，但發紅的眼眶卻瞞不住人。

李慧娘立刻抱著沈鈺哭了起來。「我的兒啊，娘想死你了！」

丹年看著這一幕，眼淚也啪嗒啪嗒地往下掉。

沈立言不禁笑道：「別哭了，淨讓客人看笑話。」說罷一轉身，露出了藏在他們身後的人來。

「清清！妳怎麼來了?!」丹年看到「客人」後大吃一驚。

廉清清低著頭，聲如蚊子般。「好長一段時間沒見到妳，想找妳玩，到妳舊家門口剛好碰到沈伯父，便跟著一起來了。」

丹年看著像是犯了錯、自我檢討起來的廉清清，不由得笑道：「好啊，歡迎妳來，我也挺想妳的。」

聽到這話，廉清清才安下心來，她抬頭看了看丹年，臉頰紅撲撲的。

李慧娘打量了一下廉清清，客氣地笑著說：「這位小姐就是丹年說的廉小姐吧，長得真是漂亮！」接著轉頭對丹年說道：「還不快領廉小姐進屋去！」

丹年滿懷歉意地看了沈立言和沈鈺，沈立言大度地笑了笑，揚揚手要廉清清帶著丫鬟進屋，沈鈺仍是一副笑臉，只顧看著李慧娘，聽她絮絮叨叨地問他身體如何、有沒有受傷之類的，彷彿一旁的廉清清是空氣似的。

因為廉清清家的馬車太大，進不了窄小的巷子，廉清清便讓車伕在巷口等。沈立言和沈鈺的兩匹馬則站在眾人後方，不時噴氣揚蹄。

廉清清巴不得趕快跟這兩匹高大的戰馬拉開距離，趕緊拉住丹年的手，帶著丫鬟準備進屋。

丹年拉著廉清清，朝她住的屋子走去。廉清清畢竟是個未出閣的姑娘家，和沈立言父子站在一起總是不好。

只是丹年只顧拉著廉清清往前走，卻沒發現她留戀地看了還在門口的沈鈺一眼。沈鈺本是個如玉般的美少年，因為戰場上的磨礪，白嫩的臉龐被曬成了古銅色，多了些與年齡不符的滄桑和成熟，卻更加引人注目，如同一顆經過雕琢的寶石般，越發耀眼。

隨意吩咐丫鬟在門口守著，廉清清便進了丹年的房間，打量起她房間的布置。

廉清清有些同情地說道：「丹年，妳原先住的屋子比現在好多了，為什麼要搬到這裡來呢？」

丹年笑了笑，他們家和沈大夫人家的事情沒必要跟廉清清說。「這裡的房子也很好啊，以前的房子只有我和我娘住，房租太貴了。」

廉清清恍然大悟，雙手擊掌，笑道：「我們家還有幾處院子，都沒有住人，我明天就帶妳去看看，看中哪間就搬過去住吧！」

丹年有些好笑地看著廉清清，若不是她了解廉清清的性格，定會以為這個官家小姐在她面前炫富來著。

見丹年光是笑卻不說話，不把她的提議當一回事，廉清清有些著急了。

「丹年，我是說真的，我娘說了，那些院子算我的嫁妝，將來都歸我支配的！」廉清清拉著丹年的手說道。

丹年有心逗她。「既是妳的嫁妝，豈不等同於妳夫家的產業，我們如何能住？」

「你們家不就是……」廉清清脫口而出，話卻在舌尖上打了個轉，又嚥了回去。「妳是我的好朋友，你們家有困難，我幫一下是應該的。」

廉清清轉了轉黑白分明的水亮大眼睛，耍了個小聰明答道。

丹年的笑容有些尷尬，她清楚記得廉夫人對她的態度，也記得爹娘對此事的想法，不管廉清清從什麼途徑得知了她和哥哥的口頭婚約，現在看來，都是作不得數的。

廉清清幫過自己很大的忙，丹年對她感激不已，有時甚至會覺得要是她能做自己的嫂子有多好；只不過，廉清清的爹娘當時也許是以為沈立言回京後，會在兄長扶持下飛黃騰達，而現在……他們讓廉家失望了。

「丹年？」

丹年還沈浸在自己的思緒中，猛然聽到廉清清在叫她，抬眼看了過去，發現廉清清正一臉疑惑地看著她。

丹年微微有些發窘，不好意思地朝廉清清笑道：「妳剛才說什麼，我沒聽到。」

廉清清紅著臉說道：「我剛才……我剛才是問，那個跟沈伯父在一起的，是妳時常提起的哥哥吧？」

什麼？丹年有些丈二金剛摸不著頭腦，她應該沒怎麼跟廉清清說過沈鈺吧，怎麼就成了「時常提起的哥哥」？

「是啊，他是我哥哥，大我四歲。」既然廉清清提了出來，丹年便決定大方說明。

「喔，妳哥哥可真好看。」廉清清紅著臉小聲說道。

丹年這人有點毛病，最喜歡聽別人誇自己家的人，當下興致就上來了，她眉飛色舞地說道：「就是啊，當初在沈家莊時，我哥就是鄉草一根，不知多少女孩對他暗送秋波。他現在被曬得又黑又醜，妳沒見過他讀書的時候，那才真是好看！」

一聽到丹年說起沈鈺，廉清清雙眼滿是神采，追問道：「讀書時的沈鈺是什麼樣子啊？」

丹年正要開心地說下去，瞥見了廉清清的神情——如同少女懷春，語氣也像是向密友打探心中的白馬王子般。丹年心頭一驚，音調也降了下來。

丹年訥訥地說道：「也沒什麼，就是一個鼻子、兩隻眼睛，沒啥特別的……」

想起沈鈺前去戰場時的決絕，丹年心中的怒火忽然一下子上來了，咬牙切齒道：「不，他很特別，這壞蛋特別沒責任心，特別不聽話！書讀得好好的，非要去什麼戰場，不顧家人擔心，我要是選夫婿，肯定不要這樣的！」

「啊？」廉清清眨巴著一雙漂亮的大眼睛，用迷惑又帶點崇拜的語氣說道：「可是我偷聽爹和幾個叔叔的談話，都誇他在戰場上表現好，出了許多好計策，武藝也很不錯……」

丹年瞇著眼睛，不知道該說什麼才好，最後忍不住撫了撫額頭。暗戀中的女人最麻煩，對她說什麼她都弄不清楚。

廉清清又嘰哩呱啦地說了好些最近京城的八卦傳聞，丹年很是好奇。「清清，這些事情妳是怎麼知道的？」

廉清清撇了撇嘴。「京城那些夫人最喜歡辦宴會，邀請那些還沒嫁人的小姐，大家相看一下，相中了就幫自己的兒子提親啊！在這些宴會上，大家經常沒事就說東家長、西家短的。」

丹年笑得合不攏嘴。「原來清清妳常常參加相親聚會啊！」

廉清清氣惱地看了丹年一眼，不服氣地道：「妳別笑得這麼幸災樂禍，過不了多久，妳肯定也要去！」

此時，廉清清在門外的丫鬟挑起門簾，脆生生地說道：「小姐，時間不早，我們該回去了！」

廉清清留戀地拉了拉丹年的手，不捨地說道：「時間真快……唉，我也就跟妳說得上話了。」

丹年笑而不答，只催促廉清清快些回去，不要誤了飯點。

經過堂屋時，丹年朝裡面喊了一聲。「娘，清清要回去了！」

話音剛落，就看到李慧娘掀開門簾，客氣地笑道：「廉小姐要走了嗎，以後常來玩啊！」

廉清清拉長脖子看了半天，也不見有其他人露臉，雖然有些失望，她仍甜甜地朝李慧娘笑道：「沈伯母再見！」

第三十四章　針鋒相對

堂屋裡，沈立言放下茶盅，說道：「丹年，這段時間的事情我都知道了。妳放心，只要爹在，絕不會再讓妳受委屈。」

丹年聽得很窩心，笑道：「爹想多了，他們不敢對我做什麼的。」

沈立言嘆了口氣。「話雖如此，卻不得不防。」

丹年笑道：「我覺得他們原本是想找個聽話的女孩，現在看我不讓他們擺布，說不定就沒這想法了。」

丹年轉過頭去看沈鈺，只見沈鈺垂著頭，一雙拳頭卻攥得發白。丹年曉得他在生悶氣，便跳到他面前，笑道：「哥哥別擔心我，你看你們不在的時間，有誰能真的欺負我嗎？」

沈鈺抬頭朝丹年笑了笑，正要說些緩和氣氛的話，便聽見沈立言說道：「這次從邊境回來，有些事情看得更明白了。今天我有話想跟大家說，也好有個準備。」

丹年很少見到沈立言用如此正式慎重的語氣，當下也顧不得和沈鈺搗亂，搬了張小凳子就坐到沈立言旁邊。

「如今雖是打了勝仗，可並不見得會受到嘉獎，雍國公對大皇子的態度明暗不定。皇上龍體欠佳，膝下總共只有兩個皇子，若大皇子失了問鼎龍椅的資格，即位的必定是皇后娘娘所生的二皇子；然而皇后娘娘和白家的關係也很微妙，既要依託白家，又要打壓白家，白家也不是很樂意扶植一個會一心打壓自己的人。」沈立言長長嘆了口氣說道。

李慧娘皺起了眉頭。「相公，誰做皇上，都與我們無關。」

因為有丹年在，李慧娘萬分不希望與那些高高在上的人物扯上關係。

丹年微微嘆了口氣，沈立言還漏算了一點，就是蘇晉田。蘇晉田當初用自己的親骨肉換來蘇允軒，蘇允軒真正的外祖父留下來的勢力，還不都便宜了蘇晉田？他處心積慮多年，未必不是為了幫蘇允軒謀劃天下。

沈鈺說道：「大皇子一直躺在床上，我和爹向他彙報戰事，都要隔著屏風，等到仗打完了，傷才復原。回京的路上，也是虛弱地乘著馬車，皇家的人不過是貪生怕死之輩。」

沈立言不甚贊同。「阿鈺，大皇子品性如何我們不清楚，可他自小失去母親，卻能在險惡的皇宮中平安長大，單憑這點，就不是常人能做到的。本來這場戰事必輸無疑，他身負重傷不能指揮，失敗照道理也怪不到他頭上，若是贏了，首功就是他的。」

丹年聽得五味雜陳，天家的權力鬥爭比她想像得還要複雜，人人都精打細算，可倒楣的卻是老百姓，無端被牽扯進災禍中。

「而且，我預計明年，最遲後年，大昭和勒斥肯定會有一場更大規模的戰事爆發。」沈立言神色凝重地說道。

李慧娘驚呼了一聲，不敢置信地顫抖問道：「怎麼還要打仗，大昭不是打贏了嗎？」

「勒斥幾十年來發展得很快，他們的兵力遠不止這次表現的這般，我猜這不過是個試探，結果也讓勒斥充滿了信心。據說勒斥的大汗忽然死了，即位的是大汗的長子，他野心勃勃，大戰無可避免。」沈立言解釋道。

丹年擔憂不已。「爹，您不會再上戰場了吧？」

儘管想聽到否定的答案，可丹年心裡清楚，若是大昭武將充足，又怎麼會將沈立言從偏遠的農莊裡挖出來！

李慧娘捂住臉就要哭出來，丹年理解她的心情，好不容易回到自己身邊的丈夫和兒子轉眼間又要走了，還不知道能不能回來，讓她如何承受得住！

沈鈺嬉皮笑臉地朝李慧娘貼了過去。「兒子不是回來了嗎？娘還有什麼不放心的！打仗是以後的事情，說不準輪不到我們父子呢！」

丹年白了沈鈺一眼，若真是個懂事兒子，怎麼會拋棄娘親跑到邊境？

沈鈺裝作沒看到丹年的白眼，繼續跟李慧娘撒嬌。

晚上，丹年坐在房門口搖著紗扇納涼。她已經和小石頭談過開香料鋪子的事情，小石頭在邊境時曾在香料鋪子做過學徒，對這一行還算熟悉。

明年或後年大昭和勒斥必有一戰，其間通往西域的商路肯定會受到影響，如果能趁這段時間多進貨，等到戰事吃緊時，香料肯定非常搶手。

沈鈺洗漱完畢後就晃到丹年這邊來了，他笑嘻嘻地上前問道：「妹妹一個人坐在這裡想什麼呢？」

丹年對這個哥哥又氣又愛，根本拿他沒辦法，想起下午來家裡作客的廉清清，便用紗扇敲了敲他的肩膀，說道：「哥哥看到廉小姐了吧，長得很漂亮對不對？」

沈鈺一時沒想到丹年說的「廉小姐」是廉清清，愣了一下，才不怎麼自然地笑道：「是妳的朋友吧，妳和她關係不錯？」

丹年看著裝出沒事樣的沈鈺，嘆了口氣，撇了撇嘴。「哥哥，我覺得清清很喜歡你。」

沈鈺嚇了一跳，大驚失色。「妳瞎說什麼，我連她長得是圓是扁都沒注意！」

丹年看沈鈺對廉清清沒別的意思，便換了別的話題。「今年的春闈你已經錯過了，明年的不能再耽誤了吧？」

丹年覺得自己就像個勸荒唐兒子改邪歸正的老媽子一樣，雖然覺得怪，卻只能硬著頭皮說下去。

「我不打算參加殿試了，我要準備參加武舉的秋闈。」半晌後，沈鈺緩緩說出一句石破天驚的話。

丹年直接站起身來，吃驚地指著沈鈺，瞪大眼睛叫罵道：「娘好不容易把你平安盼回來了，你居然還要去考武舉？你以為戰場是逞英雄的地方……」她說不下去了，聲音哽咽。

李慧娘在堂屋聽到了一些聲響，揚聲問道：「丹年怎麼了？」

丹年連忙抽了抽鼻子，長吁了一口氣，很正常地答了一句。「沒事，哥哥在跟我講笑話呢！」

沈鈺看向眼淚還掛在臉上的丹年，嘆了口氣，拉著她進了她的房間。

顧不得點燈，沈鈺轉身輕輕擦去丹年臉上的淚水，柔聲道：「當了武將就能保護丹年啊，丹年也能快快樂樂地過日子。」
丹年只覺得沈鈺的臉龐離她很近，說話時溫熱的氣息噴在她臉上。沈鈺剛洗完澡，身上散發著一股好聞的氣息，幫她擦眼淚的手指摩挲著她的臉頰，長了繭子的手指讓丹年感到一陣陣酥麻。
丹年受不了這種黑暗中的曖昧氣氛，一段時間不見沈鈺，這才發現他早就長成了大男孩。丹年哼了一聲，轉身去找火石點亮了油燈，逃離這種氛圍。
燈光照亮了沈鈺曬成古銅色的臉龐，昏黃的燈光打在他臉上，五官就像是精心雕刻出來的一般，眼神也相當寵溺。
丹年坐到房間小几旁的凳子上，用下巴指了指另一個凳子，等沈鈺坐了下來，丹年便咬牙切齒道：「你若非要去從軍打仗也沒關係，先成了親再說，給爹娘留個孫子，之後隨便你去哪裡都行！」
沈鈺愣了半天，忽然大笑起來。
丹年氣惱地看著他，她是怕將來她爹絕後，要不然她一個黃花大閨女，犯得著跟自己哥哥說這些嗎？
沈鈺在丹年的眼神飛刀掃射下，好半天才止住了笑，他揉了揉丹年的頭髮，笑咪咪地叫丹年早點睡，別想太多，便留給她一個瀟灑的背影走人了。
隔天從早上吃飯開始，丹年就敏銳地察覺到家裡的氣氛不對，李慧娘和沈立言像是吵過架似的，兩人坐在堂屋裡，離了有一丈遠，也不說話。

丹年暗暗稱奇，這是從來沒有過的事情，她爹娘可說是大昭模範夫妻耶！

「娘，我肚子餓了！」丹年趕緊抱住李慧娘的胳膊撒嬌，試圖緩和氣氛。

李慧娘臉上依舊不鹹不淡，她瞥了沈立言一眼，說道：「妳大伯母派人來了，要在他們家設宴幫妳爹洗塵，請我們一家都去。」

丹年頓時明白他們夫妻吵架的原因了。李慧娘恨死大伯母一家，肯定不願意再看到他們，可沈立言還是不願親戚變得跟仇人一樣。

「丹年，妳若是不願意去就算了，爹只是覺得兩家關係太差，對妳名聲也不好，將來……」沈立言嘆道。

「去，我當然去。」丹年笑咪咪地說道。

李慧娘驚訝地看向抱著她胳膊不撒手的丹年。「妳這孩子，明知道那家人不安好心，還去做什麼？」

丹年晃了晃李慧娘的胳膊，理直氣壯地說道：「我怕他們做什麼？難不成我這受害者還要躲著他們不成？我倒要聽聽，大伯母她們把我一個人扔在慶王府莊園上，有什麼說法！」

沈鈺在一旁幫腔。「當然要去，不然豈不是顯得我們心虛躲著他們了？有我在，妹妹吃不了虧！」

李慧娘瞪了沈鈺一眼。「有你在？有你在不愁天下不亂！」話雖這麼說，她還是忍不住笑了起來。

吃完早飯後休息了一會兒，整理妥當後，一家人便駕馬車去了沈家大院。丹年進了大門後，看著站在門邊迎接他們的沈立非，他笑得一臉慈祥，彷彿那天丹年去求他的事情不曾發生過一般。

李慧娘基本上不說話，沈立言說話時也帶著濃重的疏離感，但沈立非卻不覺得這樣拉了他的面子，仍舊像一個好脾氣的兄長一般。

丹年不得不佩服沈立非的忍耐功力，難怪沈家就算在京城根基不深，他也能穩坐官位這麼久。

打扮得端莊富貴的沈大夫人一看到丹年，便三步併作兩步上前來拉住丹年的手，嗔怪道：「妳這孩子，上次在慶王爺莊園上怎麼能亂跑呢？妳都不知道大伯母找不到妳有多著急！要是被人看到妳一個姑娘家晚上在外面走動，妳爹娘的名聲可怎麼辦！還好人家願意送妳回家，不然可就糟了！」

丹年瞧沈大夫人那副擔心的模樣，忍不住在心中冷笑。真夠無恥，不但把自己的罪名洗脫乾淨，還當著兩家人的面誣衊她不守規矩，到處亂跑。

不過看沈大夫人的樣子，並不知道送自己回家的是蘇晉田府上的馬車，莫非蘇允軒將此事瞞了下來？瞞下來也好，他最好一輩子都不要跟她扯上關係！

丹年淡淡一笑，賠禮道：「丹年真是罪過，讓大伯母擔心了。不過大伯母放心，這不會對我爹娘的名聲有什麼影響。」

在沈大夫人、沈丹荷和沈丹芸疑惑的眼神中，丹年眨著眼睛，無辜地說道：「因為我跟慶王府的小廝們說，我是沈丹荷。」

此話一出，沈大夫人和沈丹荷的臉色立刻變了，沈丹荷指著丹年怒目而視、氣急敗壞，沈丹芸則是看好戲一樣，捂嘴偷笑。

丹年委屈地開口了。「大伯母和大姊姊怎麼生這麼大的氣？丹年心想大姊姊人見人愛，我說自己是她，別人肯定會送我回家，丹年不過是想沾沾大姊姊的光而已。」

李慧娘拉著丹年的手，雖然心裡樂歪了，卻是一臉凝重地跟沈大夫人說道：「大嫂，是我管教不嚴。妳放心，回去後我一定罵她。」

沈大夫人看著丹年，眼裡噴火，怪不得最近京城有傳言說沈丹荷在外面找小廝要馬車！堂堂內閣大人千金竟會淪落到求人送她回家的地步，原來是丹年這個死丫頭搞的鬼！

沈立非出來打了個圓場。「弟妹這是什麼話？丹年畢竟還小啊！以後丹年遇到什麼事情，只管報大伯父的名號，大伯父定會幫妳作主。」

丹年盯著一口銀牙咬碎往肚裡嚥的沈大夫人和沈丹荷，心中暢快無比，笑咪咪地謝過沈立非。

讓幾個孩子見過了沈立言和李慧娘，沈大夫人便吩咐沈丹芸和沈銘下去了。沈銘朝沈立言和李慧娘行了禮，說自己還要唸書，沈丹芸漂亮的大眼睛裡則滿是不服，氣呼呼地瞪了一眼笑得端莊大方的沈丹荷，扭著腰下去了。

丹年看得興味十足，要是這兩人將來嫁到同一家裡，會是多麼歡樂啊！

宴桌擺好後，沈立非招呼眾人入席，丹年的祖父、祖母坐在首席，其餘眾人依次排開，沈鐸到了此時才趕來，身上還帶著濃濃的酒氣，身形微晃地進了花廳。

沈立非低聲斥道：「怎麼現在才來?!」

沈鐸覥著臉答道：「父親莫動火，今日京務司裡來了位巡察官人，陪他喝了幾杯酒。」

沈立非哼了一聲，沒再多說什麼。

沈鐸經過丹年身旁時，丹年聞到他身上有明顯的脂粉味，他去哪裡喝酒，不言而喻。

沈丹荷坐在丹年的右手邊，自然也聞到沈鐸身上的味道，她微微皺了皺眉頭，看到一旁的丹年似笑非笑地看著自己的哥哥，臉上帶著鄙夷。

沈丹荷不由得怒氣沖天，今天她精心打扮過，衣服是京城最好的師父裁的，頭上和身上的首飾是新打的，妝容也細細描過。

她這樣的女子，生來就要立於眾人之上，等她未來的夫君大業成功，她就是大昭最尊貴的女人，萬萬不能容忍有像丹年這種不把她放在眼裡的人。

幾乎所有的女孩看到她時，或多或少都會流露出羨慕的表情，然而丹年卻一次也沒有過，即便是第一次看到她，也只是打量了兩眼，便轉頭看向別人。

沈丹荷想看到比她家丫鬟穿著打扮好不了多少的丹年看見她時，那羨慕嫉妒的表情。可就算她打扮得再美，丹年也沒對她另眼相看，穿著舊衣服、戴著舊首飾的她依然抬首挺胸、談笑自如，看不到一丁點自卑和不自在。

聞到沈鐸身上那股脂粉味時，沈丹荷不禁覺得這身打扮白費了。

這個哥哥成天不求上進，流連於花街柳巷，沈丹荷早已習慣。可今天不同，沈鈺年紀輕輕便上戰場立了大功，相形之下，沈迷酒色的沈鐸就像地上的泥巴一般，讓她丟臉。再加上丹年那鄙夷的眼神，沈丹荷覺得她就是在嘲笑、諷刺自己！

沈丹荷愈想愈生氣，重重地放下手中的茶盅，丹年嚇了一跳，假意關心地問道：「大姊身體不舒服？要不我叫丫鬟扶妳回去休息？」

沈丹荷從牙縫裡擠出話來。「無事，丹年妹妹多心了。」

丹年長吁了口氣。「那就好，看妳臉色慘白，跟刷了幾十層抹牆的白灰似的，真把妹妹擔心死了！」

一段話堵得沈丹荷剛喘過來的氣又不順了，再看向丹年，發現她早已轉臉去跟桌上的菜奮戰了，還吃得不亦樂乎，不像是故意拿這話來刺激她的樣子。

真是個吃貨！沈丹荷憤恨地想著。

兩家人各懷心思地吃完飯，沈大夫人笑著要拉著李慧娘和丹年到她那裡坐坐，留下男人們單獨說話。

這個時節，沈家荷花池裡三三兩兩的花苞破水而出，風姿綽約地立在水面上，圓滾滾的荷葉上散落著水珠，反射著太陽光，顯得晶瑩剔透。涼亭裡則是清風宜人，是個避暑的好去處。

沈大夫人有心炫耀，細細解說這個院子的由來，說是沈丹荷十歲時沈立非幫她建的，就為了她名字中的一個「荷」字，還說他的女兒定要如同荷花般高潔風雅。

丹年聽得直打呵欠，不過是展示父女情深的道具罷了，若真是只給沈丹荷一個人的，為何沈家有客人來，都要在這個院子裡招待？

沈大夫人突然拍了個手，對李慧娘笑道：「光讓妳聽我囉嗦了，妳還沒聽過丹荷彈琴吧，這丫頭沒什麼拿得出手的，也就只有琴棋書畫勉強能入人眼。」說著就讓丫鬟去取沈丹荷的琴出來讓她彈奏。

話說得謙遜，語氣裡的得意和驕傲卻是怎麼也掩飾不了。李慧娘斜了丹年一眼，那意思丹年明白——瞧妳從小躲懶耍滑，到現在沒個能拿出手的才藝，被人嘲笑了吧！

丹年訕訕地摸了摸鼻子，低頭不吭聲。

沈丹荷見丹年低頭不語，還以為她是覺得羞恥，更是得意非常。等琴送了上來，沈丹荷先去淨手，一旁的丫鬟則端了香爐過來，這段時間沈大夫人又含蓄地表示這琴出自某某大師之手，非常名貴。

香爐裡放的不知是什麼香料，聞起來淡雅清爽。

丹年盯著香爐，就像是在盯著一個錢袋一般，將來小石頭的香料鋪子開張，不知道能幫她賺多少錢？要是那些富貴人家都像這樣，彈個琴也要燒上幾爐，不就發了大財？

一曲彈畢，沈大夫人含笑讓丫鬟撤下了琴。「丹荷，幾日沒聽妳彈琴，又有了很大的長進呢！」

沈丹荷瞥了丹年一眼，撒嬌道：「娘，您就知道取笑女兒！」又昂頭對丹年說道：「丹年妹妹，我彈得如何？」

丹年依偎在李慧娘懷裡，見沈丹荷有心炫耀，便朝她笑道：「大姊姊彈得自然好。」

沈丹荷卻不滿意地追問道：「怎麼個好法？」

「這個我說不上來，我只聽過兩個人彈琴，相比之下，大姊姊彈得比另一個人好多了。」丹年說道。

「喔？是誰？」沈丹荷緊追不捨。

「就是在集市上賣藝的瞎子老漢！」丹年的聲音含著笑意。

「妳、妳竟然……」沈丹荷眼睛立刻就紅了。

李慧娘拍了丹年的腦袋一下。「胡說些什麼！」

說著她就轉過頭，滿懷歉意地朝沈大夫人說道：「小孩子不懂事。」

沈大夫人尷尬地笑了笑。

此時，有婆子過來傳話說沈立非要沈大夫人與李慧娘去花廳，有事要商議。沈大夫人要沈丹荷繼續招待丹年，便和李慧娘去了前院。

等兩人出了院子，沈丹荷便揮手讓在一旁伺候的丫鬟下去了，涼亭裡頓時就只剩下她與丹年兩人了。

沈丹荷也顧不上名媛風範，劈頭就問道：「那日世子怎會給妳白玉珮？妳最好別有什麼不該有的想法，否則……」

丹年眯著眼睛笑了起來。「沈丹荷，妳以什麼立場來問我？妳是世子夫人嗎？妳進了他們家的門嗎？他有明明白白昭告天下他要娶妳嗎？」

無視沈丹荷青紅交加的臉色，丹年繼續說道：「沈丹荷，妳自恃為京城第一才女，可看看妳現在的樣子，像個妒婦一般，生怕男人沒到手就被人搶走了。」

沈丹荷怒道：「妳懂什麼？妳不過是……」

盛怒之下，沈丹荷朝丹年揮出了巴掌，丹年反應敏捷地一把抓住她的胳膊。長時間在鄉下上竄下跳，丹年的力氣可不是閨閣弱質小姐沈丹荷能比的。

沈丹荷吃痛，卻又不好發出聲響讓別人知道，只能咬牙忍著，一臉憤然地看著丹年。

「妳和妳家的人，最好收起那套我要當妳陪嫁作妾的論調，我就是剃了頭髮做尼姑，都不會給人作妾！若是再讓我聽到什麼，就別怪我們家不念親戚情分！」丹年說完就一把推開了沈丹荷。

沈丹荷不停撫著被捏痛的胳膊，美目圓睜，氣得說不出話來。

這會兒有小丫鬟進了涼亭，說是老夫人午睡醒了，要兩位小姐陪她說說話。

沈丹荷沒好氣地喝道：「知道了，還不快去回稟祖母！」

小丫鬟受了驚嚇，飛也似地跑了。

沈丹荷揚著下巴問道：「妳隨不隨我去祖母哪裡？」

丹年也不答腔，而是直接越過沈丹荷往前走。不就是見個老太婆嗎，又不是千年老妖，還會吃人不成？

第三十五章　貴客臨門

一路上丹年健步如飛，沈丹荷則奮力在後面追趕，累得她滿頭是汗，不停喘氣。臨近沈老夫人的院子，丹年俏皮地朝身後離她超過一百尺的沈丹荷吐了吐舌頭。真想不通，這大小姐是腦門被夾了還是怎麼的，什麼都要跟自己比，最後吃苦的還不都是她自己！

丹年掀開門簾進了屋，沈老夫人正半靠在美人榻上，待她睜開眼睛只看到丹年一個人時，有些驚訝地問道：「丹荷呢？」

丹年笑咪咪地答道：「大姊姊說荷花池裡的花開得特別好，要在那裡多看一會兒，我便先來了。」

沈老夫人狐疑地看著丹年，丹年坦然面對她，臉上毫無懼色。這個老太婆又不是沈立言的親生母親，對他們一家也不友好，何必跟她客氣？

過了一會兒，沈丹荷氣喘吁吁地走了進來，臉上的脂粉被汗水弄得亂七八糟。

沈老夫人用嚴厲的目光看了沈丹荷一眼，揚手叫來一個婆子領著沈丹荷去隔壁的小廳梳洗。

沈丹荷離開後，沈老夫人姿勢不改，依舊靠在榻上，開口同丹年說道：「丹年啊，妳現在也是京城的官家小姐了，和妳在沈家莊時不一樣了。」

丹年笑了，嫌沈大夫人的下馬威沒用，沈老夫人親自上陣了？「祖母放心，丹年知道什麼該做，什麼不該做。」

「妳打出生就沒在我跟前，一些規矩沒人教妳，妳自然不懂，但也不能出去丟了沈家的顏面。」沈老夫人嘆道。

妳才不懂規矩咧，而且不只妳，妳全家都不懂規矩！丹年在心裡暗罵道。

「雍國公世子是什麼人，豈是妳能妄想的？等妳大姊姊嫁進白家，能不提攜妳嗎？還能便宜了外人去？」沈老夫人嚴肅地說道，一副苦口婆心的模樣。

丹年突然覺得可悲，看這一家子，老老小小都在為沈丹荷的婚事提心弔膽，生怕哪天白家不要她了，連世子隨手給了一個女孩一樣東西，都要強勢地羞辱她一番。

即便沈丹荷嫁過去又如何呢？世子納的小妾只怕不會比皇上少。人人都只看到上位者光鮮亮麗的外表，卻不在乎他們背後的心酸。

「祖母，您老人家沒其他事的話，我就先走了，我爹娘還等我回家呢。」丹年最後實在忍不住打斷沈老夫人的話，行了個禮就準備走了。

沈老夫人見丹年沒有絲毫懺悔，一時忍不住氣，咳了起來。「咳、咳，妳這個孩子，怎麼這麼不知禮數？咳，教訓妳還不當一回事……咳！」

丹年連忙喚來在門外候著的丫鬟與婆子，要是沈老夫人出了事，有麻煩的人就是她。

沈丹荷梳洗完畢進屋，就看到沈老夫人臉色不好，丹年則站在一旁看著，周圍一堆婆子和丫鬟在幫沈老夫人順氣。

沈丹荷怒氣沖沖地走到丹年跟前，語氣不善地問道：「這是怎麼回事？剛剛祖母還好好的！」

丹年一臉無辜地說：「我也不知道，我一跟祖母告辭，祖母就開始咳了，還咳得挺厲害的，大概是祖母捨不得我吧。」

沈丹荷瞪了丹年一眼，便轉身去照看沈老夫人了，待沈老夫人喘過氣來，丹年便恭恭敬敬地上前告辭。

沈老夫人有心發作卻沒了力氣，只得疲憊地揮了揮手讓丹年走了。沈丹荷看丹年走了，趕忙跟沈老夫人告辭並追著丹年走了，生怕她又要搞什麼小動作。

到了前院的花廳，丹年就聽見沈立非讚嘆的聲音。「二弟啊，這次聽說木奇鎮被圍時，是你的一個家奴勇闖敵營，當著敵軍的面在陣前通風報信，真乃大昭勇士也！」

丹年心下一緊，連忙站到門外仔細聽著，生怕錯過什麼自己不知道的資訊。

「是啊，只是可惜了，如此忠義之人死在亂軍之中。」沈立言淡淡說道。

「二弟，為兄認識你這麼多年，居然不知道你還有如此忠僕，當初來京城時，也不見有家奴跟來啊？」沈立非試探地問道。

丹年聽了只覺一陣噁心，當初她求他去救爹時，他一副事不關己的模樣，現在發生了他無法掌控的事情，便又是猜疑又是防備。

「大伯父有所不知，此人生性乖張、脾氣怪異。我們對他有救命之恩，那人是為了報答才來通風報信的。」沈鈺接過話解釋了一番。

「喔，是這樣啊，那可真是個重情義的好漢子。」沈立非沒有打探到什麼有用的資訊，語氣充滿了失落感。

等丹年和沈丹荷進了屋，沈立非便和藹地問沈丹荷帶丹年去哪裡玩了，沈丹荷一臉擔憂地說道：「祖母找我們過去，丹年妹妹先進院子，不知跟祖母說了些什麼，祖母咳得厲害，差點就……」

見眾人都看向她，丹年也是一臉擔心。「路上大姊姊說她要先去看荷花再去見祖母。祖母問起大姊姊怎麼不在，我如實說了，祖母便咳得厲害。大姊姊說祖母那是老毛病了，不用擔心，就帶我過來了。」

哼哼，妳會造謠，我就不會了？丹年不屑地想著。

「妳胡說，我怎麼會那麼說?!」沈丹荷氣急敗壞地反駁道。

丹年趕緊躲到沈鈺身後，怯生生地扯著沈鈺的衣角，像是被沈丹荷給嚇到了。

沈鈺瞪了沈丹荷一眼，內心卻早就笑翻了天，這小丫頭又開始整人了。

沈丹荷氣得咬牙切齒，可當著一群長輩的面，她一點辦法都沒有。

沈立言嘆了口氣，起身告辭，沈立非和沈大夫人卻極力挽留，要他們吃過晚飯再走。

丹年覺得奇怪，大伯父和大伯母的熱情不像是裝出來的，這是為了什麼？

沈立言和李慧娘堅決推辭，尤其是李慧娘，一張臉陰得能擰出水來。

等丹年一家上了馬車，李慧娘馬上就問道：「丹年，那丹荷有沒有趁我不在欺負妳？」

丹年笑著抱住李慧娘的胳膊。「娘，別老把我想得那麼沒用！」

沈鈺靠在車廂壁上懶懶開口了。「娘，從小到大，只有她欺負別人的分，您看誰欺負得了她？」

丹年忍不住吐了吐舌頭，歪進李慧娘懷裡撒起了嬌。

他們回到家沒多久，便有幾個官差打扮的人來找沈立言和沈鈺，丹年躲在自己房間裡觀察情況，遠遠看去，這幾個人對沈立言和沈鈺很是客氣，一顆吊著的心終於放了下來。

等官差們離去，沈鈺把丹年叫了過去，說爹有話要說。

丹年走在沈鈺前頭進了堂屋時，沈立言原本正和李慧娘在商量事情，見到丹年時便齊齊地閉上了嘴巴。丹年不禁覺得奇怪，有什麼事非得瞞著自己呢？

丹年坐到李慧娘旁邊，沈立言開門見山地說：「丹年，剛才來的是大皇子的人，請我們一家過兩日去他府上赴宴。」

丹年愣了半晌，最後乖巧地答道：「好，知道了。」

等丹年離開後，沈立言轉身前去書房，沈鈺跟了過去。

書房裡，沈鈺看著沈立言問道：「爹，您方才是不是在和娘商量丹年的婚事？」

「你妹妹年紀不小了，是該說親的時候。還有你，你想要個什麼樣的媳婦？」沈立言打趣道。

「爹，那日在木奇鎮，您和丹年說的話我都聽到了。」沈鈺盯著沈立言的眼睛，緩緩說道。

沈立言一驚，手中的茶水灑了半杯出來，濡濕了書房小桌上攤開的書本。

「爹，我今年秋闈就去考武舉，若是……」沈鈺有些激動地說。

沈立言震驚之餘，拍著桌子大吼了一聲。「想都不要想！你若是想害死她，儘管告訴世人她不是你親妹妹，你要娶她！」

沈鈺咬牙說道：「我若能在軍隊裡得了一官半職，就帶著丹年住在邊境，那裡誰也不認識她，不會有人知道。」

「趕快收起這種想法，你若是為了她好，就永遠當個能護她一世周全的好哥哥！」沈立言從未如此驚恐過，他想不透，丹年是阿鈺的妹妹啊，他怎麼會有這種心思?!

見沈鈺頹然低著頭，沈立言心下不忍，他畢竟只是個十九歲的大孩子啊……

沈立言拉著沈鈺坐了下來。「阿鈺，你在不知道丹年不是你親妹妹之前，可對她有過別的想法？」

沈鈺茫然地說道：「怎麼可能？我以前只當丹年是妹妹，若是某種東西只有一樣，我寧可自己不要，也要讓給丹年。其實在木奇鎮時，我早已絕望了，可當丹年出現在城門下時，就像太陽般帶來了希望，後來再聽說丹年的身世其實另有隱情，我就想，是不是能以別的身分保護她一輩子……」

沈立言嘆了口氣，忽然想到了什麼似的，急切地問道：「丹年可知道你對她的心思？」

沈鈺低頭苦笑道：「爹，您把兒子當成什麼了，兒子自然不會讓丹年知道。」

沈立言拍了拍沈鈺的肩膀。「阿鈺，是男人就要有擔當。這事不可讓你母親知道，至於丹年……這丫頭聰明得很，你不能讓她瞧出什麼端倪來。」

晚飯時間，丹年瞧沈鈺一副無精打采的樣子，便扯著沈鈺的臉皮往外一拉，壞笑道：「這又是怎麼了？苦著張臉，活像誰欠了你多少錢似的！」

沈立言下午的警告言猶在耳，如今丹年又冷不防靠他這麼近，駭得沈鈺連人帶椅仰面摔倒在地，發出巨大的聲響。

沈立言和李慧娘趕緊起身去扶沈鈺，李慧娘摸著沈鈺的腦袋，慌張地問他有沒有磕到哪裡，順帶白了丹年一眼。

丹年撇了撇嘴，她自己也嚇了一跳啊！

沈立言又好氣又好笑，安慰完兒子又去安慰女兒。

小石頭選好鋪面之後，丹年想和碧瑤一同過去看看，李慧娘叮囑她不要耽擱時間，因明晚便要去大皇子府赴宴，應該早點選好衣服，仔細搭配首飾。

丹年實在摸不著頭緒，她已經去過幾次宴會，之前都不見李慧娘如此上心。

李慧娘自然不會告訴丹年，是因為沈立言說大皇子邀請了不少朝中的少年兒郎，個個都是年輕有為的翩翩公子，他們夫妻有心幫丹年留意一下。

丹年向李慧娘告別後，碧瑤打開了院門，兩人驚訝地發現門口站了十幾個黑衣打扮的男子，站在最前面的人甚至還保持著敲門的姿勢。

黑衣男子簇擁著一個華服青年，他的身形高大，錦袍上繡著四爪金龍，黑髮整齊地束在頭頂的紫金冠中，看起來年紀和沈鈺差不多，只是面色稍顯蒼白。

華服青年似乎對突然打開的院門感到驚訝，只好右手握拳，擋在口邊輕輕咳了一聲。此時丹年注意到那人右手拇指上戴著一枚翠玉扳指。

敲門的黑衣男子立刻雙手抱拳，行了個禮，說道：「這可是沈立言大人府上？」

「正是。」見是陌生男人，丹年不便直視，打量了他一眼便低下頭去。

華服青年上前一步，微微笑道：「煩勞姑娘向沈大人通報一聲，有故人來訪。」

他的聲音雖然有些虛軟，但是語調溫柔，讓丹年忍不住多看了他兩眼。

沈立言出了堂屋，看到門口的華服青年，大吃一驚，躬身就要行禮。

華服青年趕緊上前扶起沈立言，溫言道：「沈大人，孤今日是私下拜訪，不必講究這些虛禮。」

丹年垂著眼睛站在一邊，能讓她爹這麼緊張的人，定是朝中權貴。

沈立言向丹年介紹道：「丹年，這位是大皇子殿下。」

丹年聞言，驚訝程度不下於沈立言，正要行禮，大皇子便笑道：「沈小姐不必多禮，今日孤只是個來拜訪沈大人的舊友，不是什麼大皇子。」

沈立言又叫來李慧娘和沈鈺，眾人見過禮後，便請大皇子入內上座。

其中四個跟著大皇子進來的黑衣男子手中都提了禮盒，大皇子笑言是給李慧娘和丹年的禮物，沈立言慌忙答謝。

丹年心下驚疑，堂堂大皇子屈尊到一個低階軍官府上，還帶著給她與李慧娘的禮物，分明對他們家做過一番調查，莫非是要藉機拉攏沈立言？

丹年退到了灶房，由於沈立言在家並不喝茶，因此家裡沒有什麼好茶葉。丹年想了想，吩咐碧瑤先把水燒上，她去屋裡拿了自製的薄荷茶。

送上薄荷茶後，丹年有些忐忑，忽然後悔起自己的魯莽。雖然大皇子看起來溫文儒雅、和善近人，可他終究是皇室貴胄，萬一這廉價的東西惹他不高興，他會不會為難她爹？

丹年有些緊張地看著大皇子揭開蓋子，大皇子先是聞了聞茶香，又輕輕抿了一口，整個動作行雲流水，甚是優雅，襯著他好看的面容，如同是一幅工筆畫般。

真是妖孽啊！丹年暗暗想著。

大皇子滿意地笑道：「這茶真是新奇，聞起來提神醒腦，就像是……」後半句話大皇子嚥了下去，像是在回憶什麼似的。

丹年見他喜歡，便放下心來。剛準備要走，她就聽見大皇子問道：「這好茶是沈小姐想出來的吧？」

丹年乖巧地行了個禮，垂頭答道：「不過是些粗鄙之物，沒什麼能拿來招待殿下的，讓殿下見笑了。」

大皇子輕輕笑了起來。「妳泡的這茶甚合孤的心意，孤要賞妳，可有什麼想要的？」

沈立言和沈鈺有些吃驚，沈立言忙笑道：「殿下太客氣了，小女這點東西，哪當得起賞？殿下高興，就是對她最大的賞賜了。」

大皇子不以為意地擺了擺手。「一直聽說沈小姐才貌雙全、聰慧伶俐，今日得見，果真如此。沈小姐說吧，可有什麼心願？」

丹年垂下眼睛。他是從哪裡得知自己才貌雙全、聰慧伶俐的?!

不過，既然他是來拜訪沈立言的，便說明他有求於人，自己何必跟他客氣？再這麼推託下去，倒顯得自己小家子氣了。

丹年垂著頭，恭敬地答道：「承蒙殿下看重丹年，丹年不勝惶恐。早聞殿下的字是一絕，丹年斗膽，懇請殿下賜予墨寶。」

大皇子似是沒想到丹年會提出這麼一個要求，怔了一下後，輕笑道：「沈大人，幾次同你說要你帶令公子和令嬡到我府上來坐坐，你總是推說令嬡性情頑劣，登不上檯面，現在看來實在是自謙過度了啊！」

沈立言略微尷尬地點頭稱是。

丹年聽見他笑，沒來由地感到熟悉。這種笑法就像是在戲謔自己一般，她哪裡惹到這個大皇子了？她這十幾年來結下的仇人名單上，好像沒有這號人物啊？

很快的，大皇子帶來的隨從就鋪好了筆墨紙硯，大皇子提筆蘸了墨，正要落筆，忽然停了下來，轉身向丹年問道：「不知沈小姐想要什麼字？」

丹年想了想。「請殿下題『生意興隆』這四個字。」

此言一出，沈立言便喝道：「丹年，不得無禮！」

士農工商，在這個時代，商人是階級最低等的。

其實丹年這個要求有特殊的考量。她想將大皇子的字掛在盼歸居，對地痞、官府都有震懾作用。不受待見的大皇子還是皇子，小流氓不敢來鬧事，官府也會對他們另眼相看。

更何況，古往今來，人們都有一種追星的心理，名人拜訪過的飯店、餐廳，全都搖身一變成了名店，不管是不是真的好吃，後來去的客人幾乎都要踏破門檻。

大皇子來了興趣。「莫非沈小姐還會做生意？」

丹年硬著頭皮解釋道：「生意，乃指生命之本意，生意興隆，指的是萬物繁榮之意。」

大皇子略帶深意地看了丹年一眼，那笑容讓丹年頭皮發麻。大皇子也不推辭，大筆一揮，落下「生意興隆」四個大字，寫完後立刻就有隨從呈上印章，由他蓋上鮮紅的大印。

沈立言鬆了口氣，瞪了丹年一眼。

丹年吐了吐舌頭，一杯薄荷茶換來一張大皇子親題的字，怎麼樣都划算！

要這個大皇子題生意興隆，他一點都不生氣；邊境一戰，原本是個死局，然而不管是贏是輸，他都跳出了勝負之外，不難看出他城府之深、修養之好。

沈鈺向丹年使了個眼色，丹年便拿著字退了出去，找到躲在房間裡的碧瑤。

「小姐，我居然見到大皇子殿下了！是活生生的殿下啊！」碧瑤激動不已，抓著丹年的胳膊不停搖晃。

丹年揚了揚手中的紙，笑咪咪地說道：「別激動了，我們趕快找個裱紙匠，掛到盼歸居去！」

丹年歡歡喜喜地請人將大皇子的字裱好後，掛到盼歸居大廳正中間牆上最醒目的位置。

紅色印章上「齊衍修印」四個字清晰可辨，京城裡不知道當今大皇子名諱的人應該不多，要不然裱畫的匠人也不會拿到字後就戰索索，一臉惶恐。

以後應該完全沒人敢來搗亂吧？丹年得意地想著。

第三十六章　冤家路窄

還沒等丹年把字欣賞個夠，沈鈺就從家裡趕來，要她趕快回家梳妝，好參加大皇子府的夜宴。

丹年回到家，就看到一個圓臉婆子在等她，她年紀四十歲左右，看起來乾乾淨淨，笑咪咪的，渾身上下散發一股祥和的喜氣。

然而這個婆子可不手軟，梳頭、拔眉毛可說是快、狠、準。丹年被李慧娘按住了雙手，動彈不得，慘叫聲傳到前院，沈立言和沈鈺聽到以後，雙雙擦了把額頭的冷汗。

「跟殺豬似的。」這是沈鈺的評價。

李慧娘恨鐵不成鋼地看著丹年，罵道：「王嬤嬤是宮裡出來的老人，能請到她來幫妳梳頭，是妳的福分，可是……妳看看妳，唉！」

雖然李慧娘這麼說，可丹年卻委屈得不得了，這根本是酷刑嘛！

等王嬤嬤離開後，丹年好奇地問道：「娘，妳請那個嬤嬤來，花了多少錢？」

李慧娘伸出兩根手指頭，丹年眨了眨眼睛。「兩個大錢？」

李慧娘聽了，用力點了點丹年的腦袋。「當然是二兩銀子！」

「這麼貴！」財迷沈丹年立刻從凳子上跳了起來，嚷道：「搶劫啊！盼歸居一天不過賺五、六兩銀子罷了，娘啊，您居然捨得……」

李慧娘看到精心打扮後的丹年也是個漂漂亮亮的小姑娘，不比沈丹荷差，只不過一雙眼睛聽到錢就發亮，再配合著她嚷出來的話，眼裡都要映出兩枚銅錢來了！

李慧娘強按下額頭上狂跳的青筋，要打這個女兒她也捨不得，只得移步去牆角的箱籠，取出昨日挑好的衣服幫丹年換上。

到了堂屋，沈立言父子看到盛裝打扮的丹年，不由得讚嘆了一聲「漂亮」。

丹年上身穿著桃紅色繡著淡色花朵的罩衫，下身穿著顏色稍深一些的百褶綢裙，梳著時下京城閨閣小姐流行的髮型，整個人看起來就像是三月裡的桃花一般嬌俏。

丹年被他們兩人看得有些不好意思，乾脆驕傲地揚起頭問道：「怎麼樣？好看嗎？」

沈鈺吸取了上次的教訓，學紈袴子弟敲著手中的摺扇，笑咪咪地恭維道：「好看、好看！化了妝與沒化看不出有什麼區別，一樣好看。」

丹年小小的虛榮心得到了極大的滿足，感嘆著還是自家哥哥好。

由於小石頭晚上沒事，沈立言便找他來駕馬車。

李慧娘得知沈大夫人也會去之後，頓時沒了興致，揮揮手說不去了。那個大嫂每次都會拉著她嘮嘮叨叨說家裡的姨娘有多可恨，聽得她耳朵都長繭子了。

馬車行走了快一個時辰才到達大皇子府門前，小石頭在外面說道：「沈叔叔，前面的馬車已經排了十幾丈長，再往前就走不動了。」

沈立言探出頭一看，前方道路果然已被來赴宴的賓客馬車堵嚴實了，眾人紛紛下車步行至正門口。沈立言便讓小石頭在馬車上等著，他則帶丹年和沈鈺下車。

丹年正要跳下馬車，就瞥見沈立言不贊同的眼神，只得悄悄吐了吐舌頭，在沈鈺攙扶下慢慢踩到地面的小凳子上，再踏到地上。

大皇子府門口的管事檢查了一下請柬，便笑容可掬地請沈立言三人入內。進了大門，便是一間南北通透的大房間，大皇子正和幾個人在說話，他似乎身體微恙，不住地握拳擋口、咳嗽幾聲。

沈立言帶著丹年和沈鈺向前走去，走到大皇子面前時，才發現和大皇子說話的，正是沈立非一家。

大皇子看到丹年，驚豔的神色一閃而過，隨即不動聲色地咳了一聲，溫言招呼起沈立言和沈鈺。

沈丹荷和沈丹芸看到了丹年，眼裡充滿了不屑和嫉妒，她們像是商量好了似的，熱切地向丹年打招呼。「丹年妹妹！」

還未等她們兩人表現手足情深的戲碼，就聽見大皇子說道：「久聞沈大小姐琴藝非凡，今日還望沈大小姐能在宴會上展露一下才藝，好為我這陋室增添一些雅氣。」

沈丹荷似乎經常遇到這種情況，也不推辭，笑道：「承蒙殿下看得起，丹荷一定竭盡所能，只是……」

沈丹荷話鋒一轉，目光轉到丹年身上。「往日都是丹荷一個人獻藝，寂寞得很，今日丹年妹妹也在，要是不嫌棄的話，與大姊姊同臺獻藝可好？」

丹年瞇起眼睛盯著腳尖，她就說嘛，沈丹荷無時無刻都想讓她出醜，簡直是跟她過不去！

「是啊，丹荷在家總是叨唸丹年這個妹妹，比對丹芸還上心呢！」沈大夫人笑得一臉慈祥，也來幫腔。

出乎沈家大房一家的意料，丹年抬起頭，淡淡答道：「我不會彈琴，也不會作畫，連字都認不得。」

沈立言也笑道：「殿下，我這女兒從小被我慣壞了，琴棋書畫樣樣不通，實在是讓大家笑話了。」

大皇子驚異地看了丹年一眼，但瞬間就恢復了充滿溫柔笑意的神色。「既是不會，孤怎麼能勉強客人？到時還請沈大小姐多多辛苦了。」

大皇子都發話了，沈丹荷縱有萬般不樂意也只能含笑應下。沈丹芸一心想看兩方鬥爭，此刻也微微有些失望。

就在此時，門口跑過來一個身強力壯的黑衣管事，湊近大皇子耳邊低聲說了句話，大皇子便滿懷歉意地對眾人笑道：「孤有事失陪，諸位先入席，孤隨後就到。」

沈立非和沈立言連忙應下，隨後就有小廝帶著他們沿路向前走去。

丹年覺得那黑衣管事有些奇怪，他剛剛看到自己時的眼神，彷彿就跟見了鬼似的，接著就是厭惡和不屑。丹年百思不得其解，她不記得自己認識這個人，更不可能得罪過他啊？莫非……他是沈丹荷的粉絲?!

一行人走到後院時，天色已經漸漸轉黑，大皇子府上早早掌起了燈，一路上燈火通明，亮如白晝。

後院引了一道溪水進來，蜿蜒曲折，水流甚緩。溪水邊開滿了荷花，依稀能看到幾條鮮活的錦鯉在水中嬉戲，各處亭臺假山也布置得甚為巧妙。

溪水上搭建了一座亭臺，亭臺兩側的空地上早已鋪上大紅地毯，一邊為男賓，一邊為女賓。有丫鬟來領沈家的小姐們穿過溪上的石橋到對岸女賓那邊去，沈立言拉過丹年，又細細叮囑了一遍，唯恐她被人欺負。

沈大夫人很快就看到幾位相熟的夫人，便帶著沈丹荷和沈丹芸先過去打招呼，還叮嚀丹年一定要過去，她們會幫她留位子的。

沈家大房三個女人離開後，丹年又同沈立言與沈鈺沒話找話似地東拉西扯了一會兒，才慢吞吞地走到對面去。

要是去晚了沒位子，就隨便擠到哪個有空位的宴桌就好了，她實在不想跟沈家的女人坐一桌。丹年隱隱約約覺得，沈丹荷處處針對她，並不只是因為雍國公世子的事情，她是怎麼都看自己不順眼。

等丹年慢吞吞地挪過了石橋，就被迎面跑來的一個大紅身影拉住了手。

「妳怎麼現在才過來啊！就妳一個人嗎？」

來人正是廉清清。

丹年沒想到廉清清也來了，當下喜不自勝，只要跟著廉清清，就不用和沈丹荷坐在一起了。

廉清清踮著腳尖，朝溪水對岸望去，又問了一次。「就妳一個人嗎？」

「我爹和哥哥都來了。」丹年笑道。

「在哪裡？我怎麼沒看到妳哥哥？」廉清清嘟著嘴問道。

丹年看著廉清清一副心急的模樣，微微嘆了口氣，指著對面一張宴桌說道：「穿著月白長衫那個就是。」

「看到了，妳哥哥今天打扮得真好看！」廉清清盯著人群中談笑自若的沈鈺，眼睛眨都不眨一下，喃喃說道。

丹年撇了撇嘴。真是見色忘友，今天她出門前打扮了一、兩個時辰，廉清清見了面不誇誇她也就罷了，沒兩句就談起沈鈺，眼珠子黏在他身上下不來。

廉清清今天穿了一件大紅色的暗花衫子，配著同色大花絲裙，更顯得活潑俏麗，也就只有廉清清這種天真爛漫的個性能穿得出大紅色的特色，不是老氣，而是熱情飛揚。

廉清清朝男賓那邊看了又看，才依依不捨地拉著丹年入席。

「我幫妳占了位子，等了好久妳都沒來，虧我還幫妳帶了禮物。」廉清清半是埋怨、半是打趣地說道，順手塞給丹年一個小巧的圓餅形金屬製品。

丹年抬手一看，原來是面水銀鏡子，在大昭這可是稀罕貨，一人高的水銀鏡子價值可達千金。

鏡子雖然小，不過肯定價格不菲，而且這東西也不是有錢就能弄到手的，丹年不禁感激地朝廉清清笑了笑。

等到了桌席，丹年傻眼了，在她們對面的，正是沈丹荷和沈丹芸。這桌坐的都是些未婚的女孩，廉清清怎麼那麼會選位子，偏偏冤家路窄，碰在了一起。

沈丹荷陰沈沈地舉著茶盅，裝出擔憂的模樣，說道：「丹年妹妹去了哪裡，怎麼這麼久才過來？大姊姊差點便要差人去尋妳了。」

丹年乾笑了兩聲，心想——沈丹荷，妳是從火星來的嗎？一而再、再而三地挑戰人類忍受的底限。

廉清清不滿地瞪了沈丹荷一眼，湊近丹年耳邊小聲說道：「剛才我去淨手時，看到她和幾個人嘀嘀咕咕的，不知道在說些什麼，肯定不安好心！」

此時還未開席，坐在丹年左手邊的是個陌生的女孩，見丹年看向她，有些侷促地自我介紹說她叫朱瑞綾，父親是秦郡王，家住在揚州，這次是跟著母親來京城的舅父家探親的。

丹年對皇親國戚知道得不多，廉清清便跟丹年解釋，秦郡王的祖母是大昭開國皇帝甚為寵愛的一個女兒，遠嫁揚州後，皇上甚至破例封自己的外孫為郡王，世襲罔替。

不過，即便是世襲罔替，這個家族傳到這一代也沒落了，要不然不會淪落到與她們這些官家子女同席的，丹年暗自思忖道。

朱瑞綾說起話來細聲細氣，沒多久便與丹年和廉清清熟稔起來，聽廉清清說京城裡有哪家紈袴子弟逛了不該逛的地方，被自家老爹暴揍了一頓，又說哪家首飾鋪子的師傅手藝最好，甚是有趣。

丹年注意到每逢廉清清說起京城流行的首飾和衣服，朱瑞綾眼中便流露出無限嚮往的羨慕神色，還不住說：「京城真是好玩，真是個好地方。」

正當三人聊得開心之際，有個小丫鬟來請廉清清，原來是廉夫人在另一桌上，叫廉清清過去想把她介紹給另一位夫人認識。

朱瑞綾看著遠處的廉清清，欣羨地說道：「清清命真好。」

丹年下意識地答道：「妳想留在京城的話也容易，嫁給京城哪家公子就行了。」

朱瑞綾無限感慨，快快回了一句。「哪有那麼容易啊！我娘在京城裡又不認識什麼人。」

丹年只道是她家裡有不為人知的苦衷，也不接話。由於袖子很長，丹年的手便藏在袖子裡把玩起那面水銀鏡子。

朱瑞綾說完後便後悔了，彷彿自己說了不該說的話一樣，她立刻轉移話題，靠近丹年的耳朵，低聲問道：「丹年，妳是不是喜歡雍國公世子？」

丹年聞言立刻警覺起來，低聲斥道：「妳胡說些什麼！」

朱瑞綾一看丹年生氣了，捏著絲帕小聲說道：「我也是聽別人說的。其實我遠遠見過他一眼，當時我就喜歡上他了。」神態透露出嬌羞的意味。

丹年拍了拍她的手，小聲說道：「妳若是喜歡，可以同妳娘說說，問問白家有沒有這個意思。」

在丹年看來，白振繁相當於校園裡校草一般的人物，有一大票小女生粉絲，只差所到之處沒有粉絲們舉牌大呼「繁哥哥，我愛你」而已。

不料朱瑞綾奇怪地看了丹年一眼，不死心地問道：「那妳呢，妳不喜歡世子嗎？」

丹年低著頭把玩著鏡子，正好將鏡子轉到一個方向，清清楚楚地看到了朱瑞綾緊張地瞟了對面一眼，對面坐的人正是沈丹荷——她看沈丹荷做什麼？

「不喜歡。」丹年頭也不抬，很乾脆地答道。心底有種失望的情緒在蔓延，這個朱瑞綾和沈丹荷是一丘之貉，正在想方設法套她的話。

就在此時，溪水另一邊的男賓群傳來一陣騷動，丹年抬頭一看，原來是蘇允軒到了。他的身形似乎又高了不少，白淨的臉上看不出多餘的表情，穿著一身玄色的衣裳，幾乎與夜色融為一體。

丹年不太清楚蘇家在京城到底有多大的權勢，不過蘇允軒一出現，幾乎所有的人都起身相迎，爭相和他打招呼。

女賓這邊也開始竊竊私語，丹年這桌有個女孩興奮地說道：「妳們還不知道吧，蘇少爺前幾日進禮部做了郎中，可真是少年有為呢！」

沈丹芸激動得滿面紅光，好像進禮部做官的人是她一樣。「真的嗎？蘇少爺才多大年紀，就有如此作為！」

官二代！空降部隊！丹年內心憤恨地罵著，她對蘇允軒有種固有的牴觸情緒。

那女孩繼續說道：「蘇少爺中了殿試榜眼時才十四歲，是我們大昭歷史上最年輕的榜眼！」

考試也是有作弊的！丹年在心裡偷偷加了一句。

「妳為什麼不喜歡世子？丹年，妳可不要騙我，我們是好朋友啊！」朱瑞綾在丹年耳邊喋喋不休地追問道。

丹年很不耐煩，可轉念一想，惡作劇之心頓起，她做了一個噓聲的手勢，指著人群裡的蘇允軒，說道：「我不喜歡世子，我喜歡的是那個蘇少爺！」

這下子，我倒要看看妳們還能玩出什麼把戲來！丹年不懷好意地想著。

朱瑞綾活像是看到了鬼一樣，驚訝地看著丹年，兩眼滿是迷惑。「不對啊……」

丹年故意裝出一副疑惑的樣子。「瑞綾，什麼不對啊？」

說著，她又拉著朱瑞綾，一臉認真地悄聲說道：「我是把妳當朋友才告訴妳的，妳可一定要替我保密啊。當然，我也不會告訴別人妳喜歡世子的。」

朱瑞綾紅著臉點了點頭，表示自己不會告訴別人。過了一會兒，朱瑞綾就悄聲跟丹年說她要去淨手，丹年問要不要陪她一起去，她很是慌忙地拒絕了，一拒絕完，又好像覺得自己剛才那樣太奇怪，連忙解釋她過一會兒就會回來了，所以不需要丹年陪。

丹年也不戳破朱瑞綾的謊言，而是囑咐她快去快回，接著笑咪咪地繼續把玩著手裡的鏡子。朱瑞綾不是去淨手，而是要找人商量對策吧？

朱瑞綾離開後沒多久，廉清清就回來了，一張小臉氣呼呼的。

丹年有些擔心，低聲問道：「妳這是怎麼了？」

「還不是我爹娘，明明我是……」廉清清的聲音充滿了沮喪。「不說這些了，提起來就心煩得不得了。對了，那個朱瑞綾呢？」

丹年笑道：「說是去淨手了，要我們等她，一會兒就回來了。」

廉清清正要說些什麼，對面男賓席上卻爆發了更大的騷動，所有人都站起來恭迎到來的客人。

女賓這邊的注意力也轉移到新來的客人身上，來人不過十五歲上下，錦袍外披著一件花稍的披風，看起來不倫不類。

若只看面容，倒是極好，但也不到過目不忘的地步，只是接下來發生的事情，讓丹年徹底記住了他。

那少年完全無視前來恭維他的客人，有人向他抱拳行禮，他甚至一巴掌拍開那人的胳膊，好像是那人擋了他的路，惹得他一臉不耐煩。

「那個人是白家的小少爺，白振繁的同胞弟弟白振奇。」廉清清的聲音在丹年耳邊響起，帶著幸災樂禍的意味。

原來如此！光看面容，果真和那萬人迷「白真煩」有幾分相似，可性格上可說是南轅北轍，女賓這邊幾乎沒有什麼反應，看來他不怎麼受歡迎。

「這人性格可古怪了，幸好他是雍國公最小的兒子，不需要繼承家業，不然非被他爺爺揍個半死不可。」廉清清低聲偷笑道。

丹年來了興趣。「怎麼個怪法？」

廉清清捂著嘴笑道：「這個小少爺的事說上三天三夜也說不完，愈是無視他，愈是罵他，他反而覺得你這個人好；若是巴結他、恭維他，他便覺得你是個俗人。」

丹年覺得白振奇真是有趣，至少比他哥哥好，是個真性情的人。

丹年正要繼續和廉清清說下去，就看到朱瑞綾匆匆回來，她便不再多說什麼。

沒過一會兒，大皇子出現在亭臺中，燭火搖曳下，更顯得他面容蒼白，一臉病態。大皇子輕輕咳了兩聲，客套地感謝大家來捧場，便直接宣布宴會開始了。

第三十七章　請君入甕

廉清清看著遠處的大皇子，湊在丹年耳邊說道：「大皇子殿下都十八歲了，還沒娶妻，大家都在暗地裡說是皇后娘娘怕殿下得了岳丈家的勢力……」

丹年看了遠處的大皇子一眼，他依舊是笑得溫柔淡然，似乎所有不順心的事情都是過眼雲煙。

丫鬟與小廝們捧著盤子魚貫而入，大家舉杯同飲後，便坐下來各吃各的。

沒多久，男賓那邊又起了一陣騷動，丹年轉過頭去看時，眼珠子差點掉出來。

那位校草哥哥的弟弟白振奇，將錦袍脫至腰間，露出一大片胸膛，散髮赤足，一隻腳踏在椅子上，一隻腳踏在桌子上，手持一個酒壺，朝天高歌道：「大風起兮雲飛揚，威加海內兮歸故鄉，安得猛士兮守四方……」

在座的女孩們都小小尖叫了一聲，羞澀地捂住眼睛，丹年為了表現出教養，只得跟著捂住眼睛，不過她還是從手指縫隙偷偷看向對岸。

只是丹年的眼睛卻對上一雙沈靜如水的眸子，她微微一愣，放在眼前的手指不自覺地滑了下來。就在對面，蘇允軒正靜靜看著她。

瞧見丹年和他眼神相對，蘇允軒一臉淡然地轉過頭去。

什麼玩意兒啊！丹年忍不住感到憤怒。

一旁有小廝去把喝醉酒的白振奇抱了下來，幾個人抬著他，另外還有人提著他的靴子，飛也似地跑走了，動作有條不紊，不知做過多少遍了。

衣衫不整、酒醉耍流氓的人走了，女賓這邊終於恢復了正常，廉清清紅了臉，罵道：「登徒子！」

丹年笑了笑，不以為意。宴會上一派享樂的氛圍，唯有白振奇唱出安邦定國的歌曲，看來他這人實際上還有些理想。

宴會繼續進行著，有小丫鬟前來恭敬地請沈丹荷去準備一下，過一會兒就安排她的獨奏。沈丹荷揚著自信的笑容，居高臨下地看了丹年和沈丹芸一眼，便起身退席。

朱瑞綾見沈丹荷離開，也起身離席，沒過多久又回來了。她拉著丹年，悄悄地說道：「丹年，妳不是很喜歡蘇少爺嗎？」

丹年瞇了瞇眼睛。鬼才喜歡他！她直起身子，越過沈丹芸往男賓那邊的方向看，宴桌上已然沒了蘇允軒的身影。

「怎麼了？」丹年問道。

同一桌的沈丹芸早就坐不住了，她看到丹年和朱瑞綾一直在嘀嘀咕咕，丹年還不住往她這邊看，莫非這兩個小蹄子是在嘲笑她?!

沈丹芸站起身，裝出若無其事的模樣，悄悄走到兩人身後，只聽見朱瑞綾悄聲說：「我剛剛經過湖邊時，看到蘇少爺一個人在湖邊坐著，他看起來不太好，像是喝多了酒。丹年，妳要不要去看看？」

亭臺下的溪水經過亭臺後轉了個彎，繞過宴會場地後方一塊空地，在後院匯集成一個小小的湖泊，再流出大皇子府外。溪水流出去的地方特地堆了幾塊石頭，以免精心飼養的錦鯉溜了出去。

照朱瑞綾所說，蘇允軒應該就是在那個地方。依照蘇允軒的個性，去一個沒人的僻靜處醒酒，倒是很有可能。

丹年不置可否地說：「喔，妳確定那是蘇少爺？黑燈瞎火的，妳會不會看錯了？」笑話，他喝醉酒關她什麼事？最好醉死摔進湖裡面去啦！丹年恨恨地想著。

朱瑞綾的聲音充滿了蠱惑力。「沒看錯，就是蘇少爺，妳還是去看看吧，這是個好機會！」

丹年不再理會朱瑞綾，而是挾起菜自顧自吃著。如果這是沈丹荷想出來的辦法，也太低級了點。

朱瑞綾還想說些什麼，就聽見大皇子在男賓那邊宣布有請京城第一才女沈丹荷小姐為大家演奏一曲〈高山流水〉。

沈丹荷臉上掛著得體的微笑，坐在亭臺之中，潔白的月光照耀在亭臺下方淙淙流動的水面上，映射出粼粼波光，一時之間美不勝收，而坐在亭臺中的沈丹荷更是人比花嬌，彷彿是九重天上下來的謫仙般美麗。

這位「謫仙」將視線調到女賓宴桌那一側，在她看到丹年時，臉上的笑便掛不住了，勉強調好了琴音，便開始彈奏。丹年則是笑咪咪地看著「謫仙」，看她能裝到什麼時候。

丹年愈是笑得讓人琢磨不透，「謫仙」就越發慌亂，一個不注意，便接連彈錯了好幾個音符。人群中頓時傳來陣陣私語，這下沈丹荷愈來愈慌亂，愈慌亂就愈彈不好。

坐在另一桌的沈大夫人擔憂地看著沈丹荷，一旁有夫人不懷好意地笑問沈丹荷今天是怎麼了。沈大夫人臉上強掛著一抹笑意，說女兒今天身體不舒服，一顆心比沈丹荷還要慌。

未等一曲彈完，眾人便聽見遠處湖邊有丫鬟和小廝大喊。「有人落水了！」

沈丹荷心慌意亂之下，一根琴弦應聲而斷，讓她的手指劇痛無比。

此時沒有人注意到沈丹荷的失態，大家紛紛站起身來朝湖泊那邊看去，丫鬟與婆子們慌張地舉著燈籠往出事地點跑，還有幾個小廝在暗處脫了外衣，準備跳進水裡救人。

大皇子閒適地待在座位上，悠然微笑看著眼前的鬧劇，他等了一會兒，才站起身來笑道：「諸位不必擔心，那湖泊甚淺，落水者絕無大礙。」

丹年先前聽說蘇允軒在湖邊，可這會兒他已經回到座位上，她身旁的朱瑞綾則是臉色慘白，不住發抖。丹年看到朱瑞綾的模樣，不禁笑得一臉諷刺，若她去了湖邊，那落水的人就是她了吧！

沈丹荷下了亭臺回到宴桌上，她的臉色微微發白，低著頭不敢看眾人。席間有認識的女孩以為她是因為剛才彈奏失誤而感到羞愧，不住地安慰她。

湖邊鬧騰了一會兒，便聽到有小廝大嚷著。「救上來了！是沈立非大人府上的二小姐！」

丹年正舉杯喝水，聽到小廝這麼喊，水一下子全嗆進了喉嚨裡，讓她狂咳不止。落水的人是沈丹芸?!難不成她剛剛偷聽到朱瑞綾跟她說的話了？這麼一想，朱瑞綾正在誘騙她時，沈丹芸好像的確不在位子上……

廉清清擔心地幫她拍後背順氣，安慰道：「沒事，妳二姊姊已經被救上來了。她也真是的，跑到那種黑漆漆的地方做什麼！」

沈丹荷臉色慘白，不住往湖邊張望，沈大夫人則是怒氣沖沖地走到她們這桌，驚疑地問道：「怎麼不見丹芸？莫非落水的真是她?!」

沈丹荷訥訥地說道：「女兒方才去亭臺演奏，回來後就不見丹芸妹妹了。」

沈大夫人沒好氣地吩咐沈丹荷在原地待著，她則領著兩個婆子去了湖邊。

過了一會兒，沈丹荷便坐不住了，她狠狠瞪了朱瑞綾一眼後，揚手叫來一個小丫鬟，要那小丫鬟帶自己去探望落水的沈丹芸，直到宴會結束都沒再回來。

夜色漸漸深了，女賓這邊不少人陸陸續續離開，丹年有些想去男賓那邊找沈立言和沈鈺，她剛和廉清清說要離開，廉清清便兩眼發亮，說要和她一起去。丹年哭笑不得，這個小丫頭的心思，真是藏都藏不住。

丹年和廉清清走到石橋邊，叫過一個小廝，叫他請沈立言和沈鈺出來。沒過多久，沈立言和沈鈺就到了石橋邊。

兩人喝了酒，臉上都紅紅的，尤其是沈鈺，眼睛閃亮，神采飛揚，帥得一塌糊塗。

廉清清見了沈鈺，兩頰便飛上一朵紅雲，她躲在丹年身後，偶爾抬頭偷看沈鈺一眼。

丹年催促他們說要回家，沈立言便要丹年和沈鈺在這裡等著，他去和大皇子告辭。

廉清清見沈立言離開，笑咪咪地跳了出來，纏著沈鈺問戰場上的事情，光聽她的聲音，就覺得泛著甜蜜的味道。

沈鈺有問必答，間或還說上一、兩件軍營裡的趣事，惹得廉清清開懷不已。

沒過多久，沈立言就回來了，丹年向廉清清告辭後，便跟著沈立言與沈鈺走了。走到小路盡頭時，丹年回過頭去看，那個大紅身影依然站在那裡癡癡望著沈鈺的背影。

到了馬車上，沈立言問起沈丹芸落水的事情，丹年兩手一攤，表示無辜。「我哪裡知道，她都不搭理我的。」

沈鈺卻是撇撇嘴看向丹年，那眼神明明白白寫著「妳會不知道？我才不信」。

丹年不甘示弱地用眼刀回敬沈鈺。不知道就是不知道，又不是我推她落水的！

在宴會結束之前，沈大夫人便指揮著帶來的丫鬟與婆子，將沈丹芸包裹起來裝上馬車，火速趕回沈家大院，扔進了屋裡。

沈丹芸的頭髮還在滴水，她跪在地上痛哭，膝行至沈大夫人身旁，抓著她的裙角哭訴道：「母親可得為女兒作主啊！女兒是遭人算計的！」

沈大夫人不怒反笑。「丹芸，可真有妳的啊！沒事時，妳就處處跟我還有丹荷作對；出了事，我就是妳的好母親了？」

沈丹芸哭得臉上全是淚水，她叫道：「以前是女兒不對，是女兒不懂事，可這次母親一定要為女兒作主啊！我聽見朱瑞綾同丹年那小蹄子說蘇少爺一個人在湖邊，喝醉了酒甚是難受，女兒就想過去看看。可是才剛走到湖邊，就被人推進水裡，女兒冤枉啊！」

沈大夫人的眼珠瞪得幾乎要跳出來了，這個庶女看來是想逆天，那蘇少爺不在湖邊還好，要是在湖邊，沈家小姐們的名聲還要不要啊?!

沈大夫人強壓住怒氣，問道：「妳不是一向不喜歡丹年嗎，怎麼會聽信她的話？」

沈丹芸抽抽噎噎地答道：「那話是朱瑞綾說的，朱瑞綾之前想同大姊姊交好，卻讓大姊置了個沒臉。今日我見她和丹年那小蹄子相談甚歡，以為她是生大姊姊的氣，轉投到丹年那邊去了，沒料到她是在算計女兒啊！」

沈大夫人手抖著按了按額頭，原來這事連丹荷都有分，怪不得她彈琴時臉色發白、魂不守舍的。

「妳可有看到是誰推妳下水？」沈大夫人問道。

沈丹芸委屈地哭道：「黑燈瞎火的，我哪裡瞧得見啊！」

沈大夫人拉起沈丹芸，叫過丫鬟來幫她整理乾淨，便起身去了沈丹荷那裡。

沈丹荷一見到沈大夫人過來，便屏退了丫鬟與婆子，哭訴道：「母親，女兒幾個朋友聽說丹年那小蹄子總是與女兒過不去，便想幫女兒出一口氣，沒想到卻將丹芸推下了水。可丹芸她若不是想去私會蘇少爺，哪會有這橫禍！」

沈丹荷幾句話就將罪過推得一乾二淨，沈大夫人到底捨不得苛責自己的親生女兒，便問道：「朱瑞綾是哪家小姐？」

沈丹荷見母親不再追究，便放下心來，說道：「她不過是揚州秦郡王家的庶女，前兩天想要加入我的詩社，我那幾個朋友就要她完成一個任務，當作考驗，女兒也不知是這樣的事情。」

沈大夫人勸慰完沈丹荷，又馬不停蹄地趕往前院，周姨娘正對著沈立非哭得委屈，不斷哭訴丹芸到底不是夫人的親生女兒，才會被這麼對待，任由外人欺負！

沈大夫人一聽，恨不得把周姨娘那張嘴撕爛。

她進屋後，周姨娘才收斂了一點。沈大夫人見周姨娘雖是滿臉淚痕，可臉蛋依舊嬌豔，妝容與頭髮也一絲不苟，顯然是精心準備了一番才過來的。

沈立非面無表情地問道：「怎麼回事？」

沈大夫人咬牙回頭朝周姨娘喝斥了一聲。「下去！」

周姨娘雖萬般不情願，但看沈立非沒有挽留的意思，只能出去了。

沈大夫人向前走了兩步，嘆道：「問了，都說了。丹芸聽人誆騙說蘇晉田大人家的公子一個人在湖邊吹風，便偷偷去見蘇少爺，被早就等在那裡的人推下了水。」

沈立非怒拍桌子。「她膽敢做出這種事情？簡直是不知廉恥！若是她對蘇少爺有意，來同妳說不就成了！」

沈大夫人雙眼蓄滿了淚水，拿著絲帕擦了擦眼角。「可不是，若她同我說了，我就是豁出這張老臉，也要去蘇府探探口風。可她到底不是我親閨女，怎麼都是錯啊！」

沈立非想起方才周姨娘的哭訴，嘆了口氣，拍了拍沈大夫人的肩膀，說道：「這個家的主母不好當，這麼多年來，實在是難為妳了！」

丹年回到家之後，李慧娘仍未睡下，她追問丹年在宴會上玩得怎麼樣、都見了些什麼人。其實她想問的，就是丹年有沒有看上眼的公子。

丹年回想起宴會上沈丹荷機關算盡，結果卻害沈丹芸落了水，便笑咪咪地說道：「大皇子殿下府上的宴會實在是……」

說著，她雙手一攤。「太歡樂了！」

宴會過後，丹年清閒了幾日，每日除了練字，便是吃飯、睡覺，日子悠哉得很。

如今盼歸居裡有大皇子的墨寶鎮店，沒人敢去找麻煩，由於生意很好，已經另外請人當小二，除了趙福，基本上只留梅姨、馮老闆與吳氏在那裡。至於香料鋪子那邊，小石頭已經規劃好了行程，雇了兩個夥計，買好幾匹馬，準備去進貨。

縱使碧瑤對小石頭千不捨、萬不捨，卻不能阻止小石頭為了事業打拚，不過他們兩人的感情倒是進展得不錯，雙方家長也都樂見其成。

至於蘇允軒，他幾次經過盼歸居門前，隔著馬車的車簾看了又看，卻都沒看到他想見的人。

趕車的林管事故意問蘇允軒要不要去吃飯，蘇允軒剛想下車，卻看到飯館牆上掛著一幅字，落款赫然是「齊衍修」，一口氣堵在心頭不上不下的，袖子一甩，回頭就上了馬車。

不過等馬車一離開飯館，蘇允軒便後悔了，可他又拉不下臉來讓林管事折回去，只能眼睜睜看著盼歸居愈來愈遠。

大皇子知道自己的字被掛在盼歸居成了「金字招牌」時，他人正一臉閒適地坐在溪水上的亭臺裡喝茶。

府上的管事金慎低著頭，怒氣沖沖地回稟道：「殿下，沈丹年居心叵測、別有用心，誆騙了殿下的字，掛到她開的飯館牆上！」

大皇子笑道：「有意思，那丫頭的心思總是跟尋常人不一樣。」

金慎見大皇子一點都不生氣，不禁急了。「她這不是存心利用殿下嗎?!奴才早就知道她不是好人，前些日子還有人說她要當她大姊的陪嫁，去作人家的妾！殿下，您要提防她，可不能再被她騙了！」

大皇子撕碎了手裡的饅頭，撒向溪水中，錦鯉紛紛聚集到水面搶食。

扔完了饅頭屑，大皇子優雅地拍了拍手，抬著眼皮看向金慎。「金慎啊，孤早就知道她不是個好人，只是覺得有趣罷了。只是金慎，最近你是越發囉嗦了，莫非人老了都會這樣？」

金慎哭喪著一張臉，看著笑得開心的大皇子，說道：「奴才今年二十有四，風華正茂……」

「既是風華正茂，就不要像個老太婆一般，孤還有重要的事情得靠你做，眼光要放長遠，可千萬別栽到小事上面了啊！」

大皇子的聲音不喜不怒，聽得金慎心頭狂跳。

「是，殿下教訓得是。」金慎抹了把汗，便退了下去。

他怎麼就忘了呢？殿下最不喜歡別人對他指手畫腳。他得警醒一點，可別再犯同樣的錯了！

第三十八章　出手相助

過了大半個月，小石頭回來了，他帶回幾大箱的香料，堆放在丹年家的後院裡，風一吹來，滿屋子都是香氣，熏得丹年直打噴嚏。

丹年攤開筆墨紙硯，寫下「盈香閣」三個大字，說是香料鋪子的店名，可碧瑤卻皺著眉頭說聽起來像「那種地方」的名字。

丹年有些莫名其妙。「哪種地方？」

碧瑤支支吾吾，再次強調。「就是那種地方！」

丹年瞬間明白過來，不禁滿臉黑線，把寫好的字揉成一團扔了。她想了很久，重新落筆，寫了「馥芳閣」三個字，取「君子馥郁，芳芳其德」之意。

香料鋪子開張幾天後，丹年戴了紗帽，帶著碧瑤去店裡看看。時值盛夏，天氣炎熱，汗出得多，熏香反而賣得好。

丹年第一次進入自己投資的香料鋪子中，各種放著香料的精緻盒子整齊擺放在格架上，光是盒子的雕工，就讓人愛不釋手。

丹年進了店裡就摘下紗帽，小石頭剛要上前來打招呼，店裡便剛好走進幾個戴著紗帽的年輕女客。丹年用眼神示意小石頭不用管她，小石頭便上前去招呼那幾個客人，丹年自己則轉過身在店裡閒逛，看到一個盒子很漂亮，便拿下來仔細端詳。

「丹荷，妳瞧這個盒子多漂亮啊！」一個年輕女孩指著丹年手裡的盒子，驚喜地叫道。

丹年忍不住抬頭一看——真是在哪裡都能碰得上，那群摘了紗帽的女客，正是沈丹荷帶領的一群小姐。朱瑞綾赫然也在人群中，只是她畏畏縮縮地跟在眾人身後，活像個跟主子出來的丫鬟似的，見了丹年也不敢打招呼，而是扭頭看向一邊。

沈丹荷也瞧見了丹年，她輕輕搖著紗扇，笑了一聲。「原來是丹年妹妹。」

丹年聽沈丹荷語氣和善，也知道她不想讓外人知道她們姊妹不和，便跟著笑道：「大姊也來逛街嗎？」

沈丹荷笑了笑，用手中的紗扇指了指丹年手中的盒子。「丹年，我看中了這個東西了，給我吧。」

丹年眨著眼睛說道：「可這個東西是我先看中的。」

要什麼大小姐威風？果然是狗改不了吃屎！

沈丹荷面色已有三分不悅，她抬起下巴，叫來小石頭。「掌櫃的，她可付過錢了？」

小石頭看了看丹年，見丹年沒什麼別的表示，一時之間有些為難，不知該說些什麼。

沈丹荷見掌櫃不回答，面露難色，便知丹年還未付錢，於是輕笑道：「妳尚未付錢，是妳先看中的又怎麼樣？」

隨行的一群女孩以沈丹荷馬首是瞻，紛紛附和道：「妳不要不講理啊！」

丹年不置可否地咬了咬嘴唇，她可真不想跟沈丹荷做生意啊！

沈丹荷對小石頭笑道：「掌櫃的，你莫要為難，這樣吧，我出雙倍的價錢買下這個東西。丹年妹妹，妳若是看中了什麼，儘管說，大姊姊幫妳買。這種香料妳沒見識過，價格不菲呢！」說著便舉起紗扇遮住嘴巴，吃吃笑了起來。

跟在沈丹荷身後那群女孩也竊竊私語，明裡暗裡笑話著丹年，不外乎是窮丫頭也想用高級玩意兒之類的。

「我出三倍的價錢。」丹年慢條斯理地伸出了三根手指。好妳個沈丹荷，今天非讓妳出點血不可！

沈丹荷愣住了，看到丹年那挑釁的眼神，不甘示弱地說道：「我出四倍的價錢。」

「五倍。」丹年緊追不放。

「六倍！」沈丹荷怒氣高漲。

「七倍。」丹年繼續加錢。

「丹年妹妹，妳有這麼多錢嗎？可別打腫臉充胖子，待會兒拿不出錢來，可要大姊姊借給妳？」沈丹荷嗤笑道。

「這就不用大姊姊操心了，不管怎麼說，我爹娘只有我一個女兒，什麼都由著我，大姊姊妳可就不一樣了，妳的月錢可夠？需要我借給妳嗎？」丹年笑道。

沈丹荷徹底被激怒了。「我出十倍的價錢！」

丹年吃驚的樣子落在沈丹荷眼裡，讓她感到無比暢快。「丹年妹妹，妳可還要加錢？」

丹年意興闌珊地擺了擺手。「不加了。」

她看著小石頭將盒子從自己手裡接過，放到了櫃檯上。

結帳時，小石頭笑得一臉老實純良。「小姐，一共三十兩銀子。」

聽見這個數字，沈丹荷身後那群小跟班發出了一陣驚呼。「這麼貴！」

沈丹荷也沒想到價錢會這麼高，她想要反悔，卻看到丹年在一旁眨著眼睛，身後的小跟班也是一臉崇拜地看著她。

絕不能在這群人面前丟了面子，不然以後她還怎麼在京城貴女圈中立足？沈丹荷只得微笑著讓丫鬟拿錢袋去付帳，打落門牙和血吞。

沈丹荷讓丫鬟接過小石頭恭恭敬敬遞過來的香料盒子，掛著矜持的微笑，昂首挺胸，如同女王般在一群小跟班的簇擁下出了香料鋪子，看都不看丹年一眼。

等一群小姐的馬車走得沒了影子，小石頭才笑出聲來，對著丹年豎起拇指說：「丹年，妳實在是太高明了！」

碧瑤扶著櫃檯，笑得肚子痛，眼淚都逼出來了。「小姐，您沒看到丹荷小姐付錢時，連眼角都在跳，眼珠子黏在丫鬟給小石頭的銀子上下不來。唉喲，笑死我了，充什麼大頭啊！」

丹年也笑咪咪的，只可惜這種機會不是天天都有，要是每天都能來一、兩個像沈丹荷這樣錢多人傻的，生意該多好做啊！

笑過之後，小石頭便拿著這幾日的帳本給丹年看，前兩日的生意還有起伏，隨後的銷售額便漸漸好了起來。

丹年翻看著帳本，突然有了新的想法，拉過小石頭，微笑著說道：「下次你再去進貨時，幫我帶一個會燒玻璃、吹玻璃的工匠師傅來，我知道邊境肯定有。」

只要做出漂亮的瓶子，弄點香水進去，還愁沒人來買嗎？有幾個女人能抵擋得住美麗又香氣迷人的香水瓶呢？

這一天，丹年又帶著碧瑤去了馥芳閣。

盛夏的午後天氣燥熱，可店裡的客人一點都不少，小石頭將丹年和碧瑤迎入鋪子內間之後，便忙著去招呼客人了。

就在此時，鋪子裡傳出一陣騷動。丹年聽見有個年輕男子高聲叫道：「這裡有假貨，這裡坑客人！」

丹年和碧瑤對視一眼，同時站了起來。

丹年將門簾掀開一條細縫，看到有個年約二十五歲的男子，身材瘦小，穿著一身半舊的青色衫子，手中還拿了一個香料盒子。

這名男子口沫橫飛地朝周圍的人說道：「我在這家店花了大錢買香料，回去一點，竟是煙熏火燎，臭氣沖天！」

丹年瞧那人手中的盒子，確實是鋪子裡的東西，可她絕對相信小石頭做生意的原則，那人盒子裡的香料肯定不是他們家的。

然而那人說得有鼻子有眼睛，連哪一天、什麼時辰、哪個夥計如何巧舌如簧誆騙他都說得一清二楚，一時之間，鋪子裡幾個原本打算買香料的客人都收了手，環胸看起了熱鬧。

小石頭皺著眉頭走上前去，輕聲溫言道：「這位小哥還請少安勿躁，在下就是馥芳閣的掌櫃，能讓在下看看您手裡的香料嗎？」

那人上下看了小石頭一眼，從鼻孔裡哼了一聲，將香料遞給小石頭。

小石頭拈起一小撮香料，先是在手指上搓了搓，又放到鼻子下聞了聞，很肯定地說道：「這位小哥，恐怕您是記錯了，這香料不是我們家的。」

那人聞言火冒三丈，一把將香料盒子摔到地上，盒子裡黑黑的香料撒了一地，散發出一股難聞的味道。

「就知道你們會賴！這盒子明明白白刻著你們馥芳閣的名號，難道我會誆你們不成?!」說罷，他又向在鋪子裡圍觀看熱鬧的人喊道：「大家都來評評理，開門做生意講究的是誠信，這家店倒好，賣了假貨還不承認！」

丹年氣壞了，這人分明就是來砸場子訛詐的，可她卻只能焦急地在門簾後面看著。做香料生意最重要的就是品質，買這種東西的大部分都是有錢人，若傳出馥芳閣的香料有問題，一間剛起步的小店恐怕再難有翻身之日。

「這位小哥，盒子是我們家的沒錯，可裡面裝的東西不是我們家的。你若是非要誣賴我們家，那就只好去京兆府理論了！」小石頭冷靜地看著那名男子，沈聲說道。

丹年原以為一抬出官府，那名年輕男子便會懼怕，誰知他挺著乾癟的胸脯，趾高氣揚地叫道：「去就去，我正想要請京兆尹大人來主持公道，看他查封你這家賣假貨的鋪子！」

丹年心下驚疑，這人看起來胸有成竹，顯然有了充分準備，對上公堂與店家對質一事並不擔心。

這名男子渾身上下沒一件值錢東西，衣服也是舊的，一雙手又黃又糙，指縫裡還有污跡，顯然不是買得起香料的有錢人。這人定是被推來鬧事的，真正的主使者還藏在後頭。若是主使者與官府有聯繫，那可就傷腦筋了。

自從她來京城，除了自家兩個堂姊和她不對盤之外，也沒跟誰結過冤仇啊……

正當丹年百思不得其解之時，門口走進三個人，丹年一看眼睛便亮了，那正是穿著一身便裝的大皇子！

大皇子進門後，饒富興致地看著小石頭客客氣氣同那名男子說話，他眼神一掃，瞧見躲在門簾後面的丹年，朝她露出了一個「放心」的笑容，便帶著兩名隨從靜悄悄地出去了。

丹年心下微微失落，她剛才一看到大皇子時驚喜異常，原以為可以藉大皇子來滅一滅這些歹人的威風，好斷了他們打自家鋪子主意的壞念頭。

只是……身為皇親貴胄，這種小商戶之間的麻煩，只怕他沒當一回事吧？丹年有些意興闌珊地想著。

她嘆了口氣，打算讓夥計去家裡叫沈立言和沈鈺過來，沈鈺向來鬼點子多，又會武藝，對付這種地痞難不倒他。

就在此時，兩個挽著褲腿、戴著斗笠的男子走進鋪子來，斗笠遮住了他們的臉，看不清楚面容，就像是鄉下來的農夫一樣。丹年以為他們是來看熱鬧的人，也不太在意。

誰知其中一個人看到鬧事那名男子後驚喜異常，連聲叫道：「馬哥，你怎麼在這裡?!」

沒等被稱為「馬哥」的男子反應過來，那人就拉著跟他一起進來的人笑道：「這就是我常跟你提起的馬哥，他在京城的洪定號做事，可是我們村裡有頭有臉的人物啊！」

此話一出，全場譁然。洪定號，那可是京城有名的香料鋪子啊！

丹年看著來鬧事的那名男子，忍不住恨得咬牙切齒。都是開門做生意的，洪定號是京城裡的老字號店鋪，現在為了打壓他們這間新起步的小店，竟連這種栽贓嫁禍、訛詐鬧事的事情都做得出來！

那鬧事的男子臉色一變，隨即叫道：「你是誰啊？我不認識你，你認錯人了！」

那戴斗笠的男子疑惑地說道：「馬哥，你不認識我了？我是住在你家隔壁的小東啊！」

斗笠男子環顧了一下鋪子，接著問道：「這鋪子是你東家新開的嗎？還缺不缺夥計？我帶著表弟來京城想找點活兒幹，你看能不能收留我們一下。」

鬧事那人惱羞成怒，臉色紅一陣白一陣，強撐著大叫道：「我不認識你，你少誣賴好人！」

說著，他趁眾人不注意，一擠身便從人群縫隙中溜了出去，跳出門外飛也似地跑了。

那兩名戴斗笠的男子見他跑了，憤憤地說道：「馬哥怎麼這樣啊，發了財就不認我們了？」

說完，一邊高聲叫著「馬哥，等等我們啊！馬哥」，一邊追了出去，那名男子聽到叫聲，跑得更快了。

在那兩名斗笠男子追出去之前，丹年瞄到他們的臉，頓時完全明白了，她在大皇子府裡見過他們陪大皇子迎接客人。

鋪子裡，大夥兒回過神來，小石頭站到人群中間，拱手向眾人說道：「大家都看到了，這是洪定號為了打壓我們而想出來的陰謀。在下身為馥芳閣的掌櫃，敢用項上人頭擔保，我家鋪子裡的香料絕對沒有任何問題，大家儘管放心購買。」

這一邊，丹年顧不得還有客人在鋪子裡，一把抓起紗帽戴在頭上，便衝到了門口。

鋪子外，大皇子正站在不遠處的大柳樹下，頭頂上翠綠的柳條隨風微微擺動，午後金黃色的陽光照射在他身上，為他鍍上一層柔和的光暈。

見丹年扶著門框看向他，大皇子便回想起剛才從門簾縫隙裡看到的丹年，嘟著嘴生氣，還帶了點沮喪，可更多的是不服氣。

身後有隨從輕聲提醒該走了，大皇子最後看了丹年一眼，朝她露出一個溫暖的微笑，點頭微微致意，便轉身踩著隨從準備好的小凳子上了馬車。

丹年看到大皇子那個笑容後，臉蛋便不爭氣地紅了個徹底，她斷定自己剛才吹鬍子瞪眼的模樣鐵定被大皇子瞧見了，那個笑容就像是在笑話她一樣。

等到大皇子的馬車緩緩駛離了視線後，丹年還是站在門口遙望著馬車的方向，直到小石頭和碧瑤上前來叫她，她才反應過來。

碧瑤好奇地踮著腳尖看向丹年方才注視的方向，問道：「小姐，您在看什麼？」

丹年回過頭，慶幸自己戴著紗帽，臉兒火紅也沒人看得到。她咳了一聲，笑咪咪地說道：「看幫了我們的好心人啊！」

丹年回到家後，躺在床上歇息，卻總是靜不下心來。眼前浮動的全是柳樹下大皇子的笑容，乾淨而美好，讓人臉紅心跳。

只不過，大皇子再不受待見也是皇家子孫，她不過是一個下級軍官的女兒，兩人的地位無疑天壤之別。

「長得真是妖孽……」丹年喃喃說道。這種人就該放在遠處供人欣賞，不知有哪家姑娘能嫁得如此夫君，他們婚後定是相敬如賓、美滿和樂。

然而丹年一轉念，又想到皇宮裡風雲變幻、暗濤洶湧，大皇子和皇后一派勢如水火，如果嫁了大皇子，婚後定然要面對無窮無盡的鬥爭，一旦失敗，就得考慮著穿越一回了。

呸呸呸！丹年連忙翻身坐了起來，捂著有些發紅的臉頰，誰要嫁他了，真是愈想愈遠了！

蘇允軒坐在書房裡，面前堆了幾盒香料，盒子的右下角刻著小小三個字——馥芳閣。蘇允軒淡然抬眼看著躬身站在前面的中年漢子，說道：「這麼說來，那鬧事的人確實是洪定號東家指使的？」

中年漢子抬起頭來，一張臉平凡無奇，找不到有任何惹眼之處。那漢子點頭稱是，想了想，又有些猶豫地說道：「屬下還探聽到，那洪定號的東家，是二皇子老師的妻弟。」說完，他悄悄擦去額頭上的汗水。

蘇允軒吩咐道：「把人證和物證送到陶正那裡去。」

中年漢子應了聲，行了個禮，領命而去。

此時，窗外傳來林管事懶洋洋的聲音。「少爺，明日還需要我去幫人家的生意捧場嗎？都已經買了好幾盒，夠府裡點上一年了！」

話音剛落，林管事便出現在蘇允軒面前，他嘴上貼著兩撇小鬍子，左臉上還黏著一顆大黑痣。

見蘇允軒眼露譏諷，林管事一臉無辜，雙手一攤。「要買還不能讓人認出來，這差事不好辦啊！只可憐老頭子我，被人指使來指使去討佳人芳心，辛苦受累不說，還不能讓佳人知道。」

蘇允軒的臉微微有些脹紅，硬是板著臉吩咐林管事去做該做的事，別一天到晚在他面前亂晃。等人走了，他又看著眼前的香料盒子發呆，神情恍惚。

蘇晉田進來時，看到的就是這幅情景，他嘆了口氣，叩響了書房的門板。蘇允軒聽到聲響回過神來，便看到蘇晉田已經站在自己面前，一臉的不贊同。

蘇允軒躬身向蘇晉田行了個禮，蘇晉田擺了擺手。「你我父子多年，哪還需要這些虛禮？」

蘇允軒聽了，只是垂著眼睛不語。

蘇晉田見他不吭聲，只得自己把話挑明。「軒兒，你想什麼，為父心裡清楚。男人年少時都會有那麼一、兩個牽掛的人，等日後長大、成家立業了，才明白那些都是虛幻的。你要時刻謹記你肩負的責任，心思放到該放的地方去。」

半晌，蘇允軒才面無表情地回了一句。「父親多慮了，我只是覺得愧對她，想多少補償她一點。」

蘇晉田看著倔強的兒子，搖了搖頭。這孩子雖然從小就冷靜穩重，可到底只是個十五歲的少年。

還有丹年，她終究是他的親骨肉，現在見她嬌俏地站在自己面前，就是罵上自己幾句也無所謂，不到萬不得已，他不會毀了她。

他們這十幾年來，每天的處境都如同走在鋼索上一般岌岌可危，看著白家矛盾日益加深，還有一個不足為懼的大皇子頂在他們前面做擋箭牌，成就大事指日可待，這節骨眼上，他可不希望出現什麼變故。

這日，丹年才一進鋪子，小石頭便樂呵呵地同丹年和碧瑤說那洪定號背後果然有靠山，還是皇后面前的大紅人——二皇子的老師，不過他第二天就被御史陶正在朝堂上狠狠參了一本，因為聽說有人到陶正家裡原原本本地把事情說了一遍，還找了幾個人當人證。什麼為官不仁、濫用職權、縱容妻弟陷害忠良之人、品行不端，連他後宅中兩個小妾爭風吃醋時扭打了幾下，都被御史翻了出來！

丹年一邊聽一邊驚嘆，那位御史大人實在是太有才華了，狗仔隊都沒他反應這麼迅速，真是會抓準機會給人致命一擊。大皇子真是個大好人，幫人幫到底，打蛇打七寸！

丹年正感到高興，又聽見小石頭說下個月打算啟程去西域，香料賣的速度比他預想的要快得多，加上有了餘錢，他想多花些時間，一次多進點貨。

丹年想起沈立言對大昭與勒斥戰事的判斷，便催促小石頭還是盡快啟程，早些回來為妙。

與洪定號的糾紛過去沒多久之後，沈立言的封賜下來了，兵部來了幾個官員宣讀聖旨，沈立言帶著一家四口跪拜接旨。因為在邊境立功，沈立言擢升為從四品兵部郎中，領千戶俸祿；至於沈鈺，皇上只是口頭表揚了他一番，賜予「忠義勇士」的稱號。

來宣旨的官員當中，就有廉清清的父親廉茂，大概是因為保養得好，加上長期鍛鍊身體，他看起來如同三十歲的人一般。

等宣旨的人離開，廉茂單獨留了下來，他親熱地拉著沈立言說話，還不住誇沈立言好福氣，有年少有為的兒子，還有漂亮大方的女兒。

丹年要碧瑤燒水，她要幫廉茂泡茶。想起廉茂前後不一的態度，丹年心裡就來氣。

丹年翻箱倒櫃找出一包去年泡剩的茶葉，捏了幾片放入茶盅裡。

碧瑤驚訝地提醒道：「小姐，這是去年的剩茶，都有霉味了，夫人不是早就說要扔掉的嗎？」

丹年笑咪咪地說道：「就是要給他喝這種茶！」

廉茂拉著沈立言、李慧娘還有沈鈺說了大半天，嘴巴早就渴了，等丹年的茶水一端上來，他先是誇了丹年兩句，說她聽話、懂事，便掀開蓋子啜了一口，隨即皺起了眉頭。

丹年連忙充滿歉意地說道：「家裡沒什麼能拿出來招待的，實在對不起廉大人……」

廉茂只得笑道：「無妨，我也是從軍隊底層摸打滾爬上來的，什麼苦沒吃過？這茶已經很好了。」

說完，他像是怕丹年不信，居然慢慢將茶喝完了。

丹年笑咪咪地提壺又續上了一盅，既然你這麼喜歡喝，就讓你多喝一點好了，他們家不缺這點水！

皇上這份封賞顯然是在雍國公府和皇后兩派之間尋找平衡點，大皇子是皇后心頭一根刺，二皇子才十二歲，大皇子卻已經十八歲了，皇上身體又不大好，經常臥病在床，不能早朝。

大皇子活在世上一天，皇后就一天不得安寧。白家的勢力如日中天，白振繁是他們精心栽培的接班人，未必沒野心問鼎皇位，他們何必對一個十二歲的小孩跪地叩拜，擁立他當皇帝呢？

皇后和白家的矛盾不是一天、兩天了，白家也提點過她，不要試圖和家族作對。

因此，皇上此番對沈立言的封賞並不算多，這樣兩邊都不得罪。這皇上當得也太窩囊，整天都要想怎麼哄老婆和外侄子開心，丹年在心裡嘆道。

那廉茂現在心裡有什麼想法再清楚不過了，無非是看到沈立言有了往上爬的機會，沈鈺又是少年英才，想重新提起婚約一事，就算不提，拉攏兩家的關係也成。

丹年打心眼裡不願意讓自己的哥哥認這種人當岳父，可一想到廉清清，丹年便嘆氣，她若不是廉茂的女兒，不知該有多好……

廉茂離去之後，一家人鬆了口氣，坐下來面面相覷。

封賞這件事來得太過突然，原以為在皇后一派威壓下，朝廷會悶不吭聲，靜靜讓事情過去，大不了隨便給個詔書安撫一下。現在突然來了個不大不小的封賞，真不知是喜是悲。

還未有人針對封賞一事發表意見，李慧娘便慌忙站了起來，雙手合十喃喃唸道：「今天事情多，竟忘了向佛祖進香。」說著就要站起來去隔間的佛堂。

丹年連忙站起來扶著李慧娘去了佛堂，看著她日漸蒼老的容顏，丹年心中苦澀異常。自從沈立言和沈鈺去了邊境，李慧娘就像老了十歲一般，也信了佛教，每日三餐後必定會去佛堂上香，到了初一、十五，也會去廟裡祈求佛祖保佑一家人平安。

沈立言待李慧娘與丹年回來坐下後，才低低咳了一聲，對他們說道：「看這樣子，以後是離不了京城了。」

丹年心下一陣翻滾。她多想回沈家莊啊，在那裡她什麼都不用操心，有房又有地，能做個現成的悠哉地主婆。可是眼前的形勢不容她任性，除了接受這個事實，別無他法。

一家人聊天時，丹年幾次想說出大皇子在馥芳閣幫了她的忙，御史那邊肯定也是他安排的，只是話到嘴邊又嚥了下去。不知出於什麼樣的心理，丹年始終覺得這像是她內心深處的小秘密一般。

第三十九章　虎虎生風

自從沈立言領了兵部郎中的職務後，常常天還沒亮就要去兵部報到。丹年時常跟李慧娘發牢騷，說朝廷實在太壓榨人，做滿十天才能休息一天。

一個正從四品的兵部郎中，在普通老百姓眼裡已經是天大的官了，可京城遍地都是皇親國戚、權貴人家，隨便一個人都有個做大官的親戚，之前沈立言還是正五品選武司郎中時也吃不開。丹年想要在京城橫著走，甚至打倒沈丹荷那個火星生物，難度還有點大。

如今已是六月底，京城晚上接連下了幾次暴雨，李慧娘因為夜裡睡覺時沒關窗戶，吹了冷風受了涼，起床後便覺得頭暈眼花、嗓子冒煙。

丹年摸了李慧娘的額頭，燙得像火燒一樣，急忙遣碧瑤請大夫過來。這十幾年來家人都健健康康、沒病沒災的，李慧娘突然病倒，全家都亂了套。

大夫不緊不慢地開了湯藥，囑咐了注意事項，便揹著藥箱子走了。

初一時，李慧娘的病好了不少，她一大早便起床收拾起香燭，說和廟裡的住持說好了今天要去參拜，不能失了信惹得佛祖不喜。

丹年摸了摸李慧娘的額頭，覺得熱度還是有點高，便不肯讓她去，勸她說佛祖知人心誠，必不會計較。

可李慧娘仍不安心，一定要去，丹年只得說讓自己代替她去廟裡上香，因為她絕不同意李慧娘傷風未好就出門。

丹年讓碧瑤去盼歸居請馮老闆回來駕車，便帶著碧瑤朝三元寺前進，一路出了城門，沒多久便走上了山路。

時間一點點過去，太陽逐漸升到空中，碧瑤把車簾掀開一截，搖著袖子嘆道：「天氣真熱，前幾天下了那麼大的雨，還以為要變涼快了呢！」

「可不是。」丹年拿絲帕擦著額頭。「現在才七月，要等天氣變涼快，至少還得一個月。」

馬車漸漸停了下來，馮老闆下了馬車走到車尾，隔著車簾小聲跟丹年說道：「丹年，前面石橋上有人停下馬車在爭吵，一時半刻過不去。」

丹年掀開車簾探出頭一看，前方通往寺廟的石橋上原本就只能允許一輛馬車通過，現在兩輛馬車同時堵在橋頭，誰也不讓誰，兩位公子針鋒相對，小廝們還不停叫罵。

過了一會兒，兩邊的人就扭打在一起，丹年不禁痛苦地捂上了眼睛。孩子們，值得嗎？誰先進去燒香還不都一樣，他們的腦袋被門夾了嗎？

看出丹年的不滿與無奈，碧瑤噗哧一聲笑了，說道：「小姐不知道，去三元寺上香也很講究。我猜那兩位公子要燒的是金榜題名香，因為三元寺原本就有『連中三元』的說法。」

還有這事？不過這也難怪，前世裡好多人考試前都要燒香拜佛什麼的，看來這習慣還真是古今相通。丹年悻悻地看著兩個衣著華麗的公子不顧形象扭打在一起，衣服不僅扯破了，頭髮還散亂得跟瘋子一樣，真是丟人！

其中穿藍色服裝的一方人數明顯多過穿灰色服裝的另一方，沒多久戰況就一邊倒了。只可惜藍方主帥不夠爭氣，被灰方總兵連揍幾拳而無還手之力。

藍方小廝們見自家少爺吃了虧，也不管什麼上下尊卑了，一擁而上將灰方公子推到一邊，灰方公子見勢頭不利，也不跟人硬幹，乾脆躺到石橋上，揚頭瞪著藍方的人。那架勢明明白白，想過橋去燒香，從我身上輾過去先！

丹年不禁看得滿頭黑線，這群又閒又無聊的紈袴子弟！

馮老闆見他們打得凶殘，雙方都掛了彩，擔心殃及到丹年這邊，便不敢再向前行駛一步了。

碧瑤記得不遠處有一道山泉順著山壁流淌下來，便拿起早已喝空的小水壺，請馮老闆接些涼水來讓丹年擦擦臉。

馮老闆有些擔心地看了看那群凶神惡煞般的小廝，丹年回了他個安心的笑容。馮老闆囑咐丹年和碧瑤不要出馬車，便去接水了。

等馮老闆走遠了，丹年和碧瑤繼續坐在馬車裡拿紗扇搧風，有一搭沒一搭地聊天，時不時朝外看一眼。就在此時，丹年看到藍方的公子指著她們這輛馬車說了句什麼，接著就看到兩個流裡流氣的藍衣小廝朝她們走了過來。

「這是誰家的馬車？誰准許你們來上香的？今兒個我們少爺把三元寺給包下了，誰都不准超前先去！」

那兩個小廝見丹年家的馬車樣式老舊，頗有些年頭，轡頭什麼的也都磨得發亮，顯見東西用了很久，認定他們不是什麼有錢人，態度不禁輕蔑起來。

丹年猜測是因為藍方公子人手雖多，卻沒能打倒對方，心中有氣，便不讓別的人也入山燒香。

有鑒於現在馮老闆還未回來，丹年便隔著車簾，好聲好氣地說道：「兩位小哥，我們只是幫家人燒炷平安香罷了，斷不會搶了你們少爺的頭香。」

豈料那兩個小廝聽見答話的人是年輕女孩，現場又沒有駕車的人在，便起了輕視欺負之意。其中一人掀開了車簾，看到丹年與碧瑤坐在車裡，另一個人便嬉笑著說道：「原來是兩位姑娘啊！等會兒我去同我們少爺說說，放妳們進去便是。」

丹年厭惡地瞥了那兩人一眼，正色說道：「我家人馬上就要過來了，你們快些離去，我便不同你們計較。」

光天化日，朗朗乾坤，丹年就不信這兩個半大不小的男孩敢做出什麼事來。

兩個小廝一聽這話就不開心了，其中一個捋著袖子、插腰問道：「妳可知道我家老爺是誰？」

丹年慢條斯理地反問道：「你都不知道你老爺是誰，我怎麼知道？」

「妳！」

那名小廝氣得想上前去找丹年麻煩，另一名小廝拉住他，笑著說道：「今日妳衝撞了我家少爺，本來是要到衙門治妳的罪的，不過若是妳識相點，就……」

說著，那名小廝右手便伸到丹年面前，意思再明顯不過。

碧瑤怕惹上什麼大人物，也擔心丹年有個閃失，便要掏錢給那兩個人。

前段時間馥芳閣才出了訛詐事件，丹年對這件事仍舊很不高興，這會兒看到那兩人勒索更是不舒服。自己辛苦賺的錢要給這兩個下三濫？她沈丹年才不幹呢！

丹年按住了碧瑤的手，沈聲道：「你老爺是京城哪戶人家？我倒要看看，是哪家敢縱容奴僕當街勒索！」要是被兩個十二、三歲的半大孩子給勒索成功，丹年一輩子都會鄙視自己。

那兩個小廝見丹年不肯給錢，一時之間有些急了，伸手就準備去奪碧瑤手裡幾個大錢。

丹年怒火中燒，真是沒天理、沒王法了！她一腳踢開其中一個小廝伸過來的手，接著就彎腰從車廂底部撿起一根包著鐵皮的木棒。這是沈立言給她防身用的，就是怕她在外面會吃虧。

丹年雖然沒練過武藝，可她也見沈立言和沈鈺練了十幾年，花招還能使上一些。

被她一腳踢中的小廝吃痛地退後了幾步，用眼神示意另一個小廝上前。

可是丹年毫不退縮，一腳踏在車廂邊緣處，手裡拿著木棒嚴陣以待。

見丹年這個架勢，另一個小廝生出怯意，任憑被丹年踢到的小廝怎麼示意，他就是不往前走一步，還悄聲說：「咱們回去吧。」

那被踢到的小廝面子掛不住，挺了挺沒幾兩肉的瘦弱胸脯，嚷道：「只要妳乖乖給錢，小爺就……」

丹年比他還大聲地嚷道：「就什麼？當老娘怕你不成！敢動老娘，先揍你一頓，再讓我爹領幾個兵揍你全家！」

就在此時，路上一輛馬車遠遠地朝他們這個方向行駛了過來。

丹年顧不了那麼多，將車簾掀開，直接跳下馬車，幾棍打得那兩個小廝嗷嗷亂叫、抱頭鼠竄。

此時後方馬車上的一個人忽然飛奔而至，當他看到丹年將木棍舞得虎虎生風，兩個小廝間或吃上一棒，原本緊張的臉也禁不住露出了笑容。

「站住！」

看到兩個小廝被打得就要逃跑，來人猛喝了一聲，丹年回頭一看，正是多日不見的蘇允軒。

蘇允軒沈著一張臉，斥道：「光天化日之下竟敢行凶？你們眼裡還有沒有王法？」

那兩個小廝對視了一眼，滿臉委屈，抖抖索索地答道：「回蘇少爺的話，行凶的不是我們啊！」

行凶的人怎麼會是他們呢？分明是那個悍婦！

話雖如此，那兩個小廝知道蘇允軒不是他們家公子惹得起的對象，只能像見了貓的老鼠，老老實實低著頭等候發落。

「真凶」沈丹年拄著棍子，抬起下巴，上下打量蘇允軒。「用不著你幫忙。」

蘇允軒裝作沒聽見丹年的話一般，繼續喝道：「你們家老爺是誰？」

過了半晌，兩個小廝仍不敢吭聲。

「說不說！」蘇允軒抬高了聲音。

一個小廝顫抖著說了出來。「我們家老爺是工部員外郎周老爺。」說著，他指了指還在橋頭邊的雙方人馬，說出了事情經過。

蘇允軒看向「兩軍對峙」的場面，皺了皺眉頭，轉頭對那兩個小廝斥道：「既是知道錯了，還不快些向人家道歉！」

兩個小廝連忙跪在地上朝丹年咚咚咚磕起了響頭，不一會兒他們的額頭便紅了一大片，還隱隱出現血絲。

丹年心下不忍，擺擺手讓那兩個小廝起身離開了。到底是沒長大的孩子，跟著那樣的主子，如何能學好？

兩個小廝回去橋邊之後，跪在地上對藍方公子講了幾句，他便慌慌張張地退讓開來，不再與灰方公子爭執。灰方公子覺得奇怪，朝丹年他們的方向一看，發現蘇允軒在那裡，趕緊上了馬車過橋，就當自己撿了個便宜。

馮老闆遠遠就見到方才的場面，他趕回來後，連忙向蘇允軒磕頭，感謝他出手相救，丹年卻一把拉起馮老闆，不滿地說道：「哪裡是他幫我了？沒有他，我也趕走了那兩個小賊！」

丹年撇過頭，轉身上馬車後丟了一記白眼給蘇允軒。

多管閒事！賊都被我打跑了，還來湊什麼熱鬧，居然讓他白撿了一個英雄來當！丹年深深覺得這真是太不划算了。

馮老闆尷尬地看了蘇允軒一眼，蘇允軒卻是一副好脾氣的模樣，雖然臉上沒什麼笑容，但還是淡淡地擺手道：「不礙事，以後出門要當心一點。」

馮老闆聽了，又是連聲感謝，氣得丹年在車廂裡朝著蘇允軒吹鬍子瞪眼，裝好人裝上癮了是吧?!

此時，蘇允軒乘坐的那輛馬車緩緩駛了過來，停在丹年家的馬車後面。車上響起了一道細細的聲音。「軒兒，發生了什麼事？」

聽起來，像是一個三、四十歲的婦人。

蘇允軒回過頭，恭敬地答道：「是兩個小賊，已經被孩兒趕走了，母親莫要擔心。」

丹年頓時驚訝地張大了嘴巴。母親？可上次蘇允軒不是說劉玉娘已經死了嗎？還是他騙人，不想讓她認親？

丹年一顆心如同一盆燒沸的水，手腳不自覺有些顫抖，她的眼神充滿希冀地看著那輛馬車，猶豫著自己是不是要下車拜見劉玉娘。

蘇允軒淡淡地朝丹年望了一眼，微不可察地朝丹年搖了搖頭。就在此時，馬車上的車簾掀開了，丹年如願以償看到了那個中年婦人。

不是她記憶中的容顏……丹年使勁揉了揉眼睛，企圖從那婦人臉上看出什麼痕跡來。那婦人生得一副好相貌，丹鳳眼、柳葉眉，白皙的肌膚看不出一絲皺紋。

丹年的心一點點沈了下去，原來蘇允軒搖頭是為了告訴她，這個「母親」不是她的生母。這樣一來，只有一個解釋，她那偉大、極具犧牲精神的親生父親，在她親生母親死後就續了弦。

丹年意興闌珊地坐回位子上，她早該想到的。蘇晉田可真是好福氣啊，這新夫人可比她親生母親劉玉娘長得漂亮多了！

不過是個……丹年很想罵出口，卻找不到罵的理由。母親死了，父親娶了繼室，即便是在現代，丹年也罵不了他什麼，更何況，她在現代的爸爸不也做了一樣的事嗎？

碧瑤在一旁有些奇怪地看著丹年，小聲問道：「小姐，這樣是不是不太好？我們要不要下去拜謝一下那位夫人？」

丹年搖了搖頭，對還立在車外的馮老闆喝道：「馮叔叔，我們走！」

碧瑤吃驚地看著丹年似乎要吃人一般的臉色，知道丹年生氣了，雖然她不清楚原因，但也不敢再出聲說些什麼。

馬車才剛重新行駛，丹年就聽見後面傳來了那婦人的聲音。「軒兒，不是什麼樣的人都值得你去救的，你也要注意一下你的身分，堂堂郎中怎可為了……」聲音充滿了無奈和高高在上的自滿與驕傲。

丹年冷哼了一聲。裝得真像聖母，一副偉大的模樣！果真不是一家人不進一家門，就這麼點水準，正好和蘇晉田湊成一對！

第四十章 鍥而不捨

進了三元寺，馮老闆找到了相熟的住持聊了幾句便退到一旁，和碧瑤在寺廟院子裡的空地上等丹年。

丹年呈上了李慧娘早已準備好的香燭，住持接過香燭後說了幾句吉祥話，說完以後，便笑得一臉高深地看著丹年。

丹年頭痛不已地從錢袋裡掏出一個二兩左右的銀角。實在太坑人了！說幾句好聽的就能拿二兩銀子，那兩個小廝被暴打一頓還啥都沒撈著呢，人家搶劫的都沒他這麼黑！

收了銀角，住持叫過一個十一、二歲的小沙彌，在小沙彌的帶領下，丹年到一個殿閣中向佛像磕了頭，代替李慧娘上香，又聽住持講了一會兒佛經。

講完佛經後，住持就先離開了，小沙彌則講了個故事給丹年聽。那小沙彌一張胖嘟嘟的粉嫩臉蛋很是可愛，讓人忍不住想掐一把。

故事是這樣的，森林裡有一隻長了六根象牙的象王，牠有兩個妻子，象王摘了一朵漂亮的蓮花給了第一個妻子，第二個妻子因為嫉妒心大發而死，投胎成女孩，嫁給一個國王，成為王后。這個王后設計殺害了森林中的象王，得到牠的象牙，卻在獲得象牙那一瞬間被雷劈死了。

講完故事，小沙彌飽含深意地看著丹年，希望丹年得到一些啟發。

誰知過了半晌，丹年卻只是一臉痛苦地盯著腳下的坐墊，根本沒理會小沙彌。這種盤膝而坐的姿勢一開始還可以，時間一久可就痛苦了。

小沙彌忍不住了。「施主可從故事裡聽出了些什麼？」

「啊？」丹年回過神來，趕緊答道：「啊，故事很好聽。」

小沙彌努力控制著自己的面部表情。「施主，這個故事告訴人們，切莫嫉妒、貪婪，做人一定要一心向善……」

丹年聽了卻覺得不對勁。「象王也有責任，幹麼非要娶兩個妻子啊？娶了就算了，還不能公平對待她們。」

小沙彌見話題扯遠了，趕緊插話道：「施主，我們說的是嫉妒與貪婪。」

「對啊，不患寡而患不均，他要是把禮物平均分配給兩個妻子就好了，還會出事嗎？分明就是他對第一個妻子有私心，他自己有貪念。」丹年雙手一攤，最後嘆道：「人確實不該有貪念，害了自己也害了別人。」

小沙彌不禁瞠目結舌。「不，不對，我們要說的是那象王貪婪……不是，我們要說的是那王后貪婪，怎麼會是施主說的那樣？」

丹年嚴肅地豎起一根手指搖了搖。「凡事有因必有果，當初象王種下了惡因，勢必是要承擔這個惡果的！」

小沙彌想了想，不由得認真地點頭嘆道：「確實如此，施主果然有番見解，智空受教了。」

丹年看小沙彌一臉認真的可愛相，強忍住摸摸他光溜溜小腦袋的衝動，繼續說道：「所以說，男人一夫多妻乃是萬惡之源，你看那大戶人家後宅中爭鬧不休，還不全都是男人惹的禍！」

那小沙彌正要點頭稱是，門外卻傳來了一道有些熟悉的聲音。「軒兒，這不就是你方才救下來的女子嗎？見地果真與眾不同啊！」話語中的諷刺意味顯而易見。

丹年轉過頭，那位「新」蘇夫人在一個婆子的攙扶下施施然走了過來，身旁還有皺著眉頭的蘇允軒。

話不投機半句多，丹年轉回頭看都不看那夫人一眼，站起身與小沙彌互相行過禮，便要出了殿門去。

一旁的婆子見不得丹年這麼無視他們家夫人，朝丹年喝道：「哪裡來的野丫頭，見了當朝官員的夫人還不行禮？」

蘇允軒上前一步擋在丹年身前，對蘇夫人說道：「時候不早了，還是快些進香吧。」

丹年又怎麼聽不出蘇允軒息事寧人之意，但對蘇晉田這個二老婆，丹年沒什麼好感，更嚥不下這口氣，於是未經深思，話便衝口而出。「夫人好大的架子，無誥命在身，何以讓民女下跪行禮？」

大昭有個不成文的規定，朝廷大員的正室夫人會得到誥命敕封，然而若結髮妻子亡故，續娶的繼室便不能獲得敕封。

丹年今天一身青衣布裙，那婆子只當她是哪個民間女子，想要嚇唬她一下，給自家夫人長長臉面，沒想到會被這樣反問。

丹年這話明明白白在打蘇夫人的臉。妳不過是個繼室夫人，沒誥命更沒品階，以為別人不知道嗎？

蘇夫人原本好整以暇的臉色瞬間變了，她強撐著笑道：「好個嘴尖舌巧的女娃，妳家住在哪裡？」

丹年嗤笑一聲。「我家住在哪裡關妳什麼事？」

那婆子急了，扭著水桶般的粗腰便張牙舞爪地朝丹年走去，蘇允軒依舊擋在丹年身前，聲音冷硬，一雙眼睛嚴厲地盯著那婆子道：「妳這是要做什麼？」

對那婆子來說，給她一百二十個膽子，她也不敢忤逆蘇允軒，現在又是在寺廟的殿閣之中，她更不敢放肆，訕訕地退了回去。

蘇夫人臉上掛不住，咬牙開口了。「軒兒……」

蘇允軒皺了皺眉，沒搭理蘇夫人，只說道：「時候不早了，母親莫要耽誤了上香的吉時，父親還在家裡等著我們回去。」

丹年沒去看蘇夫人的臉色，不過想必一定是青白交錯。等她走出殿閣的院門時，回頭看了一眼，卻正好對上蘇允軒那雙幽深的眸子，好像想跟她說些什麼似的，看得她心頭一跳，心慌意亂之下，立刻快步離去。

丹年出了殿門後，便直奔寺廟大門而去，心想，真是流年不利，連上個香都會碰到蘇大瘟神還有他後娘。

坐在車廂裡打瞌睡的碧瑤一聽到響動，便看到丹年抬腳進了馬車，朝馬車前座上的馮老闆說道：「香燒完了，我們回家！」

丹年回到家，沈立言早已從兵部回來，李慧娘特地從盼歸居叫來梅姨，做了滿滿一桌菜等丹年回來。

丹年看到一家人坐得整整齊齊只等她了，不禁嚇了一跳。她接過梅姨遞過來的濕毛巾擦了擦手，笑道：「你們先吃就是了，大熱天的，不好好吃飯，中暑暈倒了可怎麼辦？」

李慧娘拉過丹年坐下，解釋道：「妳爹接到命令，要去甘州查看一下秋季兵器與兵糧的儲備狀況，還要調查一個什麼兵餉案，下午就要啟程了，這是在等妳吃送行飯呢。」

「怎麼這麼突然？」丹年驚訝地問道。

沈立言嘆了口氣，說道：「今天早朝時，有人冒死進了一份聯名血書，控訴總兵范至一連年剋扣軍餉，少報陣亡士兵名單，不願發放撫恤金給陣亡士兵親人。就連去年冬天，士兵都還穿著單衣。皇上相當震怒，要求兵部徹查此事，上面的人怕范至一得知後會有什麼動作，便要我們下午立刻啟程。」

沈鈺一臉擔憂。「爹，我早聽說甘州總兵心狠手辣，這次朝廷看來是下決心要辦了他，你去了以後可要千萬當心，萬一他狗急跳牆……」

沈立言臉色凝重地點了點頭。「這是自然。范至一是皇后娘娘多年來的親信，同白家也有聯繫，不過聽說皇上的態度很是堅定，一定要嚴辦范至一。」

李慧娘很不滿意，朝沈立言罵道：「你個老頭子，飯桌上說這些做什麼？皇后娘娘和白家怎麼樣都不關我們的事！來，丹年，吃雞腿！」

說著，她挾了一隻雞腿給丹年，又挾了另一隻給沈鈺。

被罵「老頭子」的沈立言尷尬地笑了笑，李慧娘嗔怪地看了他一眼，又幫他挾了一大塊鮮嫩的韭菜炒雞蛋。

丹年一頓飯吃得心裡七上八下，一家人剛團圓沒多久就又要分別了，也不知道上午佛祖有沒有聽到她的祈求，保佑一家人平安。

李慧娘幫在座的人都倒了一杯酒，四人舉杯祝願沈立言早日回來。

丹年很想嚐嚐古代的酒，可是還沒把酒送到嘴邊，就被沈鈺瞪了一眼，她只好乖乖把酒杯推到沈鈺面前，讓他代為喝了下去。

沈立言看到這一幕，只是笑了笑，並未說些什麼。吃完飯後，他就叫沈鈺去了書房，趁著時間未到，跟沈鈺商議一下對策。

此時，馮老闆才得了空，一臉自責地跟李慧娘講述去三元寺路上碰到的事情。

剛聽了幾句，李慧娘的臉就嚇白了，又聽說丹年拿著木棍威風凜凜地去打那兩個小廝，驚得她立即從椅子上跳了起來，罵了丹年好久，嚴禁她再做這種有失身分的事。

等李慧娘聽馮老闆說是一位俊俏公子出手救了丹年，她才放下心來，叮囑馮老闆要他打聽一下那位公子家在何處，改日她好派人上門答謝。

丹年撇了撇嘴表示不屑。他後娘都要被她氣死了，上門答什麼謝啊？

沈立言出發後沒幾天便迎來了七夕，以前丹年在沈家莊時，李慧娘偶爾也會領著丹年過這個節日。

七夕乞巧，等到月上柳梢頭時，在院子裡擺上瓜果、點上香燭之後朝月亮跪拜，祈求織女保佑女孩手巧之類的。然而李慧娘在觀察丹年的針線女紅幾年後，感到很是失望，在丹年十歲後就不曾再辦過七夕乞巧了。

今年與往年不同，家裡多了梅姨、碧瑤與吳氏三個女人，關於這方面的話題就多了起來。

七夕前一天下午，幾個女人坐在一起話家常，梅姨笑說她每年七夕都會領著碧瑤乞巧，李慧娘則拉著碧瑤那雙巧手搖頭嘆氣，直說丹年手笨，繡啥偏不像啥。

梅姨和吳氏都笑了，梅姨連忙誇獎道：「夫人可真是會說笑，丹年小姐既會做生意又知書達禮，還有那一手好字，只怕大昭沒女子能比得上！」

看到李慧娘一副又是開心又是憂傷的模樣，丹年不知該笑還是該哭。家長們總是有這種想法，老是嫌棄孩子在哪方面不好，等別的家長誇獎自家孩子其他優秀之處時，又會驕傲起來，比孩子還像孩子。

梅姨勸解道：「夫人，丹年小姐女紅做得一般，肯定是因為您沒好好帶小姐乞巧，今年一定要辦啊！」

李慧娘聽了，覺得甚有道理。自從她信了佛就特別相信這些，連忙怪罪自己之前忙來忙去，竟忽略了最重要的東西，不幫女兒乞巧，她的手還巧得起來嗎？

李慧娘看了看丹年，一拍腿，便決定今年不僅要辦，還要盛大舉辦。財迷沈丹年在一旁默默算著要花多少銀子，覺得心痛得不得了，不過她當然沒敢說出來，否則又要被李慧娘揪著囉嗦一下午。

一夥人商量得熱熱鬧鬧時，忽然有人敲門，碧瑤便去開門帶人進來。等人一進來，丹年不禁挑了挑眉頭——居然是沈丹芸，她來做什麼？

沈丹芸一進來就掛上一副矜持的笑容。今天她打扮得倒是簡單，一件水紅色的外褂，配著淡粉色的裙子，頭上只別一根樸素的金釵，綰起一個簡單的髮髻，也沒怎麼化妝，看起來像是洗淨鉛華一般。

丹年心下稱奇，這個二姊姊平日但凡出現在人多的地方，一定要打扮得驚豔四座、壓倒群芳，看來她確實沒把他們家當成什麼重要地方。不過這樣打扮，反而比抹了濃妝的她順眼多了。

沈丹芸的長相本就屬於豔麗型的，過於厚重的妝扮只會成了累贅。不過丹年也不會特地去提醒她，跟沈丹芸說這些，她鐵定會認為自己是嫉妒她的美貌，故意騙她往歪路走。

吳氏和梅姨雖然不認得沈丹芸，但看她的架勢就知道是官家小姐，朝沈丹芸行了個禮便退下去了。沈丹芸依舊矜持地坐在小凳子上，身後的丫鬟也是抬著下巴，主僕兩人看都不看吳氏和梅姨一眼。

李慧娘微微嘆了口氣，笑問：「天氣這麼熱，怎麼這時候想來二嬸嬸家了？」

沈丹芸自然不能拿對待丹年的態度來對待李慧娘，便笑道：「沒提前打招呼就找二嬸嬸和丹年妹妹，二嬸嬸可不要見怪啊！」

沈丹芸表現得很有禮節，教人挑不出毛病來。此時碧瑤上了茶，沈丹芸身後的丫鬟連忙上前去把茶盅端起來，掀開蓋子仔細吹了吹才送到沈丹芸手裡。

丹年正嗑著瓜子，看到沈丹芸主僕兩人這等做派，忍不住說了句。「等等。」

沈丹芸正要將茶往嘴裡送，聽到丹年的話，詫異地停了下來。

丹年扔了瓜子殼，拍了拍手，不鹹不淡地開口了。「可需要讓丫鬟先喝一口幫妳試毒？」

沈丹芸的臉色立即就垮了下來，她沒想到丹年當著李慧娘的面打自己的臉，自己在家裡處處不如沈丹荷也就罷了，來了二叔叔這窮人家，想擺擺譜都被那可惡的沈丹年譏諷。

李慧娘有些頭痛地看著丹年。她知道沈丹荷做事太絕，可沈丹芸畢竟沒對丹年做什麼，這孩子報復心也太強了。

「丹年，怎麼這樣同妳二姊姊說話呢？」李慧娘瞪著眼，說了丹年一句。

丹年則是繼續嗑起瓜子，當作沒聽到。

李慧娘罵了丹年，又轉頭對沈丹芸笑道：「妳妹妹從小就被我和妳二叔叔慣壞了，是個野丫頭，妳當姊姊的，別跟她一般見識。」

沈丹芸有臺階可下，心裡自然高興，也不跟丹年計較，再次把茶往嘴邊送。

此時，只聽見丹年嘀咕了一句。「別人的唾沫星子都吹進茶裡了，也喝得下去！」

聲音不大不小，正好傳進沈丹芸耳朵裡。她看著眼前的茶盅，頓時覺得那是丫鬟的痰盂，怎麼也喝不下去，氣惱之下，不由得回頭瞪了丫鬟一眼。
那丫鬟被瞪得低著頭，不敢說話，心中卻萬分委屈。平常在家都是這麼做的啊，是我的錯嗎?!
李慧娘徹底生氣了，喝了丹年一聲。「再亂說話就回房練妳的針線去，省得給我丟人！」
丹年悻悻然閉了嘴，還斜瞪了沈丹芸一眼。
沈丹芸順勢將茶盅不著痕跡地放回到桌上，對李慧娘笑道：「二嬸嬸別氣，丹年妹妹只是淘氣。」
雖然沈丹芸說得客客氣氣，可是那語氣丹年怎麼聽都覺得是咬牙切齒。
沈丹芸又說道：「明天就是七夕了，母親年年都要帶我們乞巧，今年二嬸嬸和丹年妹妹都在京城，母親說都是一家人何必辦兩場，便差我來請二嬸嬸和丹年妹妹明天到我們家乞巧。」
丹年聽了，覺得有些奇怪。沈大夫人明顯是要修補兩家關係，既然是這樣，為何要派她自己一直不喜歡的沈丹芸來？讓沈丹荷親自過來不是更有誠意嗎？
思來想去，丹年推測沈丹荷還在氣頭上，一時半刻還不願意看到自己。沈丹芸八成是因為在大皇子府落水，讓沈家大房丟了顏面，便自告奮勇前來將功折罪。
李慧娘感到有些為難了，除了她和丹年，家裡其他三個女人肯定不夠格去沈家大院參加乞巧。她實在不願意丟下她們三個人去沈家大房那裡乞巧，再說，那裡終究不是自己家，怎麼都會覺得拘束。

李慧娘正想著要如何婉拒沈丹芸，就見馮老闆低著頭匆匆朝堂屋走來，還沒進門便嚷嚷開了。「慧嫂子，我剛剛去蘇府遞拜帖，可是蘇少爺卻說他要親自過來……」

等進了堂屋，馮老闆才看到裡面還坐著沈丹芸，慌忙告罪退了出去。

說者無意、聽者有心，沈丹芸日日夜夜思念的就是一個蘇少爺，因此乍聽到馮老闆口中的蘇少爺，自然分外敏銳。在這京城裡，還有幾個蘇少爺？

沈丹芸連忙裝出一副不經意的模樣，問道：「二嬸嬸，您在京城裡還認識別家的人啊？都沒聽您提起過。」

李慧娘不想跟她說太多，只笑道：「二嬸嬸哪認識什麼人，只是這蘇少爺幫了丹年一個大忙，我們不是什麼忘恩負義的人，便想挑個禮物登門拜訪罷了，只是沒料到蘇少爺這麼客氣。」

沈丹芸若有所思地點了點頭，還想問下去，李慧娘卻轉移了話題，帶著歉意說道：「丹芸啊，本來二嬸嬸是想帶丹年去妳家乞巧的，可不巧妳二叔叔去了甘州，二嬸嬸實在放心不下，早就定了七夕當天要請佛像過來安座，幫妳二叔叔保平安，所以不方便去妳家，妳好好同妳母親解釋一下吧。」

沈丹芸急著知道那位蘇少爺到底是不是她心中那一個，已然將沈大夫人「一定要把人請過來」的叮囑拋到九霄雲外去了，又見李慧娘不肯多說，只得笑道：「二嬸嬸既是有安排，便不好打擾了。只是……我與丹年妹妹多日不見，有好多話想說呢，丹年妹妹不帶我去妳房裡說說話嗎？」

丹年抬起頭，無可奈何地看著雙眼發亮看向自己的沈丹芸，暗地裡嘀咕沈丹芸這麼快就忘了上次的落水事件了？真是好了傷疤忘了疼！

李慧娘笑咪咪地囑咐丹年好好同沈丹芸說話，不許耍小性子，便讓兩人去了丹年房裡。

到了丹年的房間外面，沈丹芸吩咐丫鬟在門口等著，一進房就變了臉，嚴肅地逼問丹年。「那蘇少爺可是蘇允軒？」

丹年坐在小凳子上，不置可否。「我又沒問他名字，只知道他姓蘇，大概是蘇允軒吧。」

沈丹芸氣惱地咬著牙。「妳見過他，怎麼可能不認識？好妳個沈丹年，妳明知道我對蘇少爺……妳還……妳可真不知羞恥！」

丹年一聽就來了氣，她跳了起來，指著沈丹芸，連珠炮似地罵道：「妳憑什麼說我不知羞恥？那蘇少爺和妳怎麼樣了啊?!你們是結親了還是私訂終身了？那蘇少爺可知道京城裡有個愛慕他的女子名叫沈丹芸？妳最好掛個牌子到京城大街小巷走一圈，牌子上就寫『因為沈丹芸迷戀蘇允軒，所以蘇允軒已經被沈丹芸訂下來了，別的女人想都不要想』！」

沈丹芸當下臉紅到了脖子根，卻還爭辯道：「妳明知道我、我……妳還跟他有接觸，妳真是……」

丹年不理會沈丹芸，轉身幫自己倒了杯水慢慢喝了起來。跟這種白癡生氣不划算，應該要淡定、淡定、再淡定。

沈丹芸見丹年不理自己，有些急了，繼續追問道：「妳怎麼跟他見面的？到底是怎麼回事？」

丹年看著沈丹芸，淡淡笑道：「這些都跟妳無關吧？二姊姊啊，上次在大皇子府上，那冷水澡洗得可舒坦？妳怎麼就是吃虧卻不長見識呢？大伯父和大伯母沒教訓過妳嗎？」

沈丹芸動了氣，怒道：「妳還有臉說！那些人要害的人本來是妳，是我替妳頂了缸！妳是被二叔叔和二嬸嬸寵大的，哪裡知道庶女的苦處？我也是為了自己的將來不得不謀劃！」

丹年皺著眉頭說道：「我什麼時候害妳了？是我要妳去湖邊的嗎？是妳自己心裡有鬼，有不可告人的想法；再說，妳若是跟大伯父還有大伯母好好說妳喜歡蘇允軒的事情，他們肯定會為妳打算的。」

沈丹芸不屑地呸了一聲。「他們眼裡只有沈丹荷和那個不成器的沈鐸，母親看見我，就像看到眼中釘一般，如何肯為我盤算？我只問妳，蘇少爺是不是真的會來妳家？什麼時候會來？」

丹年有些不贊同地看著她。「莫非妳要來我家與他私會？妳是真傻還是裝傻，到時大伯父與大伯母問起罪來，我們家可擔不起這個責任！」

沈丹芸輕哼了一聲。「這妳不用擔心，我自然不會做出什麼蠢事，當然更不會教人捏住把柄。蘇少爺尚未訂親，我有得是機會！」

丹年看沈丹芸那執迷不悟的樣子，不禁冷笑一聲。上次在大皇子府時，她不過是聽剛來京城不久的朱瑞綾說蘇允軒在湖邊，也不清楚朱瑞綾安了什麼心眼，就巴巴地跑了過去，還糊裡糊塗被推進湖裡，這不夠蠢嗎？

「蘇少爺的父親是戶部尚書，他自己也年紀輕輕就踏入官場，平步青雲，妳憑什麼覺得他會娶妳，妳又憑什麼覺得他以後不會再娶其他人？」

丹年說著，又在心裡暗暗加了一句。等蘇允軒謀朝篡位、認祖歸宗後，還有後宮三千佳麗等著他呢，就憑妳那德行，還想母儀天下？

沈丹芸不服氣地說道：「我父親是內閣重臣，我們家與雍國公家也有親戚關係，難道還配不上他嗎？至於其他女人……哼，有我在，其他人自然沒有機會，誰也別想擋我的前程！」

丹年差點笑出聲來。這沈丹芸不但自信心足夠，也很敢說，只可惜用錯了地方。

蘇允軒的態度她不清楚，不過蘇晉田對白家恐怕恨之入骨，丹年不由得譏諷道：「那妳可要看牢他了，最好連隻母蒼蠅都不要從蘇少爺身旁飛過。只要蘇少爺身邊一直只有妳一個女人，即便妳年華老去變成一頭母豬，也能賽貂蟬了！」

「妳！」沈丹芸氣惱地指著丹年，正要發作，突然想起她的目的，便放下手指，氣呼呼地說道：「算了，這不是重點。妳告訴我，蘇少爺到底什麼時候會來？」

丹年搖了搖頭，雙手一攤。「我真不知道他什麼時候會來，而且他是不是真的會來，我也不確定。我說的可是實話，妳要真想知道，可以去問問蘇少爺啊！」

想起蘇允軒就是她和沈丹芸吵了半天架的元凶，丹年心想，若是蘇允軒敢來，她就把他揍回自己家裡去！

沈丹芸一心認定丹年存心要瞞著自己，冷哼了一聲，出了丹年的房間。

臨走前，沈丹芸說道：「妳若敢跟別人提起半個字，我就……」

丹年點頭如搗蒜，信誓旦旦地說：「二姊姊放心，我絕對不會跟別人說半個字的。」

其實根本不用丹年說出去，經過那次落水事件，除非沈丹荷和她朋友是豬腦子，否則不用猜都能知道沈丹芸的心思！

李慧娘送沈丹芸出門時，笑著提醒她，要她回去之後好好跟沈大夫人解釋一下，他們家七夕當天確實有要事。

沈丹芸表現得很是通情達理、善解人意。「二嬸嬸放心，我一定會好好跟母親說的。」

一回到沈家大院，沈丹芸百般幫李慧娘和丹年解釋七夕不能來的原因，沈大夫人雖然有些懷疑，但也沒多說什麼。

沈丹芸回到自己的院落，便叫來一個剛進府的小丫鬟，要身邊的大丫鬟給那個小丫鬟三個大錢，吩咐她每天都去丹年家的巷子口玩，要是看到有富家公子的馬車駛了進去，便回來稟報她。

等小丫鬟領命而去時，沈丹芸咬牙笑道：「想壞我的事？門兒都沒有！」

第四十一章　秋校聚首

到了七夕當日，李慧娘和碧瑤一大早就開始準備晚上要用的東西，她們把糖、蜂蜜同麵粉和在一起，捏成各種形狀的小麵點，下鍋炸熟，丹年家一整天都飄著香甜的味道。

等梅姨和吳氏回來，碧瑤便切好西瓜與香梨，同李慧娘一起把水果刻成花朵的樣式，整齊地擺在碟子裡。

月亮升到了半空中，把瓦房之間的空地照得一片通明，李慧娘帶著眾人把白天炸好的麵點和瓜果供奉上桌，點了香燭後恭敬地跪拜起來。丹年頭一次參加這麼正規的乞巧，便學著其他人的動作，也跟著跪拜。

等李慧娘開始默默禱告時，丹年心想她一定是在祈禱織女能大發慈悲，讓自己長點針線上的才能。

到了乞巧時，在李慧娘的眼神示意下，丹年不情不願地捏著一根針，投到曝曬了一整天的一碗水裡。

丹年投完針後便不再去看，只聽見其他人笑了起來。丹年抱著視死如歸的心情看了一眼，只見那針在碗底的投影如同一根細線，丹年自己也不由得笑了。

早上碧瑤將裝著水的碗端到外面時，李慧娘就跟丹年解釋過了，要是將針投到水裡，碗底的投影像花、雲彩之類的，就證明該女子手很巧；要是碗底的投影像棒槌、細線之類的，便是織女瞧不上的拙婦。

榮升為「拙婦」的沈丹年在眾人善意的嘲笑中，悻悻然退了下去，捋起袖子等著看其他人的乞巧，只要有人投出棒槌或細線，她就要上前去好好嘲笑一番。

讓丹年失望的是，所有人都投出有意思的影像，沒一個人投出棒槌或細線。丹年萬分不服氣，她才不信這個投影和手巧不巧有什麼必然的關聯！

等眾人乞巧完畢，丹年圍著那碗水仔細研究，拿著針投來投去，過了半晌，她跳起來興奮地叫道：「我投出雲彩來了！」

此時大家都坐下來納涼了，聽到丹年大叫，紛紛轉過頭來。

跟乞巧無關的沈鈺笑得很大聲。「丹年，妳投了那麼多次，織女被妳煩得實在不行，只好給妳個雲彩了！」

丹年斜眼看著笑得上氣不接下氣的沈鈺，嘟囔著。「你自己連針都不知道怎麼穿，還敢嘲笑我！」

梅姨忽然心血來潮，對大家說起牛郎與織女的故事。這故事丹年在前世時已聽過無數遍，都要倒背如流了，但碧瑤卻聽得很用心，周圍的人也靜靜聽著，丹年便耐著性子聽，不出聲打斷。

等梅姨講完了故事，眾人唏噓嘆息一番，便各自回房休息了。

碧瑤幫丹年鋪被子時，還紅著眼睛嘆道：「小姐，牛郎和織女實在太可憐了！」

丹年見不得碧瑤一副可憐兮兮的模樣，便安慰道：「牛郎和織女一年不是能見一次面嗎？還好啦！」

碧瑤揉了揉眼睛，轉而羨慕地說道：「不知道小石頭對我，會不會像牛郎對織女一樣，那麼的……」她說到這裡，臉兒一紅，說不下去了。

丹年頓時覺得頭大，這孩子，思想都被古代這些美化過的故事給教育歪了，她得負責拯救迷途的羔羊才行！

丹年本來已經躺下，又坐了起來，她招呼碧瑤坐在床邊，嚴肅地說道：「碧瑤，千萬不能有這種想法。」

碧瑤一驚。「為什麼？」

丹年諄諄善誘。「妳想一下，牛郎是怎麼娶到織女的？」

碧瑤想了想，答道：「織女下凡洗澡，牛郎偷了織女的衣服，讓織女當他的媳婦。」

「這就對了。要是牛郎是個善良的好人，幹麼偷看姑娘洗澡，還偷人家的衣服？只有老光棍和老流氓才會做這麼齷齪的事！」丹年說道。

「這、這還真是……」碧瑤驚道。

丹年看碧瑤開了一點竅，繼續說道：「妳再想想，小石頭要是像牛郎那樣，妳還敢要他嗎？」

碧瑤驚恐地搖了搖頭。「不要！」

丹年再接再厲。「王母娘娘見不得女兒在人間吃苦，接女兒回到天上，還被人罵成是拆散鴛鴦，是不是很委屈？牛郎非要厚顏追著織女不放，是不是很過分？」

碧瑤此時的思緒已然混亂了。「可是……這跟我聽到的不一樣。」

「沒事，妳有空多想想就行了。」丹年笑嘻嘻地說道。

七夕過後，丹年就被李慧娘關在家裡逼著繡花，學做些簡單的衣服。丹年每天都要找沈鈺表達心中的惆悵，結果讓沈鈺也頭疼無比，忍不住對李慧娘直呼。「不要折磨丹年了，她會報復、會折磨死妳兒子的。」

李慧娘不為所動，直截了當地對丹年說：「想偷懶，門兒都沒有！妳差不多再過兩年就要出嫁了，我可不想給人家一個又笨又懶的媳婦，好讓人怪罪！」

丹年碰了一鼻子灰，摸摸鼻子嘆道：「娘啊，出閣嫁人這種話題，怎麼能這麼直白地跟我說呢？」

李慧娘白了她一眼。「不這麼直白，妳就裝作聽不懂，繼續偷懶耍滑，別以為我不知道上次妳交差的荷包是碧瑤繡的！」

丹年不禁苦著臉。居然被發現了，虧她還一直叮囑碧瑤要繡得難看一點。

還沒等丹年埋怨碧瑤，碧瑤就先嚷嚷開了。「小姐，您這做的是什麼衣服啊？」

丹年把布料按照人的體型裁出前後兩大片，準備照裁出來的邊縫起來，變成套頭的褂子和短褲。

「這是睡衣，睡覺時穿的，很寬鬆、很舒服，具體的作法妳就不要介意了。」丹年解釋道。

丹年看著碧瑤譴責的眼神，發現裡面明明白白寫著「妳在浪費布料」，一時之間有些心虛。

正當丹年在和針線與布料進行對抗時，廉清清來找她了，丹年開心地放下東西，便跑去迎接「救星」了。

廉清清興奮地拉著丹年說，每年在秋闈之前，皇家校場都會舉辦大型的比賽，叫秋校。有馬球、馬術、射箭、摔角等項目，只要是官家和貴族子女都可以參加，拔得頭籌的話還有獎勵。這項活動的目的是為秋闈造勢，也是為了替重文輕武的大昭注入一些活力。

丹年和沈鈺都能去參加，可是丹年有些擔心沈鈺，秋闈近在眼前，眼下讓沈鈺去玩，實在怕他分心。但廉清清可不管這些，好不容易有和沈鈺接觸的機會，當然不肯放過。

廉清清拉著丹年，熟門熟路地找到正在書房用功的沈鈺，站在門口問他要不要一起去玩。

沈鈺沒回答廉清清的問題，而是笑著問丹年去不去。

丹年下巴一揚，堅定地說：「去！身為武將之女，怎麼能不去？」

沈鈺笑著點了點丹年的額頭。「妳無非是這幾天一直在做針線活，想逃避罷了，要是在家裡什麼事都不用做，妳才懶得去呢！」

丹年撇了撇嘴，她才不跟萬惡的沈鈺一般見識，愛去不去隨便他！

廉清清一臉期待地看著沈鈺。「那你呢？你去不去？」

沈鈺笑道：「去，當然去。」

丹年悶聲問道：「你不是要準備秋闈嗎？」

沈鈺揉了揉丹年的頭髮。「正好去看看京城那些官家與貴族子弟們的水準啊！」

到了秋校當天，廉清清一早就乘坐著家裡的馬車來接丹年和沈鈺。沈鈺考慮到是去公共場所，與廉清清同乘一輛馬車不好，便婉拒了她的邀請，找來馮老闆，讓他駕駛自家馬車，帶著他和丹年跟在廉清清家的馬車後面去了校場。

皇家校場的樹林周圍有重兵把守，通往校場入口的路上全是馬車，輪到門衛檢查時，廉清清先探出頭來，朝門衛喝道：「後面馬車上的人是我朋友，兵部沈郎中家的少爺與小姐！」

門衛諂媚地朝廉清清笑了一下，指了指最接近門口的那片空地，說道：「小的知道了，廉小姐的馬車請停在那處。」

等輪到丹年家的馬車時，那門衛揚著下巴，指了指在廉清清家馬車停放處後面一條長滿雜草的小道上，說道：「你們停在那裡！」

這差別也太大了吧?!沈鈺閃著一雙桃花眼，笑問道：「這位大哥，我們是一起來的，為什麼停的地方不一樣？」

那門衛懶洋洋地答道：「這空地是給朝廷三品以上的大員停馬車用的，有本事你跟他們搶啊？」

丹年把沈鈺拉了回來，宰相門房都還是七品官呢，更何況給皇上守門的，還是乖乖去那裡停車好了。

等停好了馬車，丹年叮囑馮老闆坐在車廂裡等他們回來，車廂裡有乾糧和水，別渴著或餓著自己，便和沈鈺走去校場入口。廉清清早已等在那裡，三人便一起進了校場。

皇家校場在離京城有些距離的樹林裡，樹林中大片林木都被鏟平，土地也被整理成各種區域，有不同的用途，周圍則種了一排高大繁茂的樹。丹年他們到的時候，已經有很多人在樹下搭建好了帳篷。

校場比丹年想像中要大上許多，到處都是人。

廉清清悄悄指著有層層禁衛軍保護的高臺，對兩人說道：「看到沒？那就是皇上和皇后娘娘所在的地方。」

丹年遙望過去，高臺上搭著頂棚，頂棚上還鋪蓋著大量樹葉，看上去綠油油一片，加上距離遠，她只能看到高臺上坐了一個明黃色的身影，在早晨陽光照射下泛著強烈的光芒，模模糊糊的，看不真切。

丹年心頭一緊，直覺上，她對皇上有著發自內心的恐懼感。為了轉移注意力，她強笑道：「不是說有各種比賽嗎，怎麼還沒開始？」

廉清清笑道：「還得等一會兒，先去我家的帳篷吧。」

說著，廉清清指了指不遠處的一個青色帳篷，她帶的管事和丫鬟早就先進來搭建帳篷，倒是方便了丹年和沈鈺。

誰知還沒等丹年他們走到廉清清家的帳篷，就碰到丹年絕對不想碰上的人。

沈丹荷皺著眉頭看著丹年，彷彿是在看偷渡客一般。「妳怎麼來了？」

廉清清最不喜歡沈丹荷這種高高在上的態度。「丹年為什麼不能來？」

沈丹荷穿著一身胡服款式的騎馬裝，不同於以往的溫婉甜美，看起來英姿颯爽。大概是急著去辦什麼事吧，她盯著三人輕哼了一聲，便繞過他們走了。

廉清清氣惱地看著沈丹荷遠去的背影，罵道：「少瞧不起人了！」

丹年納罕道：「她今天打扮成這樣做什麼，莫非那嬌滴滴的小姐也要上場？」

她實在不明白，不過是來湊個熱鬧而已，沈丹荷也打扮得這麼有模有樣。

廉清清有些驚訝。「妳不知道嗎？」她隨即解釋道：「沈丹荷的馬球打得不錯，整個京城貴女圈中就數她最厲害，每年她都要上場。」

丹年聽了以後更加驚訝。這沈丹荷倒是個名副其實、多才多藝的才女，以前是她小瞧了沈丹荷。

廉清清家的帳篷處，有一個圓臉大眼睛的嬌小女孩在帳篷門口站著，等她看到了廉清清，便興奮地揮手叫道：「表姊！」

「真真！」廉清清快速地拉著丹年跑了過去，她開心地向丹年介紹道：「丹年，這是我表妹李真。真真，這就是我上次跟妳提過的沈丹年和沈鈺，快叫丹年姊姊和鈺哥哥啊！」

「鈺哥哥好！丹年姊姊好！」李真立刻甜甜地叫道。

小女孩軟軟甜甜的聲音，讓丹年立馬就喜歡上了李真，三人沒多久就成了朋友。

沈鈺見校場中的一塊場地上有人在用兵器比武，便來了興趣，想去看看，他叮囑丹年不要亂跑後就先過去了，剩下三個女孩坐在帳篷門口休息，等待賽馬比賽開始。丹年對這個很感興趣，打算跟廉清清還有李真玩個賽馬博彩。

廉清清向丹年解釋說：「比賽是分場地的，如果有人想比試，就進入場地中，場地上的書記官會主持比試，並記錄比賽成績。女孩子嘛，一般都玩馬球和馬術，男孩子則是比賽武藝和射箭的比較多。」

誰知廉清清話還沒說完，就被一旁的人出聲打斷了。「丹年妹妹，妳敢不敢和我比試一番？」

聞言，丹年三人同時抬起頭，出聲的人，正是一身勁裝的沈丹荷，她身後還跟著三個小跟班。

丹年眼尖地發現其中一個跟班正是朱瑞綾，看向她的眼神，不禁多了幾分鄙夷。朱瑞綾接收到丹年的眼神後，便低下了頭，扯著絲帕不做聲。

沒得到丹年的回答，沈丹荷繼續笑道：「丹年妹妹，妳該不會是怕了吧？」

丹年嗤笑道：「沈丹荷，我早說過妳的詩書禮儀都讀到狗肚子裡去了！沒人教妳打斷別人聊天不禮貌嗎？」

沈丹荷被堵得說不出話來，難道要她告訴沈丹年她在一旁站了半天，這三個人始終嘻嘻哈哈地聊天，就是沒看到她嗎？還不被笑話死！

沈丹荷氣得咬牙切齒，這丫頭居然當眾罵她，讓她下不了臺，盛怒之下便顧不得維持自己的形象，開始口不擇言。「沈丹年，妳果真沒教養，說話、做事沒一樣合規矩，妳爹娘是怎麼教妳的？也難怪，妳爹娘本來就沒什麼……」

話還沒說完，沈丹荷就看到丹年隨手抄起一根搭帳篷時用剩的木棍，虎視眈眈地朝她走過來，陰沈沈地問道：「我爹娘怎麼了？我沒聽清楚，大姊姊再說一遍來聽聽。」

第四十二章 相約比試

沈丹荷驚駭不已，連同身後的跟班們退後了幾步，大叫道：「沈丹年，妳想做什麼？」

丹年停了下來，無所謂地看著沈丹荷，說道：「走累了，提根木棍當枴杖，妳那麼害怕做什麼？」

廉清清和李真看到沈丹荷驚懼後退的模樣，不由得哈哈大笑起來。

沈丹荷聽到笑聲，越發羞惱，她平日行事說話都萬分謹慎，總是以溫良賢淑的樣子示人，然而一遇到丹年，她的情緒就容易失控。這個沈丹年，總是能輕易挑起她隱藏在內心深處的怒火。

「妳若是夠膽量，就和我比試馬球。」沈丹荷見丹年不再向前，便放下心來，她認定丹年不敢做出什麼過分的事情，便語氣輕蔑地說道。

廉清清一聽就怒了，走上前去罵道：「沈丹荷妳噁心不噁心啊！妳的馬球打得好，大家都知道，卻欺負丹年不會打馬球，這算什麼？」

丹年哼了一聲，說道：「那是因為今天沒場地讓她和我比彈琴，看誰彈錯比較多，所以她只能同我比馬球了。」

沈丹荷想起那次在大皇子府的失敗表演，臉一紅，爭辯道：「這算什麼欺負？大家各憑本事罷了，妳要是不敢應戰，我自然不會強求！」

丹年在心中冷笑，她若是不應戰，說不定還有什麼更過分的要求呢！

此時沈丹荷身後的朱瑞綾畏畏縮縮地上前說道：「要是沈丹年小姐不應戰，就得向丹荷姊磕頭行禮，賠禮道歉。」末了，又結結巴巴地加了一句。「這是、這是……我們集體……決、決定的。」說完，朱瑞綾便飛速地跑回沈丹荷後面，連頭都不敢抬起來。

廉清清忍不住罵道：「妳們真是無恥！乾脆比無恥好了，不會有人跟妳們爭第一！」說完拉著丹年就要走。

沈丹荷得意地笑道：「我就知道妳會這麼說！廉清清，妳不是自詡能為朋友兩肋插刀嗎？不如我們組個隊，妳和丹年妹妹還有妳表妹組成一隊，我們比三個項目，要是我這個不成器的妹妹輸得一敗塗地，只要妳們兩個贏了，就算我們輸了，怎麼樣啊？」

廉清清哼了一聲，誰不知道沈丹荷的朋友中，有幾個在秋校的比試項目上相當了得，她們三個哪有贏的希望？

丹年皺了皺眉頭。「如果我們不應戰呢？」

沈丹荷輕蔑地說道：「那妳就認錯，因為妳什麼都不會、什麼都不懂，說明妳一事無成、家教不好！連同妳先前對長姊無禮在內，要當眾向我磕頭斟茶，求我原諒！」

「我們接受！比什麼？」丹年斷然應道。今天她要是不接下這個挑戰，沈丹荷就更有理由到處說她的不是了。

廉清清想攔住丹年，卻為時已晚，她暗暗對丹年使眼色，丹年卻搖了搖頭。此時箭在弦上，她已顧不得許多，只等沈丹荷發話。

沈丹荷先是有些吃驚，隨後便得意地笑道：「比試馬球、馬術和射箭。馬球那場我上，馬術那場陳媛芬上，射箭的話，就由許蕾姊姊上。」

廉清清暗暗叫苦，沈丹荷可真夠惡毒，找來的都是高手。「我們不接，妳說比就比，未免太不把人放在眼裡了！」

李真也在一旁幫腔，怒氣沖沖地指責沈丹荷。「沈丹荷，我以前一直以為妳是個溫柔的好姊姊，誰知妳竟然這樣！」

沈丹荷不理會李真，對著廉清清叫道：「剛才陳媛芬已經把我們要比試的事上報給皇后娘娘知道了，皇后娘娘還設了彩頭給我們，妳們若是不參加，後果自負！」

丹年心一沈。這次果然容不得她退縮，若是她不願意應戰，皇后那邊雖然不至於為難她們三個小女孩，但必定會對她們不喜，沈丹荷也有了她們的把柄。情勢所逼，看來是不得不參加了。

丹年微笑著看著沈丹荷，內心早已把這個自以為聰明的女人千刀萬剮了幾十遍。

「沒問題，什麼時候開始？」丹年問道。

沈丹荷沒想到丹年答應得這麼快，她以為丹年是鄉下來的，不清楚失敗的後果，便面露喜色地答道：「午時三刻，我在馬球場等妳，丹年妹妹，不要讓姊姊失望啊！」

丹年不耐煩地擺了擺手。「知道了，囉嗦那麼多做什麼？還不趕緊走！」說得沈丹荷像是惹人討厭的蒼蠅一般。

沈丹荷一口氣憋在胸口，但一想到下午便能在馬球場上好好修理沈丹年，便強嚥下這口氣，帶著三個小跟班趾高氣揚地走了。

沈丹荷一離開，廉清清就焦急地拉著丹年說道：「丹年，妳瘋了嗎？居然要和沈丹荷比試馬球？沈丹荷肯定會想辦法讓妳輸得很難看的！」

李真也說道：「是啊，我和沈丹荷打過馬球，她的馬球打得很不錯的！」

丹年也犯了愁，她拉過兩人重新坐下，問道：「妳們把她們隊上三個人詳細跟我介紹一下。」

廉清清嘆了口氣，說道：「許蕾是榮英長公主殿下之女，是長公主殿下親自教養出來的，射箭是京城一絕，連征戰多年的男子都比不上；陳媛芬是皇后娘娘身邊最親近女官的姪女，和沈丹荷是好朋友，馬術十分了得；再來就是沈丹荷，真真和她打過馬球，她打得很不錯。」

丹年迅速分析了一下情況，摸著下巴思考道：「唔，這樣看來，三個人的實力當中，公主殿下的女兒許蕾最厲害，最沒有戰勝的可能；其次是那個什麼人的姪女，馬術了得；最後才是沈丹荷，馬球打得不錯。」

廉清清瞪著一雙大眼，不解地問道：「對啊，怎麼了？」

「那來看看我們這邊，我什麼都不會。」丹年才剛說完，就得到對面兩人兩對大大的白眼。

「呃，清清的馬術和馬球應該都不錯吧？那射箭怎麼樣？」丹年繼續問道。她也不想這麼沒用啊，可是會騎馬和會馬術完全是兩回事。

廉清清答道：「馬球和射箭都一般，不過我的馬術還不錯，前兩年賽馬都跑了第二名。」

丹年頓時有種不好的預感。「第一名難道是……」

廉清清點了點頭，一臉「妳猜得沒錯」的表情。「就是要和我們比試的陳媛芬。」

丹年徹底惱恨起來，好個無恥的沈丹荷，有沒有這麼欺負人的啊?!

不過惱恨歸惱恨，還是要硬著頭皮上。

丹年冷靜下來，問起了李真。「妳馬球打得過沈丹荷嗎？」

李真疑惑地說：「嗯？不是丹年妳去和沈丹荷比試馬球嗎？」

丹年解釋道：「就算我現在立刻學會怎麼打馬球，也打不過沈丹荷，只要我們三人都參加了，不管是誰去打馬球，都不算失了信用。」

「就是。」廉清清攬住丹年的肩膀說道：「那沈丹荷存心想親自動手羞辱丹年，絕不能給她這個機會！」

丹年繼續說道：「我想了一下，真真和沈丹荷比馬球，清清和陳媛芬比馬術，我和許蕾比射箭。」

「為什麼要這樣子？」真真不明白丹年的用意，廉清清也不解地看著丹年。

丹年費了好大的勁向她們解釋團隊比賽取勝的道理，既然無論如何都不可能勝過對方最強的人，那麼只要用自己這隊最差的人，去跟對方最強的人比，把一定會輸的比賽交由最差的人去消化，其他兩人只要奮力一搏，就還有獲勝的可能性。當然，丹年絕對不會承認自己就是那個棄子的。

「呵呵，這方法看似簡單，倒是有番理論在其中！」

丹年正和廉清清與李真兩人討論，背後卻傳來一聲讚嘆。

丹年抬頭一看，正是一陣子未見的大皇子。

不同於校場上大多數男子的勁裝打扮，大皇子只穿了身月白色錦袍，鑲著金邊的領口開得有些低，露出了脖頸，錦袍下襬暈染了墨枝紅梅，整個人看起來如同從畫中走出來的儒雅公子。

丹年得了大皇子的誇獎，有些不好意思，這理論的原創者可不是她，她只是借用一下而已。

廉清清性格直爽，見丹年和李真不吭聲，便主動帶丹年和李真大方向大皇子行禮。

大皇子身後還跟著兩個面白無鬚的隨從，丹年暗忖這該不會就是傳說中的太監吧？正要再偷偷多看兩眼，便聽見大皇子問道：「妳們莫非是要同別人比試？」

廉清清氣惱地嘟著嘴。「是啊，還不是那……」

丹年連忙重重扯了下廉清清的衣袖。她們這些小女孩鬧彆扭有磨擦，自己私下解決就好，外人除了站在一旁看笑話，就算想幫她們，估計也是無能為力，說出來不過是平白讓人笑話。

廉清清閉上嘴，詫異地看著丹年。丹年脹紅了臉，對著大皇子小聲說道：「既然來了，就想下場玩玩。」

丹年剛說完，就看到沈鈺大步朝她們走過來，連忙叫道：「哥！」還招手示意他快點過來。

大皇子見丹年不想讓他知道事情經過，也不追問，只是微笑看著丹年。

等沈鈺過來看到大皇子時，非常驚訝，正要上前行禮，就被大皇子笑著按下了。「不必這麼多虛禮。」

丹年拉著沈鈺的衣袖，撇了撇嘴，不情不願地說道：「哥，快教我射箭！」

沈鈺還以為自己聽錯了，納悶地問道：「怎麼突然要學起射箭了？小時候要妳學，妳還嫌累不願意……」

在這緊急時刻，丹年看沈鈺又跟個老太婆一樣開始嘮叨自己，當下便瞪圓了眼睛，小聲叫道：「你到底教不教？」

沈鈺得意無比，平時這小丫頭沒少欺負過自己，如今可算逮到機會報復了。他懶洋洋地環起胸，上下看了丹年一眼，幸災樂禍、慢悠悠地說道：「射箭也得看資質，像妳這樣瘦胳膊細腿的……」

丹年知道沈鈺是在報復她練針線那幾天不停找他哭訴的事情，不禁跳腳瞪著沈鈺。「不教，我就找別人去學！」

沈鈺呵呵笑了起來。「妳能找誰教啊？」

廉清清倒是夠朋友，堅定地站到丹年身邊。「要不找我爹教，我爹射箭很不錯。」

「如果沈小姐不嫌棄的話，孤可以教妳怎麼射箭。」一旁微笑看著的大皇子溫言說道。

丹年雖然覺得找大皇子來教她並不妥，卻因嚥不下沈鈺那口氣，當下便笑咪咪地謝過大皇子。

得到丹年肯定的答覆後，大皇子便低聲吩咐身後一個隨從幾句話，那隨從行了個禮，便飛也似地跑了。

不一會兒，那隨從就推著小推車回來了。推車上放著兩張弓，一張是漆了黑漆的大弓，似是生鐵打造的，看起來頗為沈重；另一張弓就顯得輕巧許多，通體白色，弓上面還刻了一個篆體字，丹年勉強能認出是個「穎」字。

大皇子一手就輕鬆拿起黑色那張大弓，穩穩將弓揹在背上，又將那張白色小弓遞給丹年，微笑說道：「時間不早了，我們快去射箭場吧！」

丹年看著大皇子高大卻有些瘦削的背影，暗暗嘆道果然人不可貌相，大皇子跟個病秧子一樣，手的力氣卻不小。

沈鈺瞪直了眼，他可沒想到事情會變成這樣，丹年得意地瞥了他一眼，拉著廉清清和李真跟著大皇子去了射箭場。

沈鈺不禁瞠目結舌，抱著的手臂不自覺地放了下來，他左右看了一眼，發現人都走了，連忙跟了上去。

一路上，廉清清快人快語地說出她們要和沈丹荷、陳媛芬與許蕾比試馬球、馬術和射箭。除了沈丹荷，沈鈺不清楚另外兩人是誰，而大皇子聽了以後，意味深長地看了丹年一眼，淡淡說了句。「這三人實力不弱啊！」

射箭場很大，有不少公子哥兒三三兩兩聚在一起挽弓射箭。丹年不想引人注目，便和廉清清找了個最角落的地方。

大皇子看出丹年的小心思，也不點破，等找好了地方，大皇子先是沈了口氣，站穩以後，滿滿拉開了弓，瞄準後鬆手，箭便離弦而去，「咚」的一聲射中靶子紅心正中央的位置。

丹年情不自禁叫了聲好！

趁這個機會，丹年也觀察了一下，靶子離射手大概有一百公尺遠，靶子上的紅心也不小，約占總面積的一半。丹年猜測是因為來射箭的都是名門之後，要是射不到紅心就太沒面子了，所以紅心面積比她想像中大很多。

丹年也學著大皇子，穩穩站在起射線上，左肩對準目標靶位，左手持弓，右手食指、中指及無名指扣弦，食指置於箭尾上方，中指及無名指置於箭尾下方。

丹年用力將弓緩緩拉開，即使是張小弓，她也覺得很吃力，開弓時便將箭頭微微抬得高於紅心一點。

大皇子笑道：「沈小姐是個聰明人，一學就會。」

丹年一高興，正要說些什麼，就聽到沈鈺涼涼地說：「她就是有小聰明，還不肯用到正道上，而且又懶！」

丹年趁眾人不注意，齜牙咧嘴地朝沈鈺扮了個鬼臉。真是過分，當眾拆我的臺！

大皇子將一切看在眼裡，眼中笑意更深，走上前去輕輕糾正了一下丹年的動作。

丹年笑咪咪地聽著大皇子的指示一一修正，調整下來倒也挺像樣的，頗能唬人。

射箭場另一頭，蘇允軒頭疼地看著對面的靶子，一旁的唐安恭已經射出了六支箭，只有兩支鬆垮垮地掛在靶子的紅心外面，其餘四支都不見了蹤影。

「安恭，都一年工夫了，你射箭怎麼一點長進都沒有？」蘇允軒皺著眉頭說道。

唐安恭「嘿嘿」笑道：「我又不去打仗，練這玩意兒做什麼？我人又笨，比不上表弟你啊！」

唐安恭說著說著，便發現蘇允軒的目光轉向別處，他順著蘇允軒的視線瞧過去，就看到那個叫沈丹年的丫頭和幾個人在射箭場的角落裡。

「那不是那日與你摟摟抱抱的人嗎？怎麼大皇子也在啊？」唐安恭驚喜地叫道：「我們要不要過去打個招呼？」

蘇允軒沒有理會唐安恭，他收回目光，繼續看向靶子，彷彿剛才沒看到人一般。「安恭，還是專心練習比較好，我再示範一遍，你仔細看著。」

說著，蘇允軒就拉開了弓，唐安恭也只得吊兒郎當地站在一旁，一會兒看看蘇允軒，一會兒看看靶子。

雖然力圖鎮定，然而蘇允軒的心裡總是覺得怪怪的，吹過耳邊的風似乎夾雜了她的笑聲。蘇允軒情不自禁地微微扭頭看向那個角落，正巧看到大皇子和丹年微笑著四目相對，大皇子正溫柔地指導著丹年射箭。

怎麼會這樣?!

蘇允軒心頭一亂，手便不受控制，箭離弦而去，歪歪擦過靶子左側邊緣，落在地上。

唐安恭正盯著靶子看，瞧見蘇允軒脫了靶，當場拍手嘲笑道：「你也不過如此嘛！」

蘇允軒慢慢回頭，斜睨了幸災樂禍的唐安恭一眼，收了弓便往外走，心中那股莫名其妙的火氣，讓他內心焦躁不已。

這邊丹年已經射出了第三箭，除了第一箭沒掌握好準度脫了靶之外，後面兩箭都射中靶子上的紅心。丹年雖然很高興，但也不敢自大，而是認真地一遍遍來回練習，大皇子在一旁看著，看到有不對的地方，便開口指點。

廉清清見丹年學會了射箭，稍微放下心來，她應該要和真真去練習一下比賽項目才對，不然上場後肯定輸得很慘。

她才剛說要走，丹年就轉了轉眼珠，叫過沈鈺，指著廉清清說道：「哥哥，你陪清清去練習馬術！」

沈鈺呆愣了一下。「為什麼？」

一旁的廉清清則是紅著臉低著頭，不敢去看沈鈺。

丹年威脅似地瞇了瞇眼睛，跑到沈鈺耳邊小聲說道：「你若是不去，我回去就跟娘說，明日就找媒婆上門幫你說親，一個月後就讓你給我娶個嫂子進門！」

沈鈺無可奈何地看了丹年一眼，伸手揉了揉丹年的頭髮，便笑咪咪地和廉清清去了馬術場。

丹年看著兩個人離去的背影，內心樂開了花，有了沈鈺的加油助威，廉清清應該能有超水準的發揮。

等那兩個人走遠了，李真也前去馬球場後，大皇子笑道：「沈小姐可是別有用心啊！」

丹年不好意思地說道：「這場比賽本來就是實力懸殊，只要我們能贏一場就不算太丟人。雙方的實力擺在那裡，如果認真對抗到底，反而比實力超強的一方能獲得更多的喝采。」

大皇子贊同地說道：「說得不錯。」

時間臨近中午，射箭場上的人走得差不多了，丹年趁著人少，鼓足勇氣向大皇子道謝。

「那個……上次在馥芳閣，殿下幫了我大忙，實在太感謝您了！」丹年沒錢沒勢，也不知道要怎麼對一個身分這麼尊貴的人表達謝意，只得以最簡單的方式交差。

大皇子臉上的笑容逐漸擴大了，他擺了擺手。「路見不平而已，算不上什麼，沈小姐莫要放在心上。」

「殿下不介意的話，就叫我丹年好了，不用那麼客氣。還有，您還讓御史陶大人參了洪定號的後臺一本，這對您不會有什麼不好的影響嗎？」

丹年忍了很久，還是問了出來。她知道大皇子在大昭的地位岌岌可危，如果因為她，讓這個總是溫柔待人的儒雅公子受到牽連，那就太過意不去了。

大皇子的笑容頓時凝結在嘴角。「陶大人？」

丹年連忙說道：「我知道朝堂之事沒我多嘴的分，只是洪定號的後臺……我只是怕這對您有不好的影響。」

「呵呵，不過是舉手之勞罷了。天理昭彰，多行不義必自斃。」大皇子恢復了一貫的笑容，溫言勸慰道。

秋日裡豔陽高照，微風輕拂過臉頰，腳下是柔軟的碧草，丹年看著眼前俊美的大皇子微笑著同自己說話，這幅景象美得像畫一般，一時之間，丹年竟覺得自己一顆心也變得柔軟了起來。

丹年垂首淡淡一笑，輕輕搖了搖頭，甩掉她腦中一時發昏而產生的不切實際想法。以她的身分，最好的結果就是找一個老實男人，到一個遠離京城的小地方，做個逍遙地主婆，生兩、三個孩子，低調過完一生。

丹年抬起頭，提振了一下精神，繼續練起了射箭。

大皇子見丹年繼續挽弓練習，不由得有些疑惑。「丹年，妳很希望贏過許蕾嗎？」

丹年愣了一下，笑道：「要說我不想贏，那肯定是假的，只不過實力擺在那裡，我沒有戰勝對手的可能性。只是，我聽說許蕾是京城最好的射手，如果我隨隨便便應戰，豈不是太不尊重她了？至少在比賽之前，我能練到什麼水準，就練到什麼水準。」

「當然啦！」丹年俏皮地眨了眨眼睛。「我也不想輸得太難看。」

丹年閉了閉眼，定神再發一箭，斜斜地釘在紅心邊緣。「至少，也得保證箭能射到靶子上，是不是？」

大皇子沒想到丹年會這樣回答，他看著丹年認真的背影，有些悸動，張了嘴，想說「妳根本比不過許蕾，又何必在這裡浪費工夫」，卻什麼也說不出口。

定了定神，大皇子叫過身後的隨從，朝他低語了幾句，隨從面有異色，卻還是恭恭敬敬地行了個禮，跑出了射擊場。大皇子慢慢轉過身去看丹年，她還是認真且近乎於倔強地在練習。

「殿下，謝謝您今天教我射箭，要不然我還得求我哥，不知道他會怎麼囉嗦我……接下來我自己練習就好，您先去休息吧。」丹年練了一會兒，忽然想起了什麼，轉身笑道。

大皇子並不回答，他看丹年的右手食指已經被弓弦繃得通紅，表皮也磨破了，不由得上前拿走丹年手中的弓。

見到丹年不解的眼神，大皇子笑著說道：「照妳這樣練法，到了比試的時候，妳的手指也爛了，到時許蕾可就是不戰而勝了。」

丹年還想說些什麼，大皇子卻拿著小弓逕自往射箭場外走去，他身後的隨從則是奮力扛著大皇子用的大弓。

丹年笑了笑，輕輕摸了一下手指，還真是痛啊……她將手指舉到嘴邊，小心吹了幾口氣，便跟在大皇子後面走了出去。

第四十三章 全力衝刺

大皇子的帳篷離射箭場並不遠，眾管事焦急地等在帳篷門口，見大皇子緩步走來，紛紛鬆了口氣，上前行禮。

丹年眼尖地看到那個在大皇子府有過一面之緣的管事，他看見她時驚了一跳，接著換上一副臭表情，彷彿丹年欠了他多少銀子似的，那管事瞧了大皇子一眼後，又極不情願地朝丹年笑了一下。丹年不禁撇了撇嘴，真的是笑比哭還難看！

丹年與他相看兩相厭，便不想在此多做停留，她向大皇子告辭後，接過大皇子手中的小弓，再次道了聲謝，便轉身走了。

轉身那一剎，丹年瞧見大皇子帳篷裡鑽出一個穿著黑袍的人，他整個人被黑袍包得嚴嚴實實，頭戴著帽子不說，臉也被遮住，只有那雙堅毅有神的眼睛，讓丹年留下深刻印象。

丹年猜是來了什麼重要人物，不過這不是她該知道的事情，便加快了腳步回去廉清清家的帳篷。

廉清清早就騎馬跑完了幾圈，正坐在帳篷旁邊的樹蔭下乘涼，紅著臉和一旁的沈鈺說話，她一見到丹年，忙拉著丹年問練得如何。

丹年笑著擺手說自己總算能保證把箭射到靶子上了，至於上場後能發揮到什麼程度，就看老天了。

此時李真也從馬球場上回來了，她不好意思地說：「有段時間沒練，手都生了。」

丹年拍了拍李真的肩膀，寬慰她不要緊張，盡力就行。

李真一臉擔心，訥訥地說道：「要是我輸了，到時豈不是要害妳向那可惡的沈丹荷下跪道歉？」

丹年格格笑了起來。「放心，就算是輸了，我也不會對她磕頭的。這個要求本就過分，就算是告到皇后娘娘那裡，她也沒理。再說，妳們誰聽到我答應輸了就向她磕頭？」她壞笑著眨了眨眼睛。

那兩人頓時明白過來，也學著丹年的樣子眨著眼睛齊齊擺手。「我們都沒聽到！」

丹年滿意地點點頭，這兩個都是孺子可教的好苗子！

沈丹荷怕丹年她們忘了比試時間，還特地叫朱瑞綾過來提醒她們。朱瑞綾猶豫地走到廉清清家的帳篷附近，打不定主意要怎麼說。

丹年立刻注意到她那鬼鬼祟祟的身影，喝道：「妳想做什麼？」

朱瑞綾嚇了一跳，見被發現，也不躲避了，她把心一橫，走到丹年她們三人面前說道：「丹荷姊要我來提醒妳們，不要忘了午時三刻的比試，馬球場上見。」

廉清清嗤了一聲。「就這些？說完了，妳可以走了。」

這個女孩剛開始裝得挺像好人，誰知道竟和沈丹荷是一丘之貉。

朱瑞綾脹紅了臉，看向丹年，丹年卻低頭看著自己的手指，並不理她。食指和中指指腹還在隱隱作痛，丹年用左手手指幫右手手指按摩，希望下午比試時能達到最佳狀態。

朱瑞綾也不管丹年不理她，逕自說道：「我也沒辦法，若不跟著丹荷姊，我在京城裡就交不到朋友，沒辦法待下去。」

丹年慢悠悠地抬起頭，臉上掛著一抹譏諷的微笑，說道：「我和朱小姐不熟吧？朱小姐跟我說這些做什麼？」

李真不明所以地左看看、右看看。

廉清清拉了拉李真的手，不耐煩地朝朱瑞綾擺手，拉長了聲音說道：「是妳自己要貼著沈丹荷不放的，怎麼成了妳逼不得已？要不要我去和沈丹荷說說，妳挺不願意跟她做朋友的？」

朱瑞綾一聽便白了臉，連聲解釋道：「沒有、沒有，妳們可不能亂說！」

丹年三人懶得理會她，朱瑞綾見沒人搭理，便訕訕地走掉了。

為了應付即將到來的比試，三人只吃了一些糕點墊了墊肚子，便準備前往馬球場。此時丹年跑到沈鈺面前偷偷對他說了幾句話，沈鈺黑著臉微微點了點頭。

廉清清看到沈鈺站在原地不動，便拉著丹年問道：「妳哥哥不去看我們比賽嗎？」

丹年一副若無其事的樣子。「他不喜歡看我們女孩子打打鬧鬧的，我要他去，他不想去。」

「喔……」廉清清不禁有些失落。

到了馬球場上，沈丹荷已和幾個女孩等在那裡，見三人過來，沈丹荷笑道：「丹年妹妹來了啊！待會兒上場，可需要大姊姊手下留情？」

丹年笑咪咪地朝沈丹荷行了個禮。大庭廣眾之下，她這個做妹妹的禮數周全，反而顯得沈丹荷沒規矩了。

沈丹荷強忍著怒氣，心中暗道上場後就要讓丹年好看，接著便轉身走到入口處拿著球桿上了馬，而李真在丹年和廉清清鼓勵的目光下，也拿球桿上馬進場。

馬球場上的沈丹荷彷彿是受到了莫大的欺騙，她瞪著眼，看著場外笑得一臉燦爛的丹年，策馬到了場邊，朝丹年喝道：「妳不守信用，怎麼會是她上場？」

丹年笑著雙手一攤。「瞧大姊姊這話說的，自始至終妹妹都沒說過要和大姊姊一同比試吧？妹妹想著要是不小心贏了大姊姊，那大姊姊實在是沒面子，就讓真真上場了。莫非……大姊姊還需要丹年給妳打個氣？」

沈丹荷一雙眼睛像是要冒出火來，她冷哼了一聲，策馬回身進了馬球場。

此時場邊一位士兵舉起了一面小紅旗，喊道：「誰先進五個球誰就贏，嚴厲禁止藉球傷人，違者嚴懲不貸！開始！」

他高高拋起一個白色的球，有巴掌大小，從球落到場地那一剎那開始，沈丹荷和李真便驅動了身下的馬，開始爭奪那個白色的球。

丹年注意到場地另一側有個五尺寬的球門，廉清清解釋道：「她們要用球桿把球打進球門裡，誰先打進五個球，誰就贏了。」

馬球所用的球桿，有點像現代的高爾夫球桿，但是下部擊球的面積比高爾夫球桿要寬很多，擊中球的概率也比較大。

李真上了馬後，像是完全變了一個人，她瞪圓了眼睛，掄著球桿只管往前衝，頗有「遇神殺神，遇佛殺佛」的氣勢，沈丹荷一時反應不過來，被李真殺得節節敗退。

丹年在場外不住驚嘆，看不出李真這小姑娘有雙重人格啊！

廉清清驕傲地解釋道：「別看真真看起來弱不禁風的，她可是有股韌勁兒，認真起來可厲害著呢！」

不一會兒，李真就率先打進了一個球，場邊負責記分的士兵立刻拿粗筆在場邊大牌子上寫上「李真一」。

然而沈丹荷的經驗比李真豐富多了，她不像李真是靠著一股拚勁，在適應李真的打法之後，就開始反撲了。

李真也不甘示弱，兩人在場上纏鬥得很厲害，只見馬匹跑動、球桿揮舞，白球也跟著滾來滾去。打了小半個時辰，兩人臉上都掛滿了汗水，沈丹荷精心綰起來的髮髻也鬆鬆垮垮地頂在腦門上。

比賽到了「三比四」的階段，李真領先了一個球，丹年興奮不已，她和廉清清對視一笑，只要李真再進一個球，她們就贏下這局了！

此時正是一天當中最熱的時候，秋老虎毒辣辣地掛在空中，李真的小臉上滿是汗水，可眼神依然犀利；沈丹荷雖然有些狼狽，可看起來並不像李真那樣體力消耗過大。

這次兩人都策馬去追球時，李真微微錯身搶到沈丹荷前面，而沈丹荷離球也只有一個馬腿的距離，她側身繞過李真上前去，眼看就要擊到球，李真情急之下策馬上前，伸出球桿要擊球，沈丹荷剛剛才揮出的球桿來不及停下，儘管沈丹荷使力讓球桿拐了個方向，但球桿末梢依然掃到了李真的馬腿。

馬頓時吃痛地揚起了前蹄，丹年的心瞬間提到了喉嚨，廉清清則是驚叫出聲，而沈丹荷則趁這個機會打進了那個球。

李真的馬揚起蹄子顛了幾下，李真被晃得左右搖晃，用力抓著韁繩，想要穩住受驚的馬匹，一張小臉驚得煞白。

離李真很近的沈丹荷見狀，慌忙策馬遠離了李真，接著竟然就在一旁插腰看著。丹年惱怒異常，正要準備衝進場上時，李真就穩住了馬，丹年稍稍放了心。

然而還沒等眾人回過神來，那馬就像是鬧彆扭般，又輕輕揚了一下蹄子，直接把沒防備的李真摔倒在地上，她不禁齜牙咧嘴了半天。

丹年急得不得了，萬一李真摔出個毛病來，她罪過可就大了，正要衝過去，廉清清拉住了丹年，笑道：「沒事沒事，地上的土鬆軟著呢，也就是摔了個屁股疼吧。」

再看向場上的李真，她已拍拍屁股站了起來，接著大力朝馬屁股上拍了一巴掌，朝丹年和廉清清丟了個「安心」的眼神，便又飛身上馬，那匹馬兒似乎也知道自己錯了，耷拉著耳朵，一副任君驅使的樣子。

看到李真小小年紀如此奮勇不服輸，場外圍觀的人紛紛響起了叫好聲，反而不去關注打進了球的沈丹荷。

被冷落的沈丹荷恨得牙癢癢的，她有什麼錯？球桿打到李真的馬腿純粹是個意外，明明進球的是她，可歡呼聲卻都是給李真那小丫頭的！

看到李真有驚無險，丹年才鬆了口氣。

上了馬的李真似乎有些筋疲力盡，一旁的沈丹荷藉機休息了一會兒，現在精神還算不錯。幾個回合之後，沈丹荷又打入了一個球，此時場邊的士兵吹響了號角，宣布比賽結束，沈丹荷先進了五個球，獲得勝利。

李真臉上的汗珠不停往下掉，劉海濕漉漉地貼在額頭上，下了馬後，她蹣跚地朝場外走去，丹年和廉清清連忙跑過去扶住她。

李真喘了兩口氣，一臉歉意地對丹年說道：「丹年姊姊，真對不起，我沒能贏沈丹荷。」

丹年掏出絲帕幫她擦汗，安慰道：「妳打得很好，是沈丹荷乘人之危，大家都看得出來，妳已經做得很好了！」

廉清清也在一旁用力點頭，三人相攜走到場外，已有小廝搬來凳子讓李真坐下。

至於沈丹荷，從場上下來後自有一班姊妹上前去慶賀，可是贏得勝利的她卻沒有喜悅，觀眾的喝采不是給她的，連祝賀的聲音都顯得那麼勉強。

沈丹荷強壓下心頭不舒服的感覺，她揚著頭，緩步走到丹年三人跟前，笑道：「丹年妹妹，不好意思，大姊姊贏了這場比賽。」

丹年抬頭看了她一眼，淡淡說道：「喔，那恭喜大姊姊了。」

沈丹荷原以為丹年會大喊大叫爭辯些什麼，卻沒想到她這麼輕描淡寫地承認了她的勝利，一時之間竟有些語塞。

她覺得無趣，抬起頭正要離開，就看到一抹熟悉的身影——穿著寶藍色的錦袍，站在馬球場另一邊，皺著眉頭瞇著眼看著她，眼裡全是濃濃的鄙夷，那個人，正是她的未婚夫白振繁。

沈丹荷頓時覺得難堪無比。為了打這場比賽，她精心梳理的髮髻散掉了，臉上的妝也被汗水沖糊了，犧牲這麼大贏了比賽，得不到半點喝采和掌聲也就算了，如今她最狼狽的模樣還被世子清清楚楚看在眼裡，沈丹荷只想找個地洞鑽進去。

上次她把白玉珮送還給世子，卻沒料到可能會惹他生氣。她要廚師做了點心，和母親去雍國公府道歉，也不見他出來相會。

沈丹荷有心過去找白振繁解釋，又顧忌自己現在的樣子不好看，拿不定主意之際，再抬頭看過去，只見白振繁的目光已經轉向丹年三人身上。只見那個沈丹年正甩著袖子幫李真搧風，三人正笑嘻嘻地談天。

沈丹荷把牙咬得作響，那三人明明輸了比賽，卻還笑靨如花，她心裡暗恨道：「等妳們輸光了比賽，看看還怎麼笑得出來！」

此時沈丹荷身後一個女孩上前對她耳語道：「媛芬姊已經在馬術場上等我們了，還是快點去吧。」

沈丹荷聽了，皺著眉頭跟丹年說道：「妳們快些去馬術場，可別讓我們等太久。」

廉清清沒好氣地說：「知道了，妳們先去。」

沈丹荷冷哼了一聲，便在一群女孩簇擁下往馬術場去了。

前往馬術場的路上，丹年發現廉清清居然比李真還要緊張，臉色發白、手腳冰涼，還不住說自己要是輸了，豈不是連輸三年，到時丹年都不用跟許蕾比了。

李真安慰了半天，卻沒什麼成效，廉清清一直處在非常焦慮的狀態。丹年卻笑咪咪地看著，只因她早就請出法寶處理廉清清的心理問題。

廉清清騎馬十幾年來經過不少名師教導，之所以前兩年一直被陳媛芬壓制，心理因素是主因，她一直認為自己不如陳媛芬，便會對她產生畏懼，即便實力超過陳媛芬，也發揮不出來。

這個時代的馬術場並不是丹年記憶中的環形賽道，而是一條寬闊的直形賽道。廉清清解釋說，校場上比馬術，都是騎手在手上塗滿白灰，賽道兩頭豎著一塊黑色的布板子，要來回跑十趟，每次來回騎手都要在布板上留下手印才算有效。

丹年搖頭嘆息，這可比環形賽道難上許多，騎手策馬轉身的速度要相當快。幸好當初她沒自告奮勇去跟陳媛芬比馬術，這些動作技術性很強，未經過專業訓練，很難與高手抗衡。

廉清清嘆了口氣，牽過自己的馬，朝丹年與李真笑了一下，便要跨上馬，頗有趕鴨子上架的感覺。

丹年暗自笑了笑，漫不經心地指著馬術場外說道：「唉，哥哥真是的，明明說不來，怎麼又來了呢？」

廉清清驚喜地抬頭望過去，在賽道旁鶴立雞群的，正是掛著懶洋洋笑容的沈鈺。見丹年她們看到自己了，沈鈺笑著朝她們招了招手，走了過來。

廉清清紅著臉囁嚅道：「你不是不來看嗎？怎麼又來了？」

沈鈺看到丹年瞇了瞇眼睛，便一臉和煦地笑道：「當然是來給妳助威的了，方才練習時妳就做得很好，只要穩下心去跑，跑贏肯定不是問題。」

廉清清的鬥志瞬間昂揚，興奮地對沈鈺說道：「那當然，這可是我爹幫我選的上好西涼駿馬，我敢說，整個校場上的馬就數我的馬最好！」

沈鈺只是含笑看著廉清清，聽著她說東說西。等到比賽要開始的時候，廉清清依依不捨地翻身上了馬，沈鈺則站在賽道起點，給了她一個「加油」的笑容。

當哨音響起時，廉清清便氣勢如虹地衝了出去，速度快得讓丹年只能看到一道絢麗的紅色影子。如她所料，這場比賽廉清清贏定了，有沈鈺助陣，她就像有了無窮的動力一樣。

果然，最後廉清清以半個馬身的些微優勢贏了陳媛芬，她興高采烈地朝他們走了過來，與她比馬術的陳媛芬，則是陰沈著臉盯著廉清清的背影。

丹年這會兒才看到那個「傳說中」的馬術高手陳媛芬，她瘦長的臉有些暗黃，粉紅色的騎馬裝顏色過於明豔，更襯得膚色暗沈，加上她和沈丹荷站在一起，簡直是……

丹年搖了搖頭，她要是陳媛芬，壓根兒不會站在沈丹荷旁邊，這不是去幫人家那朵紅花當綠葉嗎？

廉清清興奮地拉著丹年的手笑道：「丹年，我贏了！我真的贏陳媛芬了！」

丹年笑咪咪地恭喜廉清清，可廉清清隨即犯起愁來。「丹年，我們一負一勝，接下來是輸是贏，可就全押在妳身上了。」

丹年拍著廉清清的肩膀，淺笑著說道：「別想那麼多了，就算輸了，沈丹荷又能拿我怎麼樣呢？大家只會覺得她恃強凌弱，能落得什麼好？更何況，她在意這些虛名，我可不在意！」

沈鈺催促起她們，說沈丹荷那群人早就過去了。丹年與廉清清、李真便收拾起高昂的情緒，跟沈鈺一同前往射箭場。

第四十四章 勝之不武

等丹年等人到了射箭場，士兵便把她們帶到沈丹荷訂好的場地上。沈鈺見射箭場上都是姑娘家，他一個男人不方便過去，便囑咐丹年比完了就回家，那沈丹荷若敢糾纏，就高聲叫他。

廉清清還沈浸在獲勝的喜悅中，氣勢高昂地揮了揮拳頭，說道：「鈺哥哥放心，她要是敢對丹年做什麼，我就揍她！」

丹年聽了不禁滿臉黑線，這孩子太單純了，討好暗戀對象也不能這樣啊，廉夫人要是看到廉清清這副模樣，大概會堅決不再讓她們兩人來往。

丹年一走上前去，便看到沈丹荷正與她身旁站著的女子說話，神態謙恭。那女子二十上下，身材修長，揹著一張幾乎和她身高相當的細長黑漆大弓。

簡單俐落的髮髻，白淨的臉上掛著柔和平靜的微笑，雖然只是一身簡單的胡服，丹年也能感覺到這女子身上從內而外都散發著一種「威嚴貴氣」的氣質，無關衣著打扮，是多年沈積培養出來的氣勢。

廉清清上前去打招呼，不甚情願地叫了聲。「蕾姊姊好！」

原來她就是許蕾！應該早已嫁為人婦了吧？丹年暗忖。

許蕾溫和地笑道：「丹荷說有人要找我比試一下射箭，沒想到是清清妳啊！」

她話音剛落，丹年三人眼神就如刀子般整齊地射向沈丹荷，沈丹荷覥著臉，裝作沒看到。

廉清清眨著眼睛，疑惑地說道：「才不是！是沈丹荷跑來找我們挑戰，要我們和蕾姊姊比試射箭！而且，也不是我和蕾姊姊比射箭。」

她拉過站在一旁的丹年，笑道：「是丹年要和蕾姊姊比射箭！為此，丹年中午還練習了好久呢！」

許蕾聞言皺了皺眉頭，轉身盯著一旁的沈丹荷，問道：「丹荷，怎麼回事？」

沈丹荷抓著許蕾的手撒嬌道：「妹妹是怕姊姊不願意跟我們這些學藝不精的人比試，可若說要比試，妹妹這邊又沒有像樣的人才，所以才想借姊姊一用。姊姊平素最疼我們這群妹妹了對不對，這次是丹荷錯了，好不好？」

許蕾被沈丹荷鬧得笑了出來，丹年看著沈丹荷的表演，只想找個地方大吐一場。這個沈丹荷好像沒有不敢做的事情，連公主的女兒都敢設計！

許蕾轉頭看向丹年，問道：「剛才還沒來得及問這位小姐，妳可是要和我比試射箭？」

丹年上前一步，行了個禮，笑道：「正是。還望姊姊不嫌棄丹年水準差，上不了檯面就行。」

許蕾揹著弓走到丹年面前，忽然一把抓起丹年的手，丹年冷不防被抓了個正著，正感到驚訝，卻聽見許蕾淡淡說道：「虎口和食指、中指指腹都沒有繭子，妳平日很少練習射箭，倒是無名指上有層厚繭，只怕平常慣拿的是筆，而不是弓吧？」

丹年縮回了手。「雖然今日之前丹年從未練習過射箭，可也明白箭在弦上，不得不發的道理。」

沈丹荷聽見許蕾的話，一臉狐疑地打量著丹年，又想到丹年明明識字，卻騙她不通文墨，一時之間氣血翻騰、咬牙切齒。

廉清清拉著許蕾，有些委屈又有些氣惱地小聲嘟囔道：「蕾姊姊，妳平日最和善不過了，幹麼要幫沈丹荷來欺負我們？明明……」

丹年快速且用力地扯了扯廉清清的衣袖，拿下大皇子借給她的白色小弓，一臉認真地對許蕾說道：「不管對手是誰，丹年既接了戰帖，就沒有半路逃跑的道理，結果若失敗，也由丹年一人承擔。」

許蕾看向丹年的眼光也認真了起來，她用帶著些許讚許的口吻說道：「好，我會全力以赴和妳比試，不會因為妳不懂射箭就輕視妳。」

丹年感激地點了點頭，她要的就是這個效果，許蕾的地位明顯高於沈丹荷，沈丹荷根本不敢得罪她。雖然這件事自己騎虎難下，勝負早已是定局，她不可能贏得了許蕾，但如果能博得許蕾的好感，日後沈丹荷也會有所忌憚。

許蕾可沒想到丹年心中有這麼多彎彎繞繞，她微笑著對丹年說道：「妳既然是清清的好朋友，便同她們一起稱呼我為蕾姊姊吧。」

丹年淺笑著，甜甜地叫了聲。「蕾姊姊。」

許蕾笑道：「丹年不熟悉弓箭，那我們就只比三箭，以射中紅心為勝，倘若都射中了紅心，那就不分勝負。」

許蕾看著有些驚訝的丹年，笑道：「我是說了要和妳認真比試，可卻沒說是怎麼個比法啊！」

廉清清在一旁跳了起來，拍手笑道：「這辦法好啊！」

丹年有些臉紅，人家讓自己都讓到這分上了，還有什麼好說的呢？她有些靦覥地低下頭，行了個禮，訥訥說道：「如此就謝謝蕾姊姊了。」

許蕾輕笑了兩聲，轉頭問沈丹荷。「丹荷，妳可有意見？」

沈丹荷正看著丹年，陰沈著臉，眼神不善，可她也不敢與許蕾唱反調，聽到許蕾問話，連忙強扯著笑臉說道：「姊姊願意就好！」

許蕾目睹了沈丹荷「變臉」的過程，皺了皺眉，沒說話便轉過身去。沈丹荷熱臉貼了冷屁股，臉色頓時又沈了下去。

丹年看著在許蕾背後一臉陰沈的沈丹荷，心中不禁嘆了口氣。被嫉妒麻痺了頭腦的女人真是可怕，京城第一才女又如何？現在她如同一個惡毒的妒婦般，回想起頭一次見到沈丹荷時她那溫婉的模樣，簡直是判若兩人。

許蕾已站好了位置，從背後的箭筒裡抽出一支長尾羽箭，貼近羽毛的位置還刻了一個小小的「蕾」字。她將箭搭到弓上，回頭微笑著對丹年說道：「丹年，妳可要看好我的動作了。」

許蕾開始射箭後，就像換了個人一般，眼神也犀利起來，挽弓放箭，動作一氣呵成，那箭正中一百公尺遠的靶子紅心正中央，箭尾還在微微顫抖。

丹年情不自禁拍手叫了聲好。許蕾動作如行雲流水，絲毫不見拖沓累贅，整個人似乎散發出了光芒。

丹年吞了吞口水，有些不好意思地拿出了自己的小弓，比起許蕾的專業配備，她的工具感覺就像兒童玩具一般。

丹年想了想大皇子教給自己的技術要領，再回憶一下剛才許蕾的動作，咬牙拉弓射了一箭，誰知用力過猛，手臂被震得生疼，射出去的箭歪歪釘在了靶子紅心下方邊緣處，勉強算是合格了。

廉清清和李真不禁拍手叫好，丹年紅著臉，兩個靶子對比強烈，她這次只是運氣好，碰巧射到紅心邊緣處罷了。

許蕾讚許地點了點頭。「不錯，妳悟性很高，身體協調性也相當好，若是有興趣，日後可以來找我學射箭。」

丹年困窘得很，若是許蕾跟沈丹荷一樣對她冷嘲熱諷，她反而覺得輕鬆，罵回去也心安理得，但現在許蕾表現得這麼友好，倒讓她覺得有些難為情。她本來就是個外行人，還讓內行人陪她浪費時間，罪過啊罪過！

許蕾看出丹年的窘迫，柔柔地笑了笑，便開始搭弓要射第二箭，就在此時，大皇子帶著幾個人朝她們走了過來。

丹年注意到許蕾原本掛在臉上的溫和微笑不見了，取而代之的是不敢置信，還有一絲慌亂，一雙漂亮的眼睛正緊緊盯著大皇子身後的黑衣人。

大皇子走到她們面前時，微笑著擺了擺手，示意眾人不必多禮，接著便對許蕾拱手笑道：「蕾表姊，好久沒見了。」

許蕾定了定神，目光從那個渾身黑的人身上收了回來。「表弟好興致，今天怎麼會來這裡？」

大皇子依舊掛著溫柔的笑臉。「孤聽說蕾表姊在和人比試，想到我們表姊弟許久未見，特地過來看看。」

許蕾低下頭，目光又轉向那黑衣人身上。「多謝表弟掛念。」

丹年偷偷抬眼看向那包得如同一顆黑粽子般的神秘人，雖然此刻他臉上依舊罩著紗，但因為正好站在迎光面，樣貌便清清楚楚映在丹年眼裡。

他看起來二十五歲上下，身材高大，皮膚有點黝黑，英俊的臉上竟是半點表情也沒有，似是完全沒看到因為他而變了臉色的許蕾一般。

看到廉清清、李真和沈丹荷都退到了一邊，丹年也悄悄退後了幾步。女的漂亮、男的帥氣，年齡又差不多，說他們沒姦情，鬼都不相信！不過事關皇室秘辛，她離得愈遠愈好。

大皇子低頭看了看許蕾落到地上的箭，問道：「蕾表姊怎麼不射箭？」

許蕾像是突然驚醒般，失魂落魄地將弓箭重新搭上弦，正要放箭之際，一直面無表情的黑衣男忽然發話了。「殿下，旁邊這位小姑娘可是從沒射過箭？」

大皇子回頭笑道：「是啊，你也看得出來？這弓還是孤借給她的。」

許蕾聽到那黑衣男的聲音，心下一驚，手不由得抖動了一下，箭斜斜飛了出去，落在靶子前面的空地上。

丹年一看，連忙說道：「蕾姊姊，這次不算，再重新射一箭吧。」

許蕾嘆了口氣，回頭說道：「開弓沒有回頭箭，這局我脫靶了！」

丹年第二局不戰而勝，有些意外也有些不安。那黑衣男早不說話晚不說話，偏要等到許蕾射箭的一剎那說話，分明就是故意要分散她的注意力。

大皇子……他這是要幫她嗎？

等到第三局時，丹年遞給了許蕾一個「加油」的眼神，許蕾則回了丹年一個「安心」的微笑。雖然丹年認識許蕾的時間不長，卻已經喜歡上這個平易近人的皇家小姐。

就實力而言，丹年不可能戰勝許蕾，但如果大皇子以這種方式幫自己取得勝利，她實在無法接受。然而丹年又覺得自己想多了，自己不過是個小小的軍官之女，何德何能讓大皇子放著自家表姊不幫，而來幫她呢？

等許蕾要射出第三箭時，那黑衣男又開口了，與上一次不同的是，這次話語中帶著濃濃的鄙夷。「真是有出息，和不懂射箭的小姑娘比射箭。」

許蕾聽見這句話後，手開始顫抖起來，射出來的箭毫無力道，軟軟地飛行了十幾公尺後，就落到了地上。

許蕾看著落地的羽箭，長吁了口氣，對著丹年強笑道：「丹年，我又脫靶，連輸兩局，是妳贏了！」

說罷，她揹起弓箭就大步離去，經過丹年身邊時還拍了拍她的肩膀，卻是再也沒有看過那黑衣男一眼。

丹年、廉清清和李真看著許蕾那落寞的背影消失在射箭場上，丹年靜靜嘆了口氣，將小弓從身上拿了下來，恭敬地用雙手遞給大皇子，低頭說道：「多謝殿下借弓，如今比試已結束，理當將弓歸還給殿下。」

大皇子微微點了點頭，身後的隨從立刻快速上前接過丹年手中的弓。大皇子看著低頭盯著自己腳尖的丹年，走到她們三人面前，笑著小聲說道：「丹年還是要同孤這麼客氣嗎？」

丹年的臉瞬間燒紅到了脖子根，他犯得著在大庭廣眾下離自己這麼近嗎？這些話怎麼聽怎麼讓人誤會啊！

廉清清和李真也吃驚地看著大皇子和丹年。

丹年絞著衣角，不知道該說些什麼。大皇子以這種方法幫她贏得了勝利，她本來應該感激他的，可是對於這種勝利，她實在高興不起來。說真的，她情願自己輸得一塌糊塗。可對方是皇子，還放下身段幫助自己，若是說出什麼不中聽的話，不僅是大不敬，更是恩將仇報，不知好歹。

大皇子見丹年死都不肯抬頭，也不勉強，微微笑了一下，便領著隨從離開了。

等大皇子走得沒了蹤影，沈丹荷便氣勢洶洶地衝了過來，陰沈著臉問道：「沈丹年，妳行，找了這麼厲害的幫手，贏得可真是光彩！」

聽沈丹荷這種興師問罪的口吻，丹年心中那一點對許蕾的歉疚感立刻消失了。「沈丹荷，三局我們勝了兩局，妳是要跪著向我道歉呢，還是趴著對我認錯呢？」

沈丹荷一時沒聽清楚丹年的意思，愣了一下，突然明白了過來。「休想！妳憑什麼？」話音剛落，沈丹荷身後的小跟班們也跟著起鬨，大罵丹年贏得不光彩。丹年懶得理會她們這群人，扯著要和她們爭辯的廉清清與李真走了。

路上廉清清還在憤憤不平。「丹年，既然我們贏了，就不能這麼輕易放過她！妳看她之前多囂張啊，還要妳對她跪下磕頭，這會兒又不承認自己輸了！」

丹年趕緊幫一根腸子通到底的廉清清順了順毛。「我們贏得確實不光彩，再說，也不可能真的讓沈丹荷對我們下跪磕頭啊，要是這樣，欺負人的不就變成我們了？」

李真也勸慰著廉清清。「表姊，咱們贏了就好，不要跟那群人一般見識！」

等到三人與沈鈺會面時，太陽已經朝西邊傾斜了。丹年中午沒好好吃東西，身體有點受不住了，便向廉清清與李真告別，要先回家去。

廉清清本來還要拉他們兩人去看摔角比賽，可是見丹年精神不佳，也不好勉強，只能依依不捨地看著沈鈺與丹年走遠了。

丹年和沈鈺走到廉清清看不到的地方，便拉過一個小廝問道：「小哥可知道長公主殿下的女兒許蕾小姐的帳篷在何處？」

那小廝指了個方向，丹年便要沈鈺先出去等她，她實在覺得有些愧疚，想去和許蕾說說話，解釋一下。

許蕾的帳篷地點很偏遠，幾乎沒多少人經過，丹年走到許蕾的帳篷前時，便看到許蕾一個人落寞地站在帳篷旁的樹下發呆，周圍一個伺候的人都沒有。

「蕾姊姊！」丹年半晌不見許蕾回過神來，只得出聲叫道。

許蕾被丹年的聲音驚醒，回過頭來看到是她，便扯開一抹笑容，上前來拉著丹年的手，坐到帳篷前的小凳子上。

「妳沒去領賞嗎？」許蕾含笑問道。

「領賞？什麼賞？」丹年有些摸不著頭緒。

許蕾笑道：「丹荷同皇后娘娘說了比試的事，皇后娘娘特地給了彩頭，當時我也在場。」

丹年笑了兩聲，算是揭過了這個話題。她知道皇后給彩頭的事，不過就算給她一百個膽子，她也不敢跑到皇后和太后面前要賞賜。萬一太后成了人精，還記得十幾年前那個小嬰兒的長相，她豈不是自投羅網？

笑過之後，丹年吞吞吐吐地開口了。「蕾姊姊，妳這次是沒發揮好，我只是僥倖，所以蕾姊姊，妳千萬別有什麼想法。」

許蕾看著丹年萬分窘迫的樣子，不由得笑了起來。「這不算什麼，我還記得妳說過的話。」

面對丹年疑惑的眼神，許蕾繼續說道：「不管對手是誰，丹年既是接了戰帖，就沒有半路逃跑的道理，結果若失敗，也由丹年一人承擔。」

丹年紅著臉，這話本來就是用來撐面子的，真正的她可沒這麼灑脫大氣。

許蕾笑道：「妳一個小女孩就能有如此氣度，我虛長妳幾歲，豈能落了下乘？」

丹年忍不住嘿嘿笑了幾聲。許蕾不在意，那就再好不過，她已經和沈丹荷撕破臉了，她成天就想著如何設計她，若是再多一個敵人，日子只會更難過。

許蕾拍了拍丹年的手。「是我的心還不夠穩、不夠靜，這是射箭的大忌。這次失利也是對我的考驗，妳不必放在心上。」

站在頂峰上的人還能如此謙遜地看待失敗，實屬難得，不管許蕾的身世如何，丹年單純的就是佩服她這個人。

丹年看話題再談下去就要觸及許蕾失利的原因——那個黑衣男，她有心避開這個地雷區，便起身告辭了。

許蕾也不多做挽留，只笑說若丹年有空，一定要和廉清清去找她玩，反正她在家也沒什麼事，她們正好能幫她解解悶。

丹年自然滿口答應，她看了看帳篷周圍，依舊是一個人都沒有，便問道：「蕾姊姊身邊怎麼沒個人伺候？」

許蕾不在意地揚了揚手。「我嫌那群人前呼後擁很麻煩，還是自己一個人行動俐落！」

丹年笑了，這回答還真符合許蕾的性格。

告別了許蕾，丹年還沒走到校場入口，就看到了一臉恨意的沈丹荷在那邊等她，這次倒是不見那群跟班。丹年懶得理她，便裝作沒看到沈丹荷的樣子，從她身邊走了過去。

沈丹荷眼見丹年要從她身邊走過去，不由得開口叫道：「我去廉清清那裡找妳，沒想到妳居然贏了就逃跑了！」

丹年只得轉身說道：「比賽完了回家，怎麼就變成逃跑了？」

沈丹荷走上前去，低聲問道：「妳和大皇子殿下是什麼關係？他為什麼要幫妳？」

一提起大皇子，丹年心中就有一種「被強迫接受好意」的怪異感，當下便不悅地說道：「關妳什麼事？」

沈丹荷冷笑一聲。「妳以為我想管妳的事？我只是好心提醒妳，大皇子殿下和整個白家，包括皇后娘娘在內，都不對盤，到時候不要不知道自己是怎麼死的，也別拖累了我們家！」

丹年看著沈丹荷成竹在胸的模樣，有些好奇。她哪來這麼大的自信，認定將來得勢的人一定是白家？連她這個置身事外的人，都知道皇后和白家已經是矛盾頻發了，她怎麼一點都不曉得的樣子？她真以為雍國公府當家主母的位置那麼好坐？

丹年搖了搖頭，直接繞過沈丹荷向外走去。她要去找沈鈺，她讓他等了那麼久，再等下去，估計他就要發火了。

正如丹年所料，走到馬車旁時，沈鈺嘴裡叼了根狗尾巴草，正緊靠車廂坐著，斜眼瞪她。丹年自知理虧，也不多說什麼，準備上車。

此時，她背後忽然有道聲音響起。「前面的人可是沈丹年小姐？」

丹年轉過身去，一個陌生的年輕男子正滿臉笑意地站在她面前，他手裡提著一個紅木提盒，彬彬有禮，不卑不亢。

丹年疑惑地端詳了那男子兩眼，確認自己記憶中並無此人，便遲疑地回答道：「是的，我是沈丹年。」

那男子笑咪咪地走上前，雙手將提盒朝丹年面前一遞，笑道：「在下是雍國公府的管事白仲，特奉世子之命，送點東西給沈小姐。」

丹年一聽是雍國公府的人，頓時警覺起來，跟這家沾上絕對沒好事。她微微向後退了一步，與白仲拉開了距離，沈鈺也從車廂裡鑽了出來，看著白仲。

沈鈺打量完白仲，拱手笑道：「世子實在是客氣了！舍妹和貴府並無來往，實在承受不起世子的禮物，白先生還是拿回去吧。」

白仲臉上笑容不變，彷彿剛才被拒絕的人不是他一般，依然一臉和煦地笑道：「沈少爺折煞小人了，小人只是個幫主子跑腿辦事的奴才，當不起這個『白先生』的稱號，沈少爺與沈小姐喚在下白仲就行。

「世子說了，上次他在慶王府莊園覺得和沈小姐甚是投緣，沒想到為沈小姐帶來那麼大的麻煩，心裡著實過意不去。這點小小的意思，算是給沈小姐壓驚用的，還請您收下這禮物，世子也就心安了。」

白仲說話的速度並不快，可一揚一頓，居然讓人找不到插話的機會，丹年索性抱著胳膊等他說完。

白仲臉上雖然一直掛著笑，可心裡卻在暗暗叫苦。縱觀這京城上下，哪有女孩收到世子送出的禮物時是這種反應的？

見白仲說完了，丹年也不跟他多囉嗦，直截了當地說道：「禮物我不能收，多謝世子美意，還請白管事代為轉達。」說完，丹年就要上車。

不接受「白先生」這個稱呼，「白管事」總可以吧？她和他一點都不熟，瘋了才直接叫他白仲。還有，要是沈丹荷知道世子送她禮物，不把她撕爛了才怪。

唉，這白振繁挑女人也真沒眼光，那沈丹荷整天一副怕男人被搶走的樣子，光想都覺得煩人。

白仲臉上勉強掛著笑容，他看看沈鈺，又看看一臉堅持的丹年，苦笑了一聲。「沈小姐是個通透的人，莫要難為小人啊！」

說著，白仲走到車廂門口，打開紅木提盒的蓋子，丹年一看，不禁暗暗吃驚。盒子底部鋪著細白錦緞，錦緞上面有一對翡翠玉鐲、一支雕花翠玉簪、一對水滴形的翡翠耳墜，還有一條大如雞心的翡翠掛件。

丹年忍不住咋舌，真是好大的手筆！

她必須得承認她看到禮物後，第一眼就喜歡上了，但是收了這麼貴重的東西，肯定得還點什麼回去。

白仲滿意地看到沈鈺與丹年兩個人齊齊變了臉色，繼續笑道：「世子一直覺得沈小姐是個風雅之人，怕那些金的銀的配不上您，特地尋了全套的翡翠首飾。世子一片心意，還望沈小姐笑納。」

丹年吞了吞口水，費力地將目光從翡翠上給拔了下來。「實在對不起，世子的好意我心領了。」

白振繁不是個傻子，他是大昭第一權貴家族精心培養的接班人，做事都有目的，動輒送這個、送那個，絕對別有用意，她要是收下來，傻子就是她了。

想到這裡，丹年心情也不愉快起來。「上次的事情我沒放在心上，承蒙世子賞識，不過丹年說話一向如此，並不是針對誰。」她其實有心想發火，奈何人家財大勢大，她得罪不起。

沈鈺見丹年說話隱含著火氣，知道這小丫頭耐心告罄，便從馬車上俐落地一躍而下。

白仲暗暗在心中讚了句：好身手！

沈鈺扯著一張笑臉，笑嘻嘻地順手蓋上紅木提盒，拱手笑道：「多謝世子好意了，家裡的人把舍妹寵壞了，目無尊長、無法無天。還望世子大人有大量，莫要同這不懂事的丫頭一般見識才是。」

白仲非常精明，怎麼能聽不出沈鈺話中的涵義？這無非是說沈家寵愛沈丹年，想為她找一門好親事，斷不可能把女兒當作攀龍附鳳的工具，而且沈丹年性子跳脫，也不適合深宅大院裡的生活。

白仲垂下眼皮，對方既然無心攀附交情，多說無益。

他掛起笑臉，拱手笑道：「沈少爺快人快語，是個爽快人，小人極為欣賞，若不嫌棄小人只是個管事，不妨交個朋友。」

沈鈺大笑道：「白管事太客氣了，是您不嫌棄沈鈺才是。」

兩人相互吹捧了一番，丹年見沒自己什麼事，便進了車廂，頭靠在車廂壁上昏昏欲睡，等沈鈺上了馬車，才醒了過來。

丹年掀開車簾，只看到白仲遠去的身影。

「就這麼走了？」丹年疑惑地問道，她以為還要再費一番周折呢！

沈鈺皺著眉頭問道：「從上次妳去過慶王府的莊園後，有再見過世子嗎？」

丹年頓時不高興起來。「你問這話是什麼意思？沈丹荷看世子，就跟狗看著牠的肉骨頭一樣，我被狗咬過一次，躲那根骨頭還來不及，怎麼可能還去見他？」

沈鈺微微嘆了口氣，今天實在發生太多事情，在他沒留意的時候，丹年已經長成了一個大姑娘，還有一群不請自來、圍著她轉的人，看背景、看情勢，都不好對付。

過沒幾天就是秋闈了，沈鈺看著嘟起嘴的丹年，暗暗下定了決心。

第四十五章　表明心跡

丹年一路上都垮著一張臉，時不時嘆口氣，沈鈺為了緩和氣氛，笑道：「妳今天不是比贏了嗎？怎麼唉聲嘆氣的，臉都皺成一團抹布了，跟妳小時候一樣。」

丹年也不同沈鈺鬥嘴，只是嘆氣道：「今日是我贏了，可贏得實在不光彩，我很想賴掉這場勝利；但若是我輸了，大不了對沈丹荷耍賴不認就是。」

沈鈺敲了丹年的腦袋一下。「這有什麼區別？都是耍賴！」

丹年叫了起來。「當然不一樣！蕾姊姊是個好人，和沈丹荷不一樣，同沈丹荷耍賴我心安理得，同許蕾耍賴，我覺得過意不去！」

沈鈺不禁啞然失笑。丹年是他從小看著長大的，他經常覺得她不像個小女孩，想法、做事方法都很成熟，可有時卻任性得很，做什麼全憑心情好壞。

這樣的妹妹，教他如何放心她嫁到別人家裡去？沈鈺想了很久，看著對面用手支著頭的丹年，埋藏在他內心的秘密，就像藏在心頭的一根針，不知道什麼時候會扎疼自己。

他若是沒有一個強而有力的身分，怎麼能護得住丹年一生平安？丹年只是個小軍官的女兒，大皇子和雍國公世子又不斷對丹年示好，再加上邊境的形勢……別人看不出來，他沈鈺可不是傻子。

皇上的身體一年不如一年，二皇子才十二歲，朝中沒有堪用的將領，明年這個時候，爹肯定會被委以重任，大皇子和世子如此急於拉攏丹年，無非是想得到丹年的愛慕，只要將她娶進門，大家就在同一條船上了。

若是爹沒爬到高位，他們的後院不過是多了一個可有可無的妾室，可丹年的一輩子就這麼毀了。

沈鈺一臉陰鬱地看著丹年，這丫頭從小沒接觸過大家子弟，哪裡知道這些人用心險惡？他實在覺得自己有必要提醒一下丹年，這丫頭的小聰明從來不用在正道上，萬一對這兩個城府極深的對象產生了什麼不該有的想法該怎麼辦？

經過慎重考慮，沈鈺開口了。「丹年，今天殿下幫了妳不少忙吧，世子也送來了禮物，妳可有什麼想法？」

丹年詫異地看著沈鈺，他又是哪根筋不對了啊？不過她轉念一想，自己年紀不小，在這個時代已經能議親了，莫非沈鈺問的是這個？

丹年有些不確定自己是不是要裝糊塗，便說：「沒什麼想法啊，殿下好心幫忙，勉強算是個好人，至於世子，就是錢多人傻吧！」

沈鈺不太淡定地轉過頭去，暗暗懊悔，他不該跟丹年討論這種問題的！

此時，車外的馮老闆突然喊道：「這天眼見要下雨了，我們抄小路快些回家吧！」

沈鈺與丹年連忙掀開車簾，不知不覺間，天色昏暗、烏雲密布。

沈鈺順口答道：「好啊，早些到家，省得淋雨！」

馮老闆應了聲好，鞭子一揚，馬車便加速向前跑去。

沈鈺掀開車簾，看著不斷後退的景色，嘆了口氣。頭頂的天空墨色濃重，宛如他此刻的心境。

丹年回家第三日，早上還在睡懶覺，便被廉清清吵醒了，廉清清興奮地指著她身後，對丹年說：「丹年，妳快看！」

不知從什麼時候開始，丹年家的人對廉清清的態度就像對待自家人一樣，這不，連叫都不叫她，廉清清就直接闖入丹年的房間裡去，直接把睡得正香甜的丹年從被窩裡挖了起來。

丹年睜著惺忪的睡眼，便看到廉清清身後的丫鬟身上掛著、手裡抱著，連腰上都綁滿了東西，可憐兮兮地站在那裡，跟置物架似的。

「這是什麼啊？」丹年強忍著起床氣問道。從校場回來以後她就渾身痠痛，尤其是手臂，根本抬不起來，一連兩天別說練字了，連拿雙筷子都是顫顫巍巍的。

廉清清笑著說：「之前沈丹荷不是找皇后娘娘要了彩頭嗎？那天妳離開得早，皇后娘娘把彩頭賞給了我和真真，我今天帶過來給妳。」

丹年揉了揉眼睛，除了些不值錢的小玩意兒，就是布料了。布料摸上去雖然質料不錯，但大多是老氣的藍色、暗紅色，她猜廉清清和李真壓根兒看不上。

這皇后可真是小氣，該不會是拿忘在倉庫裡的陳年舊貨來糊弄她們吧？丹年在心裡嘀咕道。

廉清清見丹年臉色沒多歡快，知道她是不滿意這些東西，連忙解釋道：「歷來秋校都是這樣的，拿皇宮剩下的東西當彩頭，因為再過一、兩個月，江南絲織局就要進貢新的料子了。」

「喔，這樣啊。妳和真真不拿嗎？要不是我，妳們也不會捲進去，這彩頭，妳們倆就分了吧。」丹年帶了些歉意說道。

廉清清大剌剌地說道：「妳跟我們客氣什麼，真真早就說了，這些東西全留給妳，妳就別跟我們客氣了。」

丹年轉念一想，這兩個官家小姐未必看得上這些東西，眼下入了秋，這些布料可以給李慧娘她們做衣服，便不再推辭。

丹年披了件外袍和廉清清坐下來說話，廉清清嘰嘰喳喳地說著那日她在校場看到的趣事，她說得開心，丹年卻是打起瞌睡，不住點頭。

廉清清嘟了嘟嘴，善解人意地讓丹年去睡個回籠覺，丹年打著哈欠問道：「那妳呢？就在我旁邊看著我睡覺啊？」

廉清清轉了轉眼珠，笑道：「我就陪沈伯母說說話，妳要是醒了，就過來找我們。」

丹年很懷疑廉清清能否跟李慧娘有話聊，不過她們兩個人多接觸一下也好，說不定李慧娘會喜歡上廉清清。

想到這裡，丹年便心安理得地繼續睡起大頭覺，等到她醒來時，已是日上三竿。碧瑤見丹年醒了，便打了盆水進來讓她洗漱。

丹年拿著溫熱的帕子擦著臉，問道：「清清和我娘聊天聊得怎麼樣？」

碧瑤納悶地說道：「廉小姐沒去找夫人啊，她去後院找少爺聊天了。」

丹年聞言頓時腳軟，她怎麼就忘了後院書房裡還有個對廉清清有著巨大吸引力的沈鈺呢?!

丹年匆匆洗漱完就往後院走去，還沒走到後院，便聽見廉清清帶著哭腔的聲音，她連忙放輕腳步，躲在牆邊朝聲音傳來的方向看過去。

沈鈺站在書房外間的窗戶旁，正對著丹年這個方向，廉清清面朝著沈鈺，丹年看不見她的表情。

只聽見廉清清用帶著哭腔的聲音說道：「鈺哥哥，你是不是很討厭我？」

丹年心頭一緊，下意識地看向沈鈺的臉，只見沈鈺還是掛著笑。「廉小姐活潑可愛，人又漂亮，我怎麼會討厭廉小姐？」

廉清清的情緒似乎放鬆了不少。「那你為什麼躲著我？我同你說話你都是愛理不理的，你對丹年可不會這樣！」

沈鈺失聲笑道：「廉小姐，丹年是我妹妹，我要替廉小姐的閨譽著想，自然不一樣。」

「我都跟你說過多少次了，你隨丹年叫我清清就可以了，怎麼還叫我廉小姐？」清清埋怨道。

沈鈺收斂起笑意，淡淡說道：「廉小姐，事關妳的清譽，怎麼能隨便讓男子稱呼妳的閨名？」

廉清清慌忙解釋道：「不是的，你不是隨便的男子，你是、你是……」她一跺腳，像是豁出去了一般，小聲說道：「我不信你不知道我們有婚約！」

丹年眼尖地發現，從背後看過去，廉清清露在衣領外面的脖子整個都是紅的。關於他們兩人的婚約，丹年一家選擇裝傻，既然廉家無心結親，他們犯不著拿兒子的幸福去攀附廉家。

丹年不由得嘆氣，雖然廉清清單純可愛，可是骨子裡卻是個極為高傲的女孩，今天她厚著臉皮來向沈鈺「提親」已是極限，若是沈鈺傷了她的心，日後她也不知道還能不能繼續和廉清清做朋友。

沈鈺垂下眼睛，說道：「廉小姐，婚姻大事理應遵從父母之命，我們做小輩的哪能擅自作主。再說，這個婚約只是當時兩家人的口頭戲言，令尊和令堂不會捨得妳到我家來受苦的。」

廉清清急了。「我爹娘很看好你，不會反對的，只要我爹幫你進入兵部，沈伯父在軍隊裡也不會那麼難過。」

沈鈺嘴角揚起一抹嘲諷的微笑。「這麼說來，我沈鈺若想出人頭地，非得找一個有權有勢的岳父大人，仰仗岳父大人的鼻息過日子才行？」

廉清清自知說錯了話，連忙擺手。「不是，你明知道我不是這個意思！我只是想，我爹就我一個女兒，肯定能幫你，你和沈伯父不用去那麼危險的地方打仗，你也不用那麼辛苦地去考秋闈！」

丹年又嘆了口氣。廉清清不夠了解沈鈺，沈鈺嚮往的就是沙場上運籌帷幄、決勝千里的豪氣，他是個天生的戰士，驕傲而自信，如今廉清清這麼說，豈不是更惹得沈鈺不快？

沈鈺面色冷峻地拱手道：「多謝廉小姐厚愛，廉家家大勢大，不是我們這種小門小戶高攀得起的。還請廉小姐回頭是岸，莫要在我身上浪費時間，我實在承受不起。」說完便轉身要進去書房。

廉清清在沈鈺身後哭叫道：「我知道你為什麼不喜歡我，你在恨當初我們家袖手旁觀，你和沈伯父去了邊境，留下沈伯母和丹年，我們家裝作不認識就算了，後來丹年受了欺負，我們家還在一旁看戲，對不對?!」

沈鈺推門的動作頓了一下，還未等他回答，廉清清便繼續哭喊道：「我有什麼辦法？我是真心喜歡丹年才與她做朋友，我還冒著被爹和爺爺處罰的危險向丹年通風報信，丹年受了欺負，我也幫她，我要怎麼做，你才能原諒我們家？」

沈鈺深吸了一口氣，漫不經心的模樣在丹年眼中看來有些刺眼。「廉小姐這話說得太牽強了，妳家並未對我們家做出什麼不利之事，我哪來的資格原諒妳家呢？況且廉小姐一直對舍妹照顧有加，我感激都還來不及。」

廉清清抽抽噎噎地說道：「可我就是覺得，你們一家都在生我們家的氣，表面上說是高攀不上我們家，實際上你根本就看不起我們家。」

丹年在一旁聽得直想鼓掌，廉清清說得沒錯，沈鈺那小子說不定真是這麼想的！

沈鈺最後看了廉清清一眼，神色複雜。「廉小姐，我馬上就要準備秋闈了，日後怕會很忙。廉小姐若是有事，找丹年就好，只怕我是不能相陪了。」

說完，沈鈺便走進書房，關上房門，留下廉清清一個人在原地抽泣。

丹年不禁無力地靠在牆上。沈鈺和廉清清之間的情感糾葛，不是她能摻和進去的。若是強將他們湊成一對，將來成了怨偶，豈不是壞事一樁？況且，她真心希望沈鈺和廉清清都好，如果他們將來各自有了更好的歸宿，不是更好嗎？

眼下廉清清正是感到委屈的時候，看她跺著腳生氣，還時不時夾雜著抽泣聲，丹年趕緊躡手躡腳地回去自己的房間。還是不要讓人知道她看到這個場面比較好，不然廉清清會覺得很沒面子。

沒過多久，廉清清便旋風似地回到丹年的房間，丹年忍不住大吃一驚，這麼快?!看向廉清清，她只是眼睛有些紅腫，表情還是很開朗，丹年也就放下心來了——廉清清不是那種提得起放不下的女孩。

丹年怕她再想起傷心事，連忙問道：「清清，我同蕾姊姊比試時，那個裹著一身黑袍的人是誰？為什麼他一出現，蕾姊姊就……」

廉清清惋惜地嘆了口氣。「他是蕾姊姊的丈夫。」

丹年相當驚訝，她沒想到那兩人是這種關係，那黑衣男看向許蕾的眼神充滿了鄙夷和不屑，彷彿是在看仇人一般。

「這、這不可能吧，蕾姊姊她……」丹年嚇得連話都說不清楚了。

廉清清壓低了聲音，小聲說道：「蕾姊姊的母親榮英長公主是皇后娘娘那一派的，支持二皇子。他們成親沒多久之後，蕾姊姊的丈夫黃宇行大哥的父親因為反對雍國公專權，幾年前入了大獄，死得不明不白。

「黃大哥也因此被革職，長公主殿下逼蕾姊姊與黃大哥休離，兩人就這麼分開了，黃大哥的行蹤也成謎，沒想到這次會在校場看到他。」

雖然那天黃宇行包成那個樣子，可是一瞧見許蕾的反應，就算看不到臉，廉清清她們也猜得出他是誰。

丹年聽得五味雜陳，黃宇行一表人才，許蕾和善溫婉，看許蕾見到黃宇行時的反應，想必當初甚是恩愛，卻無端捲入朝廷內鬥，硬生生被拆散。

現在大皇子拉攏了對白家和皇后懷有仇恨的黃宇行，看來他內心也有些想法，只能說誰都不想坐以待斃啊！

廉清清嘆道：「黃大哥在遭逢變故前，是個很好的人呢，和蕾姊姊也很要好，我聽說黃大哥拿到休離書後人就失蹤了，蕾姊姊找了他好久都沒找到，現在好不容易見面又是那樣，真是可惜！」

說著說著，廉清清不知是不是想起方才沈鈺無情的拒絕，竟是傷心地抽噎了起來。

丹年趕緊拍了拍廉清清的肩膀，安慰道：「蕾姊姊人這麼好，一定會有好報的，說不定兩人最後還能在一起。」

廉清清剛要點頭，卻因為哭岔了氣，開始一邊哭一邊打嗝。這下子廉清清鬧了個大紅臉，也忘了哭，拿著絲帕捂著臉說丹年笑話她，讓丹年哭笑不得。

沒多久，碧瑤端上一盆剛打上來的井水，輕手輕腳地退了出去。丹年用絲帕浸了冰冷的井水，遞給廉清清，讓她捂在眼睛上。哭了這麼久，要是被人看到雙眼紅腫，就不好交代了。

廉清清緩過氣以後便要告辭，丹年要留她吃飯，她卻啞著嗓子說母親還在家裡等她，不等丹年多加挽留，便帶著丫鬟走了。

丹年看著廉清清略顯落寞的背影，內心充滿了無奈。廉清清性格太單純了，將來即便是嫁了沈鈺，也會被強勢的沈鈺吃得死死的，對她來說，未必是件好事。

第四十六章　連環訪客

廉清清離去後隔了兩日，吃完中飯沒多久，馥芳閣的夥計便來報說小石頭回來了，正在鋪子裡卸貨，要他先來報個平安。

丹年遣了碧瑤去盼歸居向馮老闆和吳氏報個信，兒子出去這麼久，他們應該也很擔心。

等碧瑤報完信回來，小石頭也風塵僕僕地從馥芳閣趕回家，碧瑤面紅耳赤地抬頭偷看了他一眼，就急匆匆地奔去廚房幫小石頭燒水了。

秋老虎曬得厲害，小石頭一路趕過來，臉上全是汗水，身上的黑色長衫也被一路風塵沾染成了灰色。李慧娘連忙招呼小石頭先去洗把臉，等小石頭回來，碧瑤早就端來一碗雞蛋茶放在堂屋的小桌上，茶還冒著熱氣。

雞蛋茶是京城裡貧苦人家用來招呼重要客人的，燒滾了水，把整顆蛋打進去，等蛋熟了之後再往裡面撒上一把紅糖，盛在碗裡給客人吃。

因為雞蛋和紅糖都算是奢侈品，所以若是客人的分量不夠，還吃不到這雞蛋茶。

丹年湊上去數了數，不懷好意地笑道：「小石頭，面子不小啊，某人生怕你一路上餓到了，一回來就是四個雞蛋呢！」說著，她還朝羞得不得了的碧瑤眨了眨眼睛。

小石頭紅著臉，偷偷瞄了低著頭站在一旁的碧瑤一眼，傻傻笑了起來。

李慧娘拉過丹年，瞪了她一眼，便笑著對小石頭說道：「別理丹年，從小就愛欺負你和阿鈺。快把雞蛋給吃了，看你辛苦成這樣，又黑又瘦的。」

丹年看著人高馬大的小石頭風捲殘雲般掃光了雞蛋茶，頗有「吾家有兒初長成」的感慨。當年小石頭不過是個五、六歲的小男孩，如今已經是能撐起一片天的大人了。

小石頭吃完雞蛋茶，抹了抹嘴巴，從隨身帶的小包袱裡掏出一本巴掌大的帳冊遞給丹年。丹年拿來一看，原來是他這次去西域的進貨記錄和一路上的銀錢支出。

丹年粗略地看了一下，大數目的錢都對得上，便把帳冊還給了小石頭。「這些帳目你理好了就行，每個月我再複查一下，路費什麼的不用那麼節省，不要太苛待自己了。」

小石頭接過帳本，不好意思地笑道：「苦日子過多了便習慣了，現在又是起步階段，多吃點苦也是好事，不然不知道做生意的難處！」

丹年只是含笑聽著，這些事情她不會插手，小石頭身為掌櫃，已經做得很好了。等小石頭回報完，丹年便讓碧瑤領著小石頭去休息了，兩個人長時間不見，自然有一堆話要說，而李慧娘自立秋之後每日都要午睡一會兒，一時之間堂屋裡只剩下丹年在練字。

丹年練了一會兒字，又想起家裡的生計問題。原本她打算入冬前把沈家莊的地給賣掉，在京城裡再買一塊地，可是眼下小石頭把馥芳閣所有收益和盼歸居這陣子的盈利都拿去進貨了，身邊沒了餘錢，沈家莊的地再賣，也賣不出京城五分之一的地錢來。

就在丹年惆悵不已時，有人敲了門，丹年剛要喊碧瑤，又想到碧瑤正在和小石頭聯絡感情，便決定自己去開門。

謹慎起見，丹年隔著門問了一句。「是誰啊？」

門外的人答道：「可是沈小姐？」

這個聲音的主人，正是與丹年有過數面之緣的唐安恭。

丹年聽了出來，皺起眉頭，沒好氣地問道：「你來做什麼？」

門外的唐安恭有些不開心地說：「妳當小爺我想來啊！日頭這麼大，我還想在宜春院的水榭裡聽美人兒彈琴呢！」

丹年聽他愈說愈不像話，朝著門丟了個白眼。「那唐少爺就去聽美人兒彈琴吧，好走不送！」

「欸，這個人怎麼這樣啊？快開門，我有要事！」唐安恭急了，連忙說道。

「你的要事這裡辦不了，還是去那什麼春院去辦吧！」丹年沒好氣地說，準備轉頭回屋裡去。

李慧娘聽到聲音就起床了，她走到外面，見丹年皺著眉頭往屋裡走，不由得問道：「丹年，可是有客人來？」

丹年眨著眼睛，面不改色地撒著謊。「不是，有個人要去什麼春院，敲錯門了。」

門外的唐安恭聽見丹年在顛倒是非，更大聲地叫了起來。「是沈夫人嗎？晚輩唐安恭是特地來拜會沈夫人的！」

李慧娘狐疑地盯著一臉無辜的丹年，吩咐她去叫碧瑤和小石頭出來，便開了門。

丹年不情不願地去叫人，心想既然唐安恭那個傢伙來，有沈鈺在會比較好，便順道去書房叫他。

等丹年叫了碧瑤、小石頭還有沈鈺到了堂屋，就看到唐安恭正笑得一臉燦爛地向李慧娘拱手作揖，態度甚是禮貌。

奈何唐安恭自身條件一般，綠豆般的小眼睛一笑，立刻瞇成了一條縫，臉上的笑容怎麼看怎麼猥瑣。一身好好的寶藍色冰綃長衫，硬是被他穿出了紈袴味，附庸風雅用的摺扇斜插在衣領裡面，整個人就是流裡流氣的綜合體。

丹年嫌惡地瞇了瞇眼睛，這傢伙可不是什麼好人，每次見面都沒給她留下什麼好印象，現在跑到她家裡來，到底想做什麼？

碧瑤悄悄拉著丹年的衣袖，問道：「小姐，這位少爺是誰啊？」

丹年抱著胳膊拉長了聲音，涼涼地說道：「不認識。」

唐安恭看到丹年態度不甚友好，插著腰說道：「沈小姐，妳怎麼能翻臉不認人呢？我還幫妳保守秘密呢，要不要我說出來啊？」

丹年瞧見唐安恭那樣，就氣不打一處來，可是她又擔心他會說出在慶王府莊園和蘇允軒摟抱的烏龍事件，只能看著他一個人在那裡得意。

李慧娘看唐安恭那個樣子，不由得皺了皺眉頭。方才這人只說是丹年的朋友，她便讓他進屋，可是丹年怎麼會交這種不知禮數的紈袴子弟做朋友呢?!

沈鈺走上前去，笑咪咪地拱手道：「在下沈鈺，是丹年的哥哥，不知您尊姓大名？」

唐安恭一見身材魁梧的沈鈺出現，氣焰立刻滅了三分，趕緊拱手回禮道：「唐安恭，叫我安恭就可以了。」

沈鈺忽略唐安恭不合禮數的回話，依舊笑著問道：「不知唐少爺找舍妹有何事？」

唐安恭有些不耐，眉宇間閃過了一絲焦急。「前段時間，我表弟蘇允軒碰巧救了沈小姐，沈夫人曾請人遞拜帖，想要當面感謝他，可是他哪能讓沈夫人登門拜訪他一個晚輩？雖然他當下回覆說要親自過來拜訪，但他又不好意思來，我當然不能袖手旁觀，這小子啊……」

李慧娘一聽是救了丹年的蘇允軒託人過來，連忙吩咐碧瑤上茶。

丹年想去摘幾片樹葉幫唐安恭泡一壺「好茶」，哪知李慧娘目光如炬，早就知道丹年在打什麼鬼主意，便瞪著丹年，用眼神示意她不許亂動。

這下丹年只得老老實實地站在李慧娘身後，聽她和沈鈺還有唐安恭說話。

唐安恭這個人，才說了幾句場面話就原形畢露了，他抓著沈鈺，興奮地說同他一見如故，有機會一定要帶沈鈺去幾個他熟悉的場子，還說哪個地方的哪個姑娘唱曲兒最好聽什麼的，說著說著，時不時抓起茶盅喝上一口。

李慧娘的臉色難看到了極點，她不是沒見過紈袴子弟，可是紈袴到這分上還這麼不把自己當外人的，真是頭一次見到。

李慧娘本身是個脾氣不算溫和的人，丹年見過她發火的樣子，絕對震得住當年沈家莊的「女暴龍」，然而她顧忌唐安恭是「恩人」蘇允軒的表哥，一直沒有發作。

看唐安恭愈說愈離譜，李慧娘幾次想打斷他，哪知唐安恭正在興頭上，任誰說什麼都聽不進去，只顧同沈鈺說些風月場合的話。

李慧娘趕緊要丹年回房去，這種話根本不能讓未出閣的丹年聽到。

丹年忍不住憋著笑，唐安恭是越發不像樣了，這種事情也敢當著長輩的面渾說。

不過，在丹年看來，唐安恭屬於「有賊心，沒賊膽」那種人，就算他說自己去過那麼多秦樓楚館，但也未必和那些女人有過什麼，頂多是去聽個曲兒罷了。

就在此時，院門又被敲響了，這次的敲門聲顯得來人很有禮數。丹年剛從堂屋出去，便又聽到了敲門聲，連忙走過去開門。

沈鈺和李慧娘終於放下了一顆心，有了別的客人上門，唐安恭就會收斂一點吧，不然不知道他還會再說出什麼驚世駭俗的話來。

誰都沒注意到，原本口沫橫飛的唐安恭鬆了口氣，露出一個「得救了」的笑容。

丹年匆匆打開了門，映入眼簾的正是一陣子不見的蘇允軒，他正定定地看著她。

丹年看著一身白色長衫的蘇允軒，頓覺五雷轟頂，在自己的大腦做出判斷之前，她已重重關上了院門。

李慧娘的聲音從堂屋傳了過來。「丹年，是誰來了？」

丹年連忙大喊了一聲。「那人敲錯門了！」說著，又補充了一句。「已經走了。」

就在此時，敲門聲彷彿是在跟丹年作對似的又響了起來，丹年忍不住痛苦地捂著額頭。

唐安恭從李慧娘和沈鈺兩人身後鑽了出來，一臉喜色，手中敲著摺扇，笑道：「沈夫人，定是我表弟來了！」

李慧娘連忙上前把丹年拉到一旁，親自打開了院門，沈鈺則是頗含深意地盯著丹年。蘇允軒的身分特殊，依照丹年的個性，絕不會與他再有來往，現在看來，丹年瞞著他的事情很多。

蘇允軒一身白袍，面容清俊，頗有翩翩公子的風采，他低頭恭敬地向李慧娘行了個禮。

「晚輩蘇允軒，問候沈夫人安好。」

唐安恭連忙一路小跑到蘇允軒面前，擠眉弄眼道：「允軒，怎麼現在才過來啊！」

蘇允軒微微笑道：「臨走時，家父有些事情交代，故而遲了時辰，還望沈夫人和表哥見諒。」

他們兩人站在一起，更顯得蘇允軒風度翩翩、儀表堂堂，但唐安恭完全不以為意。李慧娘一看到彬彬有禮的蘇允軒，印象瞬間好到了極點，加上有唐安恭對比陪襯，她更覺得蘇允軒是個難得的優秀男兒，歡天喜地地把他迎入堂屋，拉著他問東問西，沒一會兒就把人家祖宗八代給摸了個清楚。

丹年斜眼看著兩人相談甚歡，蘇允軒臉上掛著微微的笑意，謙恭地回答問題，甚得李慧娘的歡心。

丹年不禁生起了悶氣，平常蘇允軒一張臉冷硬得跟石頭似的，嘴巴又那麼毒，現在卻在她娘面前賣乖，她瞧不起他！

沈鈺則是言談得體地幫李慧娘招呼蘇允軒，不動聲色地觀察著他。

聽李慧娘說沈鈺打算考秋闈，蘇允軒含蓄地表示自己考過春闈，已經進入禮部任職，對秋闈耳聞目睹多次，李慧娘聽了更是驚喜，連連誇讚蘇允軒少年有為，拉著沈鈺要他與蘇允軒好好聊聊。

沈鈺也不推辭，他早就瞧出丹年的不自在，笑咪咪地拉著蘇允軒去了後院書房，丹年和唐安恭見狀，也跟了上去。

到了後院，丹年攔住了蘇允軒，皺著眉頭問道：「你來做什麼？」

唐安恭笑得小眼瞇成了一條縫，準備看好戲；沈鈺也緊盯著蘇允軒，看他要怎麼回答。

蘇允軒一臉坦然。「聽馮先生說令堂想要謝謝我，做晚輩的怎好煩勞長輩動身，只好親自過來了。」

丹年冷哼一聲，說得自己多委屈似的！「謝你？你有幫過我嗎？沒你什麼事，還充起英雄來了？」

蘇允軒輕笑一聲，並不生氣，拱手笑道：「自然比不上沈小姐身手了得，一根木棍舞得虎虎生風，三兩下便打得不義之輩抱頭鼠竄。」

丹年看著他的笑，不禁有些發呆。平日見慣了蘇允軒裝老成的冷臉，可他這麼一笑，還真是好看，眉角、眼梢都彎彎的，透出一股溫柔和煦。

「嘿嘿，沈小姐，允軒救了妳，妳可不能恩將仇報啊！」唐安恭湊上來說道。

丹年聽到唐安恭的話才回過神來，剛才她居然盯著蘇允軒看了這麼久……為了掩飾自己的失態，丹年看都不看兩人一眼，扭頭就走。

掀開門簾，丹年重重關上了房門，震得房門都在抖，蘇允軒和唐安恭不約而同地看向還站在一旁的沈鈺。

沈鈺頂不住兩人的目光壓力，擦著汗說道：「風大，今天的風真是太大了。」

蘇允軒看著樹梢上動都沒動的樹葉，暗笑不語。

丹年坐在房間裡皺著眉頭想不明白，不過就是個虛禮而已，由李慧娘出面帶東西上門拜訪不行嗎？為什麼他偏要到自己家裡來讓人道謝呢？

那次在蘇府，她已經說得清清楚楚，絕對不會說出自己的身世，莫非是他不放心，前來警告自己的?!

丹年覺得說不通，如果要警告，隨便找個人來就行了，何必冒風險自己親自上門？忽然間，丹年想到一個可怕的可能，這個可能讓她充滿了激動，又有些雀躍不安——蘇允軒不過是個十五歲的少年，喜歡上她也不足為奇。

想到這裡，丹年一張臉燒得通紅。前世時，她從小就被丟到寄宿學校，與家人和同學間總是少了分感情，同學們對她的評價都是有些內向、冷漠，自己彷彿是在內心築了一道牆，抗拒任何人進入。

直到被沈立言收養，她才真正體會到有家人的溫暖，那重重防禦早就被悄悄卸下了。

丹年想到這裡，突然站起來自言自語道：「有什麼了不起，前世今生這麼多年了，還怕他不成？」

就在此時，碧瑤敲響了房門，丹年用有些冰涼的手捂了捂火熱的臉，才開了門。

碧瑤看到丹年，先是一驚，繼而關切地問道：「小姐，沒事吧，您臉紅得好厲害！」

丹年輕描淡寫地說道：「屋裡有點熱，什麼事？」

碧瑤擔憂地說道：「丹芸小姐來了，正在堂屋同夫人喝茶呢！」

「她怎麼又來了?!」丹年瞪大眼睛問道。今天來的客人，都要能湊成一桌麻將了！

碧瑤搖了搖頭。「我也不知道，夫人問她有什麼事，她也不說，只問小姐您在不在家，夫人就要我來叫您了。」

丹年跟著碧瑤去了堂屋，沈丹芸這人無利不起早，上次為了蘇允軒的事情跟她鬧了個面紅耳赤，她還以為沈丹芸從此不會再踏進她家一步了，才沒高興幾天而已，怎麼人又來了？

剛一踏進堂屋，丹年就被閃花了眼。

沈丹芸穿著湖綠色的緊身小褂，外面裹著淡綠色輕紗，露出一大片胸口，脖子上掛著一個碩大的金項圈，與肌膚相互映襯，更顯得細膚賽雪。此外，她頭上簪了一支巴掌大的赤金蝴蝶釵，耳上也掛著兩個金光閃閃的耳墜。

丹年看得膽顫心驚，沈丹芸這是來炫富的嗎？渾身上下金光閃閃，也不怕半路被人打劫！

見到丹年，李慧娘鬆了口氣，笑著向丹年招手。「妳二姊姊大老遠跑過來，說是來找妳玩，妳陪她坐坐，我去準備一下晚飯。」說完她就走了。

丹年似笑非笑地坐到了凳子上，靠在桌邊，用手撐著下巴，斜眼看著沈丹芸。「冷不冷啊，可要妹妹幫妳弄個褂子披在身上？」

沈丹芸見李慧娘走了，也不跟丹年客氣，咬牙切齒地說道：「蘇少爺在哪裡？」

丹年不禁笑出聲來。她就說嘛，沈丹芸打扮得花枝招展跑來，她還以為是湊巧，原來人家早就得到了風聲。

「妳笑什麼？」沈丹芸不滿地問道。

「妳和沈丹荷不愧是好姊妹，搶男人的本事不分伯仲啊！」丹年幾乎要拍手稱讚了。

沈丹芸不屑地說：「別拿我和她相提並論，不過是父親偏疼她罷了，她比得上我嗎？」

丹年摸著下巴看著沈丹芸，愈看愈覺得有意思。那蘇允軒總是擺出一副成熟穩重的大人模樣，不知道碰到火辣辣的沈丹芸時，會是什麼反應？

想到這裡，丹年笑咪咪地指向後院。「他和我哥哥在書房，不如妳送個茶水過去什麼的？」

沈丹芸剛要喜孜孜地前去，忽然又想到了什麼似的，轉身一把抓住丹年的衣袖，說道：「妳同我一起去！」

「為什麼？我不去！」丹年當然不願意陪她一起去丟人。

沈丹芸理所當然地說道：「妳若不隨我一起去，我回去就同父親說妳把男人藏在後院，引我去看！」

丹年一聽這話，反而笑了。她用力扯下被沈丹芸拉住的衣袖，輕輕撣平了上面的縐褶。

「隨便妳！」

沈丹芸急了。「妳就不怕我父親降罪於妳？」

丹年冷笑一聲。「妳爹好大的能耐！就算他能治我的罪又怎麼樣？到時妳名聲已毀，只能嫁後院中那個男人！」

沈丹芸一想到自己能嫁給蘇允軒，臉上不由得一喜。

看著沈丹芸充滿喜色的臉龐，丹年湊近她的耳朵，低聲說道：「不過，妳怎麼確定後院裡的人一定就是蘇允軒呢？說不定……是妳看不上眼的唐安恭啊！」

沈丹芸的臉色唰地變白了，她再次抓住丹年的衣袖，惱怒道：「妳敢騙我?!」

「有什麼不敢的？」丹年也不退讓。「妳可以親自去後院看看到底是蘇允軒還是唐安恭。若是蘇允軒，妳不就賺到了？」

沈丹芸狐疑地盯著丹年。「妳會那麼好心？」

丹年笑咪咪地說道：「妳若是不信，就回去吧。」

沈丹芸臉色一會兒青，一會兒白，牢牢盯住丹年的雙眼。家裡那個小丫鬟明明跟她說看到了蘇少爺進去丹年家中，難道有錯？

丹年好整以暇地看著沈丹芸。她可沒說謊，沈丹芸要是去了後院，肯定兩個人都會碰上，就看她有沒有那個膽量去冒險了。

沈丹芸忽然嫣然一笑，鬆開了丹年的衣袖，整理了一下自己的服裝和雲鬢。「所以才要丹年妹妹和我一起去啊，要是丹年妹妹不去的話，我就只好找二嬸嬸陪我一起去了。」

「二姊姊想去我家後院，直接叫妹妹帶妳去就是了，何必麻煩我娘呢？」丹年笑道，反手抓住沈丹芸便向後院走去。

丹年的本意不過是想戲弄沈丹芸罷了，若是她不在場，要怎麼看好戲啊！

沈丹芸見丹年如此爽快，內心懷疑不已，想要說些什麼，卻被丹年拉著她的胳膊快速往後院趕，經過堂屋門檻時還險些摔倒，頭上的髮釵一陣亂搖。

沈丹芸騰出一隻手扶住精心綰起的髮髻，憤憤瞪了丹年一眼，丹年裝作沒看到，笑意盈盈地繼續拉著沈丹芸大步往前走。可憐沈丹芸一雙沒走過幾步路的小腳，這樣被丹年拖著走，沒多久便疼痛不已，差點破皮了。

第四十七章　互探心意

到了後院書房門口，丹年放開了沈丹芸的胳膊，沈丹芸氣喘吁吁地整理了一下儀容，兩人聽到書房裡傳來說話聲，其中正有蘇允軒的聲音。

沈丹芸一喜，嫋嫋婷婷地走了過去，丹年則在她背後喊道：「哥，二姊姊來了！」

書房虛掩的門吱呀一聲打開了，開門的沈鈺一眼就看到打扮得花枝招展的沈丹芸，先是愣了下，才滿臉笑容地朝沈丹芸笑道：「丹芸妹妹來了啊！」

沈丹芸客氣矜持地笑了一下，便越過沈鈺往書房裡看。蘇允軒手執白子正對著一盤殘局深思，聽到門口的響動，也只是輕輕皺了皺眉，一旁的唐安恭正色迷迷地盯著她，嘴角流下可疑的液體。

丹年暗自嗤笑了一聲。她算是想明白蘇允軒為什麼要唐安恭先過來了，有這麼一個紈袴子弟當對比，即便是頭豬也能賽潘安了，更何況蘇允軒本身條件就不錯。

丹年越發堅定了自己內心的猜測，他就是喜歡她！一陣臉紅心跳之下，她竟有些拿不定主意，不知道以後要怎麼辦。

沈丹芸見沈鈺堵在書房門口沒有讓步的意思，忍不住有些焦急，伸長脖子不住往裡面看，只希望蘇允軒的目光從該死的棋子移到她身上來。

丹年掛著閒適的笑意，看著沈丹芸乾著急，不過沈丹芸不愧是跟著沈丹荷混出來的「大家閨秀」，沒多久便恢復了鎮靜。

她揚著一抹豔麗的笑容，似是嗔怪地對沈鈺說道：「堂哥這裡來了客人，怎麼連杯茶都不招待呢？」

說著，又轉頭對丹年招了招手。「丹年妹妹，我們去廚房端茶來給客人吧！」

丹年拉長了聲音，懶洋洋地說道：「二姊姊真是有心了，我要喝薄荷茶，碧瑤在廚房，她知道怎麼弄，煩勞二姊姊了！」

丹年的腳下彷彿生了根一般，動也不動，笑咪咪地看著沈丹芸。

沈丹芸心中怒火頓時升起，這分明是把她當僕人使喚，看著丹年臉上那刺眼的笑容，再想想書房裡的蘇允軒，沈丹芸牙一咬，得體大方地笑了笑，便去了廚房端茶。

丹年幸災樂禍地看著沈丹芸遠去的背影，沈鈺有些疑惑地用眼神詢問她，丹年便用下巴指了指書房裡的人，沈鈺立刻明白了。看著丹年不懷好意的笑容，他隱約感覺到某人要遭殃了。

等沈丹芸頂著午後的大太陽，從廚房拿著托盤端來了幾杯茶，丹年早已坐在書房裡的椅子上，拿著書幫自己搧風。

沈丹芸先端起一個茶盅，輕輕放到蘇允軒面前，柔聲道：「蘇少爺，請用茶。」

蘇允軒道了聲謝之後，便沒再出聲，沈丹芸剛要再說些什麼，唐安恭就湊了過來，嬉皮笑臉地自己拿了一盅茶，不住地向她道謝。

沈丹芸看到唐安恭，就想起他那天故意撿起自己的絲帕，要不是他多事，撿到絲帕的人便會是蘇允軒了。沈丹芸恨恨地看著唐安恭一臉陶醉地喝著茶，不禁在心裡惡毒地詛咒著：嗆死你！

丹年見沈丹芸服侍完蘇允軒後，再無向其他人進茶的意思，便拿著書，笑咪咪地叫道：「二姊姊，我的薄荷茶呢？」

沈丹芸看丹年一副悠哉的樣子就來氣，礙於蘇允軒在場，又不能發作，只得端了丹年的薄荷茶，重重塞到她手中。

丹年樂呵呵地品著茶，站起身來說道：「二姊姊，妳要探望哥哥也探望過了，我們回去吧。」

沈丹芸依依不捨地看了蘇允軒一眼，他依舊看著棋盤，但她也明白自己留在這裡已經很久了，再耽擱下去，怕蘇允軒對自己有不好的印象，只得跟著丹年出了書房。

唐安恭一臉不捨地看著沈丹芸離開，自以為風雅地說了句風馬牛不相及的話——「牡丹花下死，做鬼也風流啊」，惹得沈鈺和蘇允軒皺著眉頭斜眼看他。

沈丹芸一走，唐安恭立刻恢復那吊兒郎當的樣子，他看著兩人鄙視的眼光，抽抽鼻子解釋道：「美人看起來是種享受，我也就是喜歡看幾眼，更進一步的摸摸、親親啊，可真是一點都沒想過！」

沈鈺頭一次遇到這種厚臉皮的紈袴子弟，頓時滿臉黑線。什麼沒想過？明明已經在想了……

反觀一旁催促自己落子的蘇允軒依然淡定，如同沒聽到那段話一般，沈鈺當下便驚醒了。此人定力非常，又是冤家對頭，不可輕視！

送走了明顯不甘心的沈丹芸，丹年回到自己的房間擦了擦汗，鬆了口氣。

這沈丹芸就是個沒腦子的花瓶，但是從上次她偷跑到大皇子府的湖邊想私會蘇允軒這件事就看得出來，她不只是個沒腦子的花瓶，還是個瘋狂的花瓶，為達目的，什麼事都做得出來。不過，這次她沒在自己家裡弄出什麼大動靜，丹年不禁謝天謝地、感動莫名。

下過兩盤棋，蘇允軒便要告辭，唐安恭看不懂兩人一來一去到底暗藏什麼玄機，而且他對圍棋也是一竅不通，早就撐著臉在一旁不住打瞌睡了。

沈鈺笑咪咪地拉著蘇允軒說：「蘇少爺，你我各勝一盤，勝負如何還未可知，何不再來一盤？」

蘇允軒拱手笑道：「沈兄真是客氣了，第一盤若不是沈兄存心相讓，允軒哪能僥倖獲勝？」

兩人面帶微笑，目光卻如同電流火花般在空中交會，只差沒滋滋作響了。

沈鈺看著蘇允軒仍顯稚嫩的臉，暗暗心驚。這小子棋力不弱，殺伐決斷，絕非池中之物，身分又十分特殊，他自然要多多提防。

蘇允軒也對沈鈺相當敬畏，他下棋布局深遠、棋風詭異，開局不動聲色，到最後卻以風捲殘雲之勢將對方殺得毫無還手之力，第一盤甚至故意示弱，引他掉以輕心。他早就聽聞沈立言父子無論是帶兵還是功夫都十分了得，看來名不虛傳。

這家人，當然還包括那個讓人又愛又恨的沈丹年，都不是泛泛之輩，幸好非友非敵，不然自己麻煩可就大了。

兩人表面上笑得一片祥和友愛，內心卻都是驚濤駭浪，各懷心思。

蘇允軒回頭叫醒了還在打瞌睡的唐安恭，表示要向李慧娘請辭回家，沈鈺聽了，連忙領著他們去了前院。

李慧娘要留兩人用晚飯，蘇允軒連忙推辭，說父母還在家中等他回去吃飯，幾句穩重得體的話說到了李慧娘心坎裡。她想起成天沒個正經的兒子、膽大包天的女兒，再看看和女兒相同歲數，卻穩重如大人的蘇允軒，更是喜歡，連忙要沈鈺送蘇允軒出門，熱情地邀請他再來。

沈鈺暗中翻了個白眼，自己的娘在想什麼，他再清楚不過了，無非是看上了穩重又俊雅的蘇允軒，想給丹年找個婆家。不過，依照他娘謹慎的性格，要是知道了蘇允軒的真實身分，把他趕到千里之外都不為過。

蘇允軒最後朝後院的方向看了一眼，他知道丹年現在就在她的房間裡，情不自禁地想要猜測她在做什麼。一想到沈丹年今天打開門看到他就如同看到鬼一般的表情，他的嘴角便不自覺上揚。

還沒等沈鈺打開院門，就聽到背後傳來一聲清脆的「等等」。眾人回頭一看，正是丹年。

丹年走上前來，朝沈鈺使了個「安心」的眼神，便直截了當地對蘇允軒說道：「我有話要問你。」

蘇允軒聽到以後，便看了豎著耳朵、小眼瞪得圓滾，準備看八卦的唐安恭一眼。

唐安恭會過意，一臉失望地說：「你先忙，我去巷子口馬車上等你。」

待唐安恭出去後，沈鈺因為擔心丹年，並未走多遠，而是站在堂屋處，一雙眼睛牢牢盯著站在門邊的兩人。

丹年理了理紛亂的思緒，想了半天才開口說道：「以你的身分，實在不該來我家的。」

蘇允軒垂下眼睛。「確實，是我唐突了。那日妳家的馮先生上門遞拜帖，我覺得令尊現在人不在京城，若是由令堂親自到我家拜訪，我覺得對她不甚禮貌，而我剛好也想拜訪一下令堂，所以今天便來了。」

你是特地來拜訪我娘的?!丹年內心的小怪獸暴躁不已，鬼才相信！她就不信蘇晉田嘔心瀝血栽培了這麼多年，準備時機一到就要舉大旗推出去謀朝篡位的蘇允軒，會這麼有欠考慮！

丹年緊盯著蘇允軒墨黑的漂亮眼睛，「美色」當前，一句話忽然不經大腦便脫口而出。

「你是不是喜歡我？」

蘇允軒見過膽大的女孩，但沒見過丹年這麼膽大又直接的，有哪個未出閣的女子，會把男子堵到牆角裡逼問「你是不是喜歡我」？

不，就算是已婚女子，也沒這麼豪放啊！
蘇允軒白皙的面龐瞬間脹得通紅，看著丹年，說不出話來。
沈鈺遠遠就注意到蘇允軒的表情，看他怒髮衝冠、面紅耳赤的樣子，若是敢對丹年做出什麼事情來……沈鈺握緊了拳頭，就別怪他不客氣！
丹年瞇起眼睛，看著臉龐如同煮熟的蝦子一般的蘇允軒，後知後覺地想到，她問得好像有點太直接了。蘇允軒向來裝得一副正人君子樣，這話對他的衝擊力是不是太大了啊?!
只是，話都說出口了，這會兒再來裝害羞，豈不是在蘇允軒面前示弱？不，這種事她沈丹年絕對不幹！
在兩世為人的丹年眼裡，蘇允軒只是個未成年的孩子，青春期男孩有了什麼想法，純屬正常；可要是這想法危及到了身家性命，她身為見多識廣、人生經驗豐富的姊姊，有必要拯救一下迷途少年。
此時，蘇允軒看了丹年半天，忽然想到了一個非常合理的想法。一直以來，他都知道自己長相不錯，而且年紀輕輕就入朝為官，雖然其中不乏蘇晉田的功勞，但肯定算是年輕有為，前途大好。京城中不少適齡女子都對他有意，也有不少人家上門說親，但都被蘇晉田婉拒了。
蘇允軒愈想心跳愈快，莫非沈丹年喜歡上了自己，才故意這麼說的？也是，姑娘家嘛，總是彆彆扭扭的。
聽唐安恭說，女人最喜歡口是心非，喜歡的硬說是不喜歡，沈丹年這麼與眾不同，因為她喜歡自己，就故意說自己喜歡她。而且，似乎有傳言說沈丹年承認喜歡自己。

一想到這裡，蘇允軒再也無法掩飾心中的快樂與得意。

他輕輕咳了一聲，深吸了一口氣，擺正了臉色，用丹年從未聽過的溫柔語調勸慰道：「沈小姐，妳是個好姑娘，雖然妳爹是庶出，可他能力不錯，一定會大有前途，將來妳必定是個大家小姐。」

丹年有些跟不上他的思維節奏。「你是什麼意思？」

蘇允軒加重了語氣，可其中的得意和歡喜怎麼都掩飾不住。「妳是個聰明人，妳……不該喜歡我的。」

丹年覺得自己瞬間被雷劈暈了腦袋，她扶了扶額頭，困惑地問道：「不對啊，剛不是在說你喜歡我嗎，怎麼變成我喜歡你了呢？」

蘇允軒強行壓下要湧上雙頰的血色，正色道：「沈小姐，妳的父母、兄長如此愛護妳，妳也是個聰明的女子，應該找個身家清白的溫厚良人，過上安樂靜好的日子，不能讓他們擔心。」

丹年一臉贊同地點點頭。「沒錯啊，我就是這麼想的，嫁一個性格好的男人，跟他到鄉下當地主婆，種種地、收收租，再生幾個娃娃玩玩。」

她的回答大大出乎蘇允軒意料，他有些不淡定了，這丫頭計劃裡居然完全沒有他的存在？

心頭充滿了酸甜苦辣，不知道是什麼滋味的蘇允軒深吸了口氣，不死心地叮囑道：「妳現在年紀小，有很多事情……」

丹年無情地打斷了他的話。「說不定我比你還要大上幾個時辰。」

她又在心裡偷偷補充道：其實姊姊比你大了快二十歲呢！

蘇允軒不理會丹年的辯解，繼續說道：「有很多事情妳看不明白，就像剛才妳那姊姊一樣，她也看不明白她的內心，不知道前途凶險，人在江湖，身不由己。」

丹年恍然大悟，原來他是為了提醒自己這件事，看來果真是自己想多了。蘇允軒也不是傻子，應該早就知道沈丹芸對他虎視眈眈很久了；一想起沈丹荷、沈丹芸兩姊妹跟狗保護食物一樣，她不禁對蘇允軒幸災樂禍起來。

「我二姊姊嗎？她人長得漂亮，家世也很好，你可以娶回家試試。」丹年不懷好意地笑道。既然蘇允軒對自己沒意思，她索性放寬心胸，置身事外。

蘇允軒皺了皺眉頭，他對沈丹芸的印象就是一大團金光閃閃的移動發光體。「別岔開話題，我們說的是妳的事情。其實我來，是想提醒妳一點……」

丹年不想繼續跟他說下去了，都說古人單純，她怎麼一點都看不出來？這個蘇允軒不過是提醒她牢守秘密，還曲折迂迴了這麼久。

「我也沒別的事情，就想同你把話說清楚，我們家人絕對不會嫌活得太久，出去外面亂說些什麼的，所以你別再來我們家了。你要做什麼都不關我的事，萬一要是失敗了，被砍頭什麼的……」

丹年陰沈沈地笑了。「可千萬別把我們一家給供出來。念在大家相識一場的分上，每到你的忌日，我都會喝酒慶祝一下的！」

蘇允軒覺得這次談話超出了他的想像，丹年總是把他的話往別處引導，顧不得生氣，蘇允軒開口道：「其實我想說的是，即便妳沒有這個想法，別的人，例如妳娘，她也會……」

「是不是我娘今天的行為讓你誤會了？你放心，她什麼都不知道，你別想太多，我娘只是個善良單純的女人，對你們構不成什麼威脅的。」丹年有些生氣了，蘇允軒居然敢打李慧娘的主意，真當她就是隻任人宰割的病貓嗎?!

蘇允軒越發覺得詭異，怎麼對於他說的每句話，丹年都會想到別處去！蘇允軒看了看丹年，發現她正在氣頭上，一雙粉白的拳頭握得緊緊的，白嫩的臉頰因為氣憤微微透著紅暈，還有那小巧白嫩的耳垂……丹年在家中似乎不化妝，耳朵上乾乾淨淨，什麼都沒戴。

蘇允軒忽然感到口中乾澀，那耳垂如同一粒圓潤的珠子般，讓人看到便會情不自禁地嚥口唾沫。

丹年瞪著一雙水亮的眼睛看著他，手還插在腰間，讓他想到那天她威風凜凜打跑兩個不長眼小賊的事。

他內心深處覺得這才是真正的沈丹年，為了保護家人可以豁出去的勇敢女子，不是那些只會打殺丫鬟卻不敢對劫匪說個「不」字，只會做表面工夫的千金小姐。

見蘇允軒垂著眼睛看她，半天沒反應，丹年疑惑地問道：「你在看什麼？我警告你，少打我家人的主意！你們誰愛當皇上誰當，我只要我家人平安就好。」

蘇允軒笑了一聲，忽然覺得這麼多年來如同一塊石頭般壓在他心頭的秘密與責任全都消失了。這麼多年來他苦心鑽營，為的是什麼，他自己也說不清楚。

小時候他總是淘氣搗蛋，還帶著唐安恭一起上樹掏鳥窩、蹺課不上學。姑丈一抓到唐安恭蹺課便狠揍他一頓，可父親卻連根手指頭都沒動過他，只是苦口勸自己要上進。

旁人都說父親溺愛自己，他幼年時還沾沾自喜，直到後來他才知道，不是親生的，始終隔了一層關係。自此以後，他再看到唐安恭被揍得嗷嗷叫，竟然有種羨慕的感覺，因為父親從未曾對自己流露出這樣「恨鐵不成鋼」的情感。

在他知道自己的身世沒多久之後，母親便去了。

十幾年來母親終日在佛堂中唸佛，不肯見父親，幼小的他跑進佛堂，想拉著母親，像唐安恭那樣對姑母撒嬌，卻沒想到得到的是母親如同看邪魔般厭惡的眼神。

當年犧牲了那麼多人的性命，換來他安全長大，可又有誰規定他一定要謀逆，硬下心腸不顧血流成河，重新奪回萬里江山？即便他的親生父親還在位，那位置就一定會留給他嗎？

丹年被蘇允軒這一笑閃花了眼，以為他在嘲笑自己那天拿木棍打跑小賊的事情，臉一紅，嘟囔道：「事情都過去那麼久了，你怎麼還是揪著不放啊，我揍跑小賊也是我的錯？難不成要被人搶劫才行?!」

蘇允軒彎了彎嘴角，放下心頭包袱的他心情甚佳。因為他，丹年從小就被親生父親拋棄，他很是過意不去。要是脾氣凶暴、琴棋書畫和女紅無一精通的沈丹年嫁不出去，他就善心大發將她娶進門好了，他以後一定會好好對待她。

「丹年，妳有沒有想過以後要嫁個什麼樣的人家？」蘇允軒試探地問道。

丹年只顧著看蘇允軒的笑臉，一時之間也沒注意到蘇允軒對她的稱呼已經簡略到只有名字了。要是她知道蘇允軒在想什麼，只怕他以後都別想再見到她了。

「我想嫁的人，最好有車、有房、父母雙亡、會認字就行，關鍵是要溫柔老實，他要是能入贅到我們家，那就再好不過了。當然不是你這種將來會娶十來個夫人和小妾的官家少爺啦，你大可放心。」丹年怕蘇允軒再誤會，連忙撇清關係。

蘇允軒好半天才找回自己的理智，暗地恨得直想磨牙。他從來沒這麼強烈地想要咬死沈丹年，她居然敢嫌棄他！她知不知道有多少貴女排隊想要嫁給他？他還沒嫌棄沈丹年是個從鄉下來的土包子呢！

丹年扳著手指數完了對未來夫君的期許，甚是滿意，看也不看一旁的蘇允軒。「我要求不高，入贅這點不太好找，不過要是人好的話，我嫁到他家裡也可以。」

蘇允軒擺正了臉色，手背到身後，一臉嚴肅地說：「婚姻大事，父母之命、媒妁之言，豈是妳能作主的？以後切莫在人前提起。」

丹年遺憾地點了點頭。「那倒是，不過跟你說也無所謂，反正你也不會同別人說。」

蘇允軒氣得快吐血，轉頭就要走，丹年卻忽然想起一件事，沈著臉問道：「那天那個女人是誰？」

蘇允軒一愣，隨即明白丹年問的是誰，他一時不敢去看丹年冒著怒火的眼睛，垂下眼睛答道：「妳聽過了，我喚她母親。」

丹年重重嘆了口氣。雖然她萬分不願意，可不得不承認那女人真的是蘇晉田的繼室。這些天來她一直懷著僥倖的心理，說服自己那個女人只是蘇家的親戚，現在看來，完全是自欺欺人。

「什麼時候進的門？」丹年皺著眉頭問道。

蘇允軒只是低著頭，卻不回答。

丹年怒氣沖天，罵道：「我在問你呢，裝什麼聾子？要我去問蘇晉田嗎?!」

蘇允軒見丹年生氣了，便輕聲答道：「母親過世後五個月。」

丹年一聽更是怒不可遏，姓蘇的逼死了自己的原配，沒過多久便迫不及待抬新人進門，長得美又怎麼樣，她哪一點比得上劉玉娘?!蘇晉田啊蘇晉田，劉玉娘是倒了幾輩子楣才會嫁給你啊?!

丹年愈想愈氣，一言不發轉身就走，蘇允軒見狀，情急之下一把抓住丹年的手臂，懇切地說道：「丹年，妳不能怪父親！」

丹年一把扯開蘇允軒的手，恨聲道：「我有什麼資格怪他？」

蘇允軒見丹年正在氣頭上，低聲說道：「父親身居要職，若是府中連個主事的夫人都沒有，無論如何都說不過去；父親對母親還是很懷念的，經常感嘆自己這一生最對不住的就是妳和母親。」

丹年譏笑道：「那又如何？他安居大位、吃飽喝足時，抽空回想一下以前的妻子和孩子，表現一下他如何偉大，有了新人仍不忘舊人，我還要感激他這麼多年來還記得我，真是太榮幸了！」

男人果真一個賽一個無恥，當年讀了蘇軾的【江城子】，丹年還以為蘇軾是個多麼癡情的男人，夫人都死了十年了，還如此情深意重。後來才知道，那蘇軾不但早早娶了繼室，更有一堆小妾，十足的風流才子！

蘇允軒皺了皺眉頭。「丹年，妳在京城的時間不長，不知道官員家裡這些彎彎繞繞。再說，現在的母親對父親和我都是盡心盡力，對待祖父與祖母也很恭順，不管是為人媳，還是為人母，她都已經做得很好了。」

「既然你覺得她好，那還不趕快回家孝順她去，別在我家浪費時間了，快走！」丹年懶得跟他多說，指著門要送客。

蘇允軒最後深深看了丹年一眼，慢慢轉頭走出了院門。丹年上前去重重關上門，拴上門，靠在門板上生悶氣。

蘇允軒回頭看到緊閉的院門，不由得搖頭苦笑。他不懂，每次一見到丹年，不管他如何努力，兩人總是不歡而散，十幾年前的事情就像把刀子一樣橫在他們中間，想要越過這個障礙，就會被割傷。

第四十八章 心思浮動

巷子外的馬車上，唐安恭早就等得不耐煩了，他見蘇允軒慢吞吞地走了過來，立刻戲謔道：「與美人私會的感覺如何啊？表弟啊，我這次為了你可賣力了，要不是我……」

蘇允軒揚起眉頭，斜睨了唐安恭一眼，輕描淡寫地說了一句。「再唧唧啾啾，我就告訴姑丈你昨天去了哪裡。」

唐安恭大驚失色，臉上的肉都皺成了一團。「你怎麼能這麼害我！算了，當我什麼都沒說。」

唐安恭昨日去花街聽人唱曲兒，卻對家人謊稱是去找蘇允軒聊詩詞，要蘇允軒幫他掩護。禮尚往來，蘇允軒便要他犧牲一下，好陪襯自己。

沈鈺見蘇允軒走了，連忙到院門口，看丹年一臉不高興的樣子，皺著眉頭說道：「是不是那小子威脅妳什麼了？」

丹年莫名其妙地看著沈鈺。「他能威脅我什麼？」

沈鈺一時被噎得說不出話，丹年不禁懷疑地看著他。「你為什麼會這麼想？」

沈鈺連忙笑道：「他一個官家子弟，我怕他以為我們想要高攀他，所以才威脅妳。」

丹年這才放下心來，嗤笑道：「我哪會看上他？成天板著一張臉，活像每個人都欠了他多少錢似的！」

沈鈺擦了把汗，笑道：「那就好、那就好。」

他這個妹妹的品味十幾年來都很詭異，萬一看上了那蘇公子，可真夠驚悚的！

晚上吃過飯，丹年煩躁不已，洗漱過後，她穿著中衣、披著外褂，趴在房間的小桌子上，眼前的燭火爆出了一個小小的火花，她腦中頓時閃過了某人的輕笑聲。

丹年跳了起來，抱著頭跳腳，如今她就像是中了某人的毒一樣，不管做什麼，都會聯想起他。

沈鈺看丹年晚飯沒吃幾口就回房了，擔心之下，敲響了她的房門，丹年懶洋洋地叫了聲。「進來。」

沈鈺推開門時看到的就是這樣一副景象——丹年胡亂披著外褂，懶懶地趴在桌子上，歪著頭看他。他想起小時候，丹年若是有了什麼不高興的事情，也是這樣一個人趴到角落某個地方，獨自生悶氣。

印象中丹年和別的女孩不一樣，其他小姑娘在集市上見到漂亮的衣服或首飾，都會哭著喊著要，可沈鈺從來沒見過丹年跟他們爹娘要過東西。

學走路時，別的孩子跌倒了就哇哇大哭，丹年卻跟沒事的人一樣，爬起來拍了拍手，繼續邁著小短腿走路。受了欺負，就會想辦法報復，不肯吃虧。

回想起丹年小時候的樣子，沈鈺臉上不由得浮現出笑容，那麼小的孩子，已經長成大姑娘了，但脾氣卻還是跟以前一樣。

「妳這是做什麼呢？」沈鈺憋著笑問道。

丹年有些悵然若失。自家哥哥是個不錯的男人，可他到底生活在古代，就算人品再好，要他從一而終似乎不太可能。至於自家爹爹，當然是好男人的代表，可那是因為他一直在家務農，又兒女雙全，若是他年輕時便仕途順利，家裡肯定不止李慧娘一個女人。

想到這裡，丹年長嘆了口氣，沈鈺一看小丫頭又悲秋傷春了，便上前溫柔地摸了摸她的頭髮，問道：「這又是怎麼了？是不是那個蘇少爺惹妳生氣了？」

丹年搖了搖頭，問道：「哥哥，將來你會不會娶小妾？」

沈鈺怔住了，半晌才啞然失笑道：「妳問這個做什麼，將來的事情我如何會知道？」

丹年卻不屈不撓。「那如果你和你的妻子感情很深厚，可她卻不幸先你而去，你會娶繼室嗎？」

沈鈺頓感頭大。「妳琢磨這個做什麼？女孩子別想這些有的沒的。」

看到丹年眼神透露出不滿，沈鈺只好答道：「丹年，倘若我日後要入朝為官，夫人先我一步離去，肯定得娶繼室，否則後宅無人，子女缺人教導，會讓人瞧不起的。」

「倘若繼室對你前妻的孩子不好呢？也由著她折騰孩子嗎？」丹年想起前世用軟暴力趕她出門的阿姨。其他什麼不愉快她都能忘記，唯獨不能忘記她曾被親人趕出家門。

沈鈺彷彿是聽到什麼好笑的事情一般。「怎麼可能？妳說的事情，只有鄉野村婦才做得出來，官宦人家都是要顏面的，即便感情不親，日用支出上也絕不會薄待了孩子，以免落人口舌。」

丹年不禁默然。她知道蘇晉田娶繼室合情合理，可她心理上就是無法接受，卻又不能做些什麼，難不成得像個不講理、不懂事的女兒那樣，對著繼母大吵大鬧？然而最可笑的是，她根本沒這個身分和資格。

一想起苦悶而死的劉玉娘，丹年心底便湧起一股悲哀。在這個世界，女人地位太低微了，在世時身為附屬品，死了也不過是夫家宗祠裡的一塊牌位。

「那父親會不會納妾？」丹年突然想到一個嚴重的問題，之前她一直沒往這方面想過，可現在沈立言身分已今非昔比，萬一他……丹年胡思亂想著，她是不是該盡早做好準備，幫李慧娘鬥小妾？

沈鈺敲了敲丹年的腦袋，實在不知道說什麼才好。「父親是什麼樣的人，妳還不清楚？他和母親恩愛這麼多年，怎麼會做對不起母親的事？」接著，他又壓低了聲音說道：「這話千萬不可在母親面前提起，這也不是妳一個姑娘家該考慮的事情！」

丹年面紅耳赤地點了點頭，沈鈺罵得沒錯，她確實想太多了。沈立言把自己養這麼大，她從來沒見過他對其他女人有任何想法，若是這世上還有專一的男人，沈立言就是一個。

小石頭回來後，馥芳閣補充了新貨，生意一如既往興隆，丹年不由得讚嘆小石頭實在是個做生意的天才。

等鋪子裡的人較少，小石頭有空閒的時候，丹年便問起有沒有找到燒製玻璃的師傅。

小石頭為難地說道：「時間緊迫，只來得及拜訪兩、三個師傅，他們家裡兒孫滿堂的，不願意離開家人到京城。」

丹年有些失望，但還是幫小石頭打氣道：「無妨，以後有得是機會再去請師傅，這門技術既然賺錢，就不愁沒人把它發揚光大。而且燒玻璃需要大量的沙子，這點我們也要想辦法解決。」

小石頭驚詫地看著丹年說道：「丹年，妳怎麼知道燒玻璃需要沙子？」

「啥？」丹年裝傻。「書上說的啊，不用行萬里路，讀萬卷書便什麼都知道了。」

小石頭頓時對丹年欽佩不已。

丹年帶著碧瑤回到家裡以後，就看到沈立言的馬正在吃草。丹年見證了這匹馬由小馬變成駿馬的過程，一眼便認了出來，歡快地上前去摸了摸馬的鬃毛，馬噴了口氣，揚著腦袋蹭了蹭丹年的胳膊。

丹年幫馬順過毛後就趕緊去了堂屋，果然，坐在堂屋含笑看著她的，正是好一陣子不見的父親沈立言。

丹年看見沈立言，眼眶忍不住有點發酸，好久沒見到這個爹了，他看起來又黑瘦了許多。

沈立言向丹年招手，丹年趕緊搬張凳子坐到沈立言的身旁，靠到了他身上。

沈立言揚手摸著丹年的腦袋，慈愛地問道：「丹年，最近有沒有聽娘和哥哥的話啊？」

丹年直起身子，氣鼓鼓地說道：「爹真是的，老把我當成惹事精，我有那麼讓人擔心嗎？」

沈立言看著丹年笑了笑，並不反駁，接著說道：「丹年，爹知道妳在外面做生意做得不錯，家裡錢不多，我和妳哥哥一旦上了戰場，還不知道能不能回來……」

丹年又驚又怒，拉著沈立言的手高聲叫道：「爹瞎說些什麼？我跟娘說去！」

正說著，李慧娘掀開門簾端著一壺熱茶進來了，她看著丹年與沈立言笑道：「小ㄚ頭要跟我說什麼啊？」

丹年看著李慧娘鬢邊若隱若現的白髮，及時住了口，吐了吐舌頭說道：「我問爹有沒有帶禮物給我，沒帶的話，我就找娘評理！」

沈立言看丹年在李慧娘面前有所掩飾，也隨著她演下去，笑呵呵地從腳邊的鹿皮袋子裡掏出了一樣東西，遞給丹年。

丹年接過來一看，是一把小巧的匕首，鎏金花紋的刀鞘，拔出來看，刀身閃著晶亮的寒光，一看便知道鋒利異常。丹年愛不釋手地把玩著，她之前買的匕首被勒斥軍營那個扎蒙給搜走了，這下得了把更漂亮的。

李慧娘看丹年開心的模樣，不禁對沈立言嗔怪道：「給丹年一個女孩買這個做什麼？越發沒個姑娘家的樣子了！」

沈立言朝妻子笑了笑，又朝丹年努努嘴。「妳沒看閨女喜歡得不得了嗎？」

李慧娘放下茶壺，倒了一盅茶遞給沈立言，笑道：「都是你和阿鈺把她慣得不成樣子！」

沈立言接過茶盅，樂呵呵地看著丹年，聽到妻子指責的話，點頭稱是。「是是是，娘子教訓得是，為夫以後一定嚴加管教丹年。」

李慧娘又好氣又好笑，轉身去廚房準備午飯了。

她一出去，丹年便拉下了臉，不高興地說道：「爹，那些話可千萬不能說了，您不為我想，也得為娘想啊！」

沈立言嘆了口氣。「爹也是做好了最壞的打算，妳這麼拚命想辦法賺錢，不也是為了日後給妳娘一個保障嗎？」

見沈立言識破了她的意圖，丹年有些訕訕地說：「我不能讓我娘流落街頭啊！」

丹年見過太多烈士家屬，那些失去了丈夫，又失去了孩子的年老婦人，在京城的大街上乞討，官府只知道驅逐她們，不讓她們在貴人面前出現，以免髒了貴人的眼；可誰會記得，她們是為了大昭而失去了自己的親人呢？她萬萬不能讓李慧娘也落到那種境地。

沈立言摸了摸丹年的頭，嘆道：「所以爹一直覺得對不住妳，像妳這個年紀的官家小姐，哪一個不是天天遊山玩水、吟詩作畫？爹無能，才讓妳這麼辛苦，妳大伯父一家欺負妳，不也是因為爹不夠有出息嗎？」

丹年一聽急了，拉著沈立言的手急急解釋道：「爹為人最是正直忠義，對待家人也有情有義，丹年從沒見過像爹這樣文武雙全的好人，怎麼會是無能?!大伯父家有錢有勢，可他為人卻最是無恥，一百個大伯父都比不上爹好！」

沈立言笑了起來。「都說女兒是父母的貼心小棉襖，果然如此！」

丹年有些臉紅。「爹千萬別說什麼『對不住我』的話，因為我連累了爹待在沈家莊十幾年，該說對不起的人，是我。」
沈立言欲說些什麼，就看到李慧娘端著一個大大的木盤進了堂屋，上面放了五盤熱氣騰騰的菜，堂屋裡頓時瀰漫著一股濃郁的飯菜香氣。
李慧娘擺放好菜碟，頭也不回地朝丹年喊道：「快去叫妳哥吃飯！」隨即又皺著眉頭朝沈立言嘟囔著。「你那個兒子，說不擔心秋闈，眼見考試臨近了，卻天天抱著書，擔心自己考不上！」
沈立言和丹年聽了都笑了，臨近考試，李慧娘也焦躁不已，如同送孩子去參加大考的家長一樣，那種心情不言而喻。
一家人坐下來吃了頓團圓飯，沈鈺好奇地問沈立言甘州現在情形如何，話一問出口，沈立言就重重嘆了口氣，放下碗筷。
「甘州總兵貪腐之多，讓人不敢置信。現在西北天氣早已變冷，夜深露重，士兵居然還蓋著夏天發的薄被子，朝廷派發的冬衣輜重被扣得一乾二淨，不知道他是不是想讓士兵光著腳去打勒斥！」
一番話說得沈鈺和丹年默然。甘州總兵貪墨不是一天、兩天的事，連街頭小兒都知道，只是沒想到范至一會貪到如此程度。
沈立言歇了口氣，又說道：「連陣亡士兵家屬的撫恤金都敢剋扣，邊境上老弱婦孺都在范至一的新莊園蓋房子、打短工，幹一天活也沒賺多少錢，實在可憐！」

丹年問道：「朝廷打算怎麼處置范至一？他不是皇后娘娘那一派的嗎？」

「事情鬧得這麼大，皇后娘娘保不住他了。」沈鈺皺著眉頭說道。

「不錯。」沈立言讚許地看著沈鈺。「事到如今，皇后娘娘只能棄車保帥，據說皇上大怒，不顧皇后娘娘和雍國公的求情，放出狠話，要是不辦范至一，就退位給皇后娘娘算了，這才定了范至一的罪行。」

丹年不由得發笑，這皇上當得也太憋屈，想辦個貪官都被逼到這分上，皇后和雍國公果然權勢滔天，也不知道將來兩虎相爭，會是什麼樣的結果。

李慧娘擔憂道：「辦了貪官是好事，可這事有你的一分力，若是皇后娘娘和雍國公報復起來，可怎麼辦？要是危及阿鈺和丹年……」

沈立言拍了拍李慧娘的肩膀，溫言道：「我只是個查帳的小角色，起不了什麼作用。再說這次前去查案的人各系勢力都有，難不成皇后娘娘都要抄家問斬、報復一遍不成？最多我不做這個從四品小官就是，若能換得一家平安，重新回老家做個閒散地主也不錯！」

丹年放下碗筷，勸慰道：「爹，朝中勢力混亂，貪墨腐敗嚴重，不是您一個人能改變的，但我和娘與哥哥都相信，若大昭還有一個清廉的官，那就是您！」

沈鈺也嬉笑著插嘴。「有個這麼正直清廉的爹，我就是想當個不學無術、鬥雞走狗、強搶民女的紈褲子弟，也沒機會了！」

李慧娘笑罵沈鈺道：「一天到晚沒個正經就算了，還想學人家當紈褲子弟啊？你看看那日來我們家的唐安恭，像個什麼樣子，哪戶人家願意把女兒嫁給他？不過那蘇少爺倒是不錯，家裡也還未幫他訂親。」

沈立言一聽「蘇少爺」三個字便警覺起來，問道：「蘇少爺？哪個蘇少爺？」

丹年忙道：「只是場誤會罷了，我們兩家沒什麼來往。」

沈立言緊張不已，正想繼續追問，就看到沈鈺朝他使眼色，只得先按下心中的疑慮。

吃完飯，父子兩人鑽到書房說話，沈立言才得知了事情的前因後果。

沈鈺皺著眉頭說道：「我總覺得丹年有事瞞著我們，她身分特殊，又不肯多說，怕連累我們。」

沈立言拍了拍兒子的肩膀。「放心吧，丹年不是不知輕重的人，她做事一向牢靠。」

丹年做事牢靠？沈鈺不禁在內心狂喊——爹，我們說的不是一個人吧?!

第四十九章　少年英雄

沈立言回來沒多久，秋闈就開始了。從沈鈺口中，丹年得知秋闈一共要考三場，一場兵法，設一個題目論述如何行軍打仗；一場沙盤推演，由資深的將領設置地形和雙方軍隊，模擬真實戰場來考驗應試人的打仗能力；一場真實的武鬥，大家各憑本事。

丹年覺得這種考試實在不靠譜，文試居然有兩場，武試卻只有一場，那些從軍隊底層摸打滾爬上來的大老粗們哪裡懂得這個啊？偏偏這些人大多經驗豐富，擅長行軍打仗卻得不到拔擢，這就是多年來大昭將才凋零的原因之一——哪來那麼多文武雙全的人！

丹年和沈鈺商量，說秋闈當日她要去校場看沈鈺比武，被沈鈺斷然拒絕了。

沈鈺拍著胸脯，信心十足，笑得一臉痞氣。「怎麼，還不相信哥哥的實力？」

丹年被他的笑閃花了眼，撇了撇嘴說道：「我怕你被人揍得爬不起來，我去了，才能把你抬到醫館裡治傷！」

雖然兩人嘴上鬥來鬥去，可沈鈺就是堅持不讓丹年去，丹年也沒辦法。沈立言只是個從四品官員，可是只有三品大員的家屬才有權進入校場觀戰。

李慧娘一直擔心不已，生怕沈鈺出什麼意外，丹年便向她保證自己會想辦法進入校場，一路看到結束。

秋闈前一天，丹年偷偷跑到廉清清家門口，要門房捎信給她，廉清清收到信，便拿了東西出來給丹年。

秋闈當天，等沈鈺離開以後，丹年就穿上一身廉府小廝的衣服跑到廉清清家門口，坐上早已等候在那裡的馬車。

車廂裡，廉清清一臉興奮地看著丹年。「丹年，妳穿小廝的衣服也挺好看的，像個漂亮男孩子！」

丹年聽了，一手挑起廉清清的下巴，學著沈鈺的痞樣笑道：「怎麼，看上本少爺了？」

廉清清一把拍掉丹年的手，笑得上氣不接下氣，撲倒在丹年身上，兩人笑成一團。

到了校場，丹年把帽簷壓了下來，低著頭跟在廉清清身後寸步不離。廉清清怕丹年被人瞧見，進去校場後也不與其他人打招呼，逕自挑了個不起眼的地方坐了下來。

聽廉清清解釋說，她們現在所在的地方是最後比武的地方，要參加比武的人，先要射中五個靶子才有資格進入這裡，再由皇上親自主持比試。

見丹年不甚在意地點了點頭，廉清清好心地解釋道：「是要在騎馬過程中射中五個靶子喔，而且那個靶子，可不是妳上次見到的那種。」

丹年臉蛋頓時一紅，這才知道比試相當嚴苛。

過不久，便有小太監領著十人魚貫進入場地中心搭起的高臺上，就像擂臺一般，不同的是上面多了幾個放置武器的架子。

丹年看到沈鈺正站在十人當中，一身白衣站在隊伍末端，不甚顯眼，旁邊的人則是老老少少皆有，年齡分布各異，甚至還有個鬍子花白的老頭！

丹年忍不住驚訝地說道：「那老漢年紀不小了吧，刀槍可是不長眼的，萬一出什麼事……」

廉清清不太在意地說：「那個人啊，年年都來參加秋闈，據說是打了一輩子仗的老兵，大字不識幾個，武藝卻不錯，但年年都沒進入前三。」

丹年點了點頭，不置可否。殿試也是一樣，有人從十來歲的少年考成了白髮蒼蒼的老人，卻還只是個童生；但只要他堅持，丹年就對他充滿了敬佩，不是人人都有毅力和勇氣敢和年輕人一較高下的。

沒多久，皇上就到了，明黃色的龍袍在秋日豔陽的照耀下甚是惹眼。丹年同其他人跪拜迎接了皇上，待皇上身旁的太監尖著嗓子叫「平身」的時候，她才跟隨眾人從地上爬了起來。

擂臺上的官員高聲宣布「比試開始」，接著揚起手中的木棒敲響了掛在擂臺上的銅鑼。擂臺上的十個人迅速分成了五組，和沈鈺一組的是個中年漢子，他赤裸著上身，肌肉一塊一塊的，手中拿著一根手臂粗細的木棍。沈鈺則是赤手空拳，什麼都沒拿，正面對上那中年漢子。

廉清清很是著急，叫了起來。「鈺哥哥怎麼什麼都不拿呢?!多危險啊！」

丹年也焦急不已，要帥不是這個時候耍啊！可礙於廉清清在場，她也不好說自己哥哥什麼，只能胡亂安慰道：「他拳腳很厲害的！」

未等那中年漢子出手，沈鈺就先動了起來，他靈巧地躲閃過中年大漢的木棒，抓住他的褲帶，用丹年覺得很眼熟的動作，將那中年漢子俐落地摔在了地上。

是摔角！丹年想了起來，那是草原民族的運動，大昭也有不少人喜歡玩摔角，不過在她的印象中，沈鈺從小到大在家都沒接觸過摔角，看來他在邊境時偷學了這一招。

那中年漢子估計是摔得不輕，重重「唉喲」了一聲，丹年幾乎能感覺到地在震動。

中年漢子齜牙咧嘴地站了起來，還未等他站穩，沈鈺又俐落地將他摔了出去，那漢子又重重迎面摔在了地上。他抬起頭來時，額上已經磕破了。

等他再次搖搖晃晃地站起來，沈鈺便伺機要摔他第三次，那中年漢子驚恐地擺了擺手，踉踉蹌蹌地走下擂臺，算是認輸。

丹年放下了心，搖著袖子搧起風，涼涼地看著那人遠去的背影。她看得出來，那漢子下盤很穩，實力不弱，只是他太倒楣，首戰就碰到沈鈺。

很快的，第一輪較量都有了結果，剩下四個人或多或少都掛了點彩，只有沈鈺依然是白衣飄飄，不動聲色地垂首站在隊伍最尾端。

有小太監舉著竹筒上去讓五個人抽籤，廉清清解釋說，接下來的規則是兩組對打，一人自動晉級。丹年祈禱沈鈺抽到的是自動晉級，只可惜沈鈺似乎還是要打這一場。

和沈鈺對上的是一個身著寶藍色袍子的公子，看起來不過十六、七歲，面色白皙，一看就是個世家少爺。

廉清清暗暗叫道：「糟糕，那是黃震的表弟張濤！」

丹年心下一慌，問道：「怎麼了？」

廉清清擔憂地指著那公子說道：「黃家世代掌管京城禁衛軍，無論男女都是好手，張濤的表哥黃震就是禁衛軍首領。張濤功夫相當了得，但為人最是狠辣，與人逞凶鬥狠時都是把人往死裡打，京城裡沒人敢惹他。」

末了，她又補充了一句。「妳看剛才幾個人對打都留了餘地，可只有他的對手是被人抬下去的。」

丹年一顆心狂跳了起來，她最怕這種「不要命的」，不禁擔心起沈鈺，沈立言和李慧娘就這麼一個兒子，還指望他傳宗接代呢！

張濤雙手背在身後，傲慢地抬起下巴看向沈鈺，丹年她們離得遠，聽不到他在說什麼，只見沈鈺笑著搖了搖頭，張濤詫異地看了他一眼，一把撩開衣袍下襬，擺了個招式出來，竟是要和沈鈺一樣，赤手空拳對打。

看來張濤也是個驕傲的人，否則早就去一邊拿件稱手的兵器了。丹年心想，雖然張濤性格狠辣蠻橫，卻是個講道理、求公平的人。

兩人一來一去交上了手，其實真人對打並不如電視上拍的那般誇張花稍，而是一拳一腳都要落到實處，既要打中別人，也要護住自己。

張濤一上來攻勢便很猛，沈鈺被逼得不停後退，只能勉強擋住張濤的拳頭，就在大家以為沈鈺要跌下擂臺時，沈鈺出其不意地矮下身子，一個漂亮的掃堂腿過去，讓張濤重重跌倒在擂臺上，沈鈺也乘機跳到了擂臺另一側。

廉清清忍不住拍著胸口說：「還好，我就怕那張濤不長眼，打傷了鈺哥哥！」

見丹年無動於衷，廉清清不禁叫道：「丹年，妳怎麼沒反應呢？那是妳哥哥啊！」

丹年滿不在乎地說道：「他不是沒事嗎？我就是怕他被人打得起不來，才過來這裡好送他去醫館的。」

看到廉清清鄙視的眼神，丹年心虛地低下了頭，嘀咕道：「輸了才好，輸了他就會安心去考春闈，當個文官多好，就不用再去打什麼仗了。」

張濤從地上迅速跳了起來，活動了一下筋骨，又是一陣連環狠戾的攻擊，沈鈺瞅準了空檔，一拳打在張濤的臉上，頓時帶出一陣血花，張濤應聲倒地。

張濤連兩次被擊倒，沈鈺只是胳膊受了些皮外傷，高下立見，張濤也是個爽快的人，悶聲抱拳道了聲。「多謝手下留情！」便一瘸一拐地下臺了。

見「不要命的」下了台，丹年一顆心落回了胸口。雖然她和廉清清那麼說，可是哪能不擔心呢？那是自己的哥哥啊！

沈鈺打完沒多久，另一邊也分出了勝負，這下擂臺上一共有三人來爭奪冠軍。小太監再次爬上了擂臺，拿出竹筒遞給沈鈺和其他兩個人。

廉清清解釋道，抽中籤的人要和第二輪直接晉級的人比試，勝者再和第三輪輪空的人比試，不過在比試之前，會有一小段休息時間，以示公平。

丹年皺著眉頭說道：「那豈不是對抽中籤的人很不公平，已經連著打了兩場，若是第三場贏了，還要打第四場，基本上沒贏的可能了。」

廉清清嘆了口氣。「小時候我爹帶我來看，他說運氣也是實力的一環。如果沒運氣，到了戰場上也活不下來。」

丹年點了點頭，她沒那個能耐去質疑大昭的人才選拔制度，這個考試已經相對公平了，至少大家都是憑實力打到最後。

沈鈺抽出一根籤，丹年聽到圍觀的幾個人都發出了遺憾的嘆息聲──沈鈺就是那個倒楣的人！

沈鈺坐到擂臺上盤腿閉目，從現在起有三刻鐘的休息時間，當然他也可以選擇放棄，不過依沈鈺的性格，絕對不會不戰而退。

很快就有人敲響了銅鑼，第三場比試開始。

沈鈺睜開眼站了起來，對手早已拿了把長刀咧嘴笑著等在那裡，他滿臉落腮鬍子，看向沈鈺的眼光就如同看一隻待宰的羔羊。

廉清清撇嘴說道：「看他一臉匪氣就知道不是好人。鈺哥哥不會還是赤手空拳上吧？」

沈鈺這次不含糊，轉身去兵器架拿了一柄紅纓長槍，丹年鬆了口氣，沈鈺那個瘋子要是再敢赤手空拳耍帥，她說什麼都要拖他下臺。

「還好，鈺哥哥選了長槍呢。我爹說槍乃兵器之王，戰場上最有用的武器就是槍了，鈺哥哥真是好眼光！」廉清清拍著胸脯笑道。

丹年眯著眼睛瞧了半晌，十分篤定地對廉清清說道：「他只是怕自己引以為傲的臉被那人砍破相了。」

其實看到沈鈺選了長槍，丹年便放心了。從她能走路開始，就看到沈立言天天訓練沈鈺用長槍，到了京城後，也曾聽閒言碎語說當年大將軍李通最擅長用槍，還自創一套槍法，不知傳給了誰。現在看來，當年李通定是傳給沈立言，沈立言又傳給了沈鈺。

拿起紅纓長槍的沈鈺頓時像換了個人一般，渾身充滿氣勢，長槍彷彿和他連成一體。對手剛開始看到沈鈺拿槍時還很不屑，等手忙腳亂地接了幾招，才頓覺不妙。

幾個回合之後，沈鈺輕鬆地卸掉了對手的長刀，那個落腮鬍子怨毒地看了沈鈺一眼，不甘心地抱拳下臺了。

此時，擂臺上只剩下沈鈺和最後一個人。

對手一身簡單的青衣布衫，年紀和沈鈺差不多，比笑起來有些痞痞的沈鈺更多了分書卷氣，他掛著溫和的笑意，手中持著一把精光四射的寶劍。

「那人是誰？」丹年問道。

「不認識，今年出現了好多新面孔啊！」廉清清打量了那人半天才說道。

丹年直覺這人不好對付，會咬人的狗不叫，他看上去一副溫和的模樣，但若真如外表那樣無害，又怎麼會進入決賽。

沈鈺朝那青年抱了抱拳，便揮起長槍發動攻勢。沈鈺是個進攻型的選手，遇到摸不清實力的人，退縮不是辦法。

見到沈鈺先發制人，那青年不慌不亂地提劍迎了上去。沈鈺的槍法大氣磅礴、氣勢逼人，那青年的劍法則是穩中有變、詭異非常。沈鈺幾次險些被那青年的劍刺中，都避了開來，直到最後，沈鈺以身體做餌，露出了左側一大片空檔，讓那青年一劍狠狠刺了過去。

廉清清驚叫一聲捂住了眼睛，丹年一顆心也提到了喉嚨，手不自覺地發抖，然而沈鈺最後一刻閃身避過，電光石火間，右手的長槍已然抵在那青年的咽喉上。

只是沈鈺沒能完全躲過劍鋒，他的左臂漸漸紅了一片，在白色袖子上甚是扎眼。沈鈺似乎沒意識到自己受了傷，勝負已成定局後，他撤下了自己的長槍，兩人笑咪咪地拱手行禮。

觀戰的眾人這才反應過來，丹年已經重重跌坐在地上，她實在是被嚇壞了。擂臺上的官員回過神來，趕緊敲鑼，高聲宣布沈鈺獲得了勝利。

還沒等丹年反應過來，廉清清便扯著她跪下來，原來結尾不是慶賀冠軍得主，而是要恭祝皇上喜得良才，還要再加上一句「吾皇萬歲萬歲萬萬歲」。

丹年看著周圍人的動作，依樣畫葫蘆地照做，等皇上離開，眾人才起身。

十幾年前初次見面時，沈鈺還是一個稚嫩的男孩，如今的沈鈺已經褪去了青澀的外衣，如同破鞘而出的寶劍，展露耀眼鋒利的光芒。她的哥哥，已經長成頂天立地的男子漢，開創了屬於他的時代。

廉清清激動得又是哭又是笑，丹年則是笑咪咪地拍著她的肩膀。

擂臺上的沈鈺成為所有人的焦點，皇上一走，立刻就有御醫上前去幫他包紮傷口，數不清的人湧上擂臺，爭相與沈鈺結交認識。

丹年則是扯著廉清清飛速溜出了校場，若沈鈺發現她扮成小廝偷偷來看他比武，還不知道會怎麼折騰、捉弄、報復她呢！

下午便是秋闈兩場文試，這兩場並沒有太大的懸念，本來文武雙全的人就少，參與考試的也只有武試第二輪勝出的五人而已。

文試方面，丹年並不擔心，沈鈺受傷的是左臂，看樣子不太嚴重，更何況寫字的是右手。

廉清清看完了比武，心滿意足地把丹年送到家門口就回去了，她已經迫不及待要和爹娘與爺爺講述沈鈺是多麼神勇了。

進屋後，丹年看著李慧娘與沈立言急切的眼神，連忙笑著安慰道：「沒事沒事，哥哥拿了武試第一，神勇著呢！」

待李慧娘放下心後，丹年才輕描淡寫地說了句。「不過最後一場比試時，哥哥被人用劍刺傷了左臂，流了點血，看上去不怎麼要緊。」

李慧娘本來放下的心又懸了起來。「都流血了，怎麼會不嚴重呢？這孩子，就不該讓他去考什麼武舉……」

沈立言拍了拍她的肩膀，安慰道：「阿鈺本來就是男子漢大丈夫，一點小傷而已，我們兒子怎麼會連這點小傷都挺不過去？」

李慧娘只得嘆了口氣，趕緊去準備晚飯，等待沈鈺回來。

等到天黑時，丹年家的門才被敲響了，丹年飛快地跑去開了門，門外正是笑意盎然的沈鈺。

丹年瞥了沈鈺綁著繃帶的左臂一眼，笑容不自覺地浮現在臉上。她環胸說道：「怎麼？我說吧，被人揍得都掛彩了！」

沈鈺用完好的右手用力摸了摸丹年的腦袋，笑道：「哥哥我是這麼沒用的人嗎？」

李慧娘和沈立言聽到聲音跑了出來，看到沈鈺受傷了，李慧娘的眼淚便開始往下掉，沈鈺哭笑不得地在三人的簇擁下往屋裡走去。

李慧娘絮絮叨叨地罵起了沈鈺。「怎麼這麼不小心呢？非要爭那個冠軍做什麼？」

沈鈺疑惑地問道：「怎麼我什麼都沒說，你們就知道我得了第一？」

丹年怕他再問出來什麼，連忙說道：「你回來之前，清清就來過了，說你拔得了頭籌呢！」又朝爹娘使了眼色。

李慧娘和沈立言見到了，連忙說廉清清那丫頭的確來過了。

沈鈺不相信地看了丹年一眼，只見她態度非常自然，絲毫沒有異狀。不過沈鈺向來覺得丹年撒謊已經到了面不改色且心不跳的地步，她表現得愈自然愈有鬼。

桌上的飯菜早就涼了，碧瑤和梅姨趕緊去熱了一遍，等大夥兒吃完後，便聽沈鈺詳細敘述今天擂臺上的事情。

待聽到最後一個使劍的好手時，沈立言摸著下巴深思了一會兒，不太確定地說道：「那個使劍的人可能是武將世家黃家的次子黃襄，黃家一門都是武藝好手，長子年紀輕輕就已經是禁衛軍統領了，次子則從小就跟師父在外遊歷。我聽同僚們說過，這次黃家的次子會來參加武舉，武狀元一定會是他。」

丹年想起廉清清說過的黃震，黃震的表弟張濤也參加了比武，看來黃家這次下了重本，把兒子和親戚都送過來參加武舉，原以為武狀元是他們家族的囊中之物，沒料到半路會殺出一個沈鈺。

李慧娘不禁有些憂慮。「相公，聽來那黃家勢力很大，如今阿鈺壓了他們家孩子一頭，會不會……」

沈立言拍了拍她的胳膊，安慰道：「黃家在朝中名聲還算不錯，聽說黃大人為人很是謙和，應該不會為了這點事就記恨阿鈺。」

丹年也勸慰道：「娘，京城裡那些大少爺懂什麼？紈袴弟子中出個會打架的也成了高手，遇到哥哥這種真材實料的自然就不行了，更何況還有兩場文試呢，哥哥也不一定能壓得過他們啊！」

李慧娘聞言才稍稍安下心來，她既想讓兒子高中狀元，又怕樹大招風，內心真是各種糾結。

就在沈鈺秋闈回來當天夜裡，一家四口輾轉反側，不能成眠。第二天，四個人眼皮酸澀地起了床，剛洗漱完畢，正圍在堂屋的小桌子上吃早飯，就聽見院門被敲響了。

碧瑤跑去開門，門外嗡嗡作響，像是很多人聚在一起的樣子，其中還不乏爭吵聲，類似「我先來的」、「我才是排你前面的」。

正當丹年摸不著頭緒時，碧瑤慌慌張張跑進來說道：「不好了！好多人堵在咱們家門口！」

丹年一驚，頓時睡意全無，沈立言和沈鈺對視了一眼，沈鈺便不動聲色拿起立在牆角的長槍，沈立言則起身去了院門口，還叮囑丹年與李慧娘、碧瑤躲進房裡去。

丹年忐忑不安地扶著李慧娘去了房間，沒多久，便聽到門口傳來沈立言爽快的笑聲，這才知道沒事了。

等她們出來一看，堂屋外面已經站滿了人，看打扮像是少爺、老爺、管事、小廝，各種人都有，他們臉上全都掛著諂媚的笑容，紛紛恭賀沈鈺武試奪了第一。

李慧娘笑得尷尬，丹年則乘機躲回了房間裡。

這群人看起來不像是大戶人家出來的，真正的世家公子和管事，就像雍國公世子和白仲、大皇子和金慎，甚至是蘇允軒和看起來有些吊兒郎當的林管事，骨子裡都透露出倨傲和優雅，這群人根本比不上。

丹年皺著眉頭，透過門簾悄悄觀察這群人。他們來這裡不光是恭祝沈鈺的吧，絕大部分人都忙著介紹自己，還有管事不停上前遞請帖，邀請沈立言父子去他們府上做客，院門外也不停有新的客人到訪。

沒多久，沈鈺就瞅了個空，偷偷鑽到丹年躲藏的房間裡，他一進門，抓起桌子上的茶壺便灌了起來。喝完水，沈鈺吁了口氣，用衣袖擦了擦嘴上殘留的水滴，朝丹年咧嘴一笑。

「喲，哥哥這是做什麼呢，活像被人追殺了好幾天似的。」丹年看著沈鈺狼狽的模樣，笑咪咪地嘲諷道。

沈鈺坐了下來，煞有介事地說道：「妳可沒見到外面那群人看妳哥哥的眼神，簡直如狼似虎，我這算是逃了出來。」

丹年用紗扇輕輕敲了敲沈鈺的肩頭，笑了起來。「我一直以為自家哥哥挺討女人喜歡，想不到連男人也……」

沈鈺一聽，臉一紅便怔住了。剛才他心直口快，沒想到讓丹年落了話柄。然而沈鈺可不甘心就這麼被丹年嘲諷，他拗著手指頭獰笑道：「小丫頭，幾天不收拾，妳就想上房揭瓦了！」

丹年慌忙丟掉紗扇，拿起桌子上放的雞毛撢子。打架？誰怕誰啊！丹年才不相信沈鈺敢揍自己。

沈立言推門而入時，就看到這副情景。兒子張牙舞爪地要撲上去，一副揍人的架勢；女兒也不甘示弱，舉著根雞毛撢子耀武揚威，兩人圍著房間裡的小桌子轉來轉去，他不禁大感頭痛。

「行了！看你們兩個，像什麼樣子，外人看到會怎麼說？」沈立言咳了一聲，板起臉來。

丹年一臉委屈，惡人先告狀。「爹，是哥哥先動手的！他昨天大概被人揍狠了，找人出氣呢！」

沈立言瞪了沈鈺一眼，沈鈺一副「我就知道結果是這樣」的臉色，滿不在乎地問道：

「爹，外面那群人都走了？」

沈立言嘆了口氣，說道：「都走了。我要碧瑤關好門，有人敲門就說主人不在。」

丹年也放鬆下來。「那些人爹都不認識吧？怎麼突然跑過來了，是因為哥哥的事嗎？」

「沒什麼要緊的，不過是見風使舵，見我武試奪得了頭籌，想來巴結一下罷了，過兩天就沒什麼人了。」沈鈺大度地擺了擺手。

沈立言聞言，又瞪了沈鈺一眼，訓斥道：「事情哪有那麼簡單，今天來的十個裡面有八個是來問你可有婚配，都是來提親的！」

「噗！」正在喝茶的丹年，很不給面子地直接噴出了一口茶。

沈鈺大吃一驚。「不會吧?!」

沈立言看著高大英俊的兒子，一時之間不知道該生氣還是該高興。

丹年笑過之後，回想一下剛剛來的那些人，問道：「爹，這些人的官階或地位應該都不高吧？」

沈立言點了點頭。「的確，都是四品以下的官員，大部分都是幫家中的庶女提親的。」

沈鈺對此沒什麼興趣，丹年卻看出了點門道。「這代表朝廷中真正的高官世家，對半路殺出來的哥哥還是抱著審慎的態度，並不急於籠絡我們。反倒是那些根基不深的人，才想著要和我們家聯姻。」

沈立言大感欣慰，好歹女兒很聰明。「不錯，阿鈺，秋收之前勒斥肯定還會出兵，若是你能取得個功名，到時候就要領兵去邊境了。」

剩下的意思不言而喻，去邊境打仗本身就是個風險極高的差，若是勝了自然皆大歡喜，若是殞身沙場，這個時候和沈家結親，白白賠了一個女兒進去，那些高門大戶人家算盤打得比誰都精，想到這裡，丹年心裡就酸澀無比。

過了兩日，來丹年家裡拜訪的客人只見多不見少，她索性躲在房間裡不出來，恢復米蟲般的生活。只不過，還未等她從沈鈺成為京城紅人的震驚中回過神來，一道聖旨下來，徹底把他們家推到了風口浪尖上。

聖旨的宣讀者是廉茂，他扯著嗓子喊出皇上對沈鈺的嘉獎。沈鈺武試第一，文試兩場也都是佼佼者，武狀元名號當之無愧。

丹年等一家人接過旨後便回了房間，廉茂現在看到丹年，嘴裡就泛上那天那盅茶的怪味道，臉上的表情極不自然，而丹年也懶得和他搭話，只是在心裡叨唸著：這老狐狸怎麼就養出了清清那麼單純的姑娘呢？

等廉茂離開，沈立言叫出躲在房間裡繡花、練字的李慧娘和丹年，說朝廷接到多處軍報，勒斥人已經出動了，派出多處中小規模的軍隊滋擾邊境，趁著秋收時節，燒殺搶掠。

丹年心頭一沈。「爹，皇上在這個節骨眼上封哥哥做武狀元，是不是要您和哥哥領兵去邊境？」

沈鈺文武都出色，肯定名列前茅，但是否真的是武狀元，除了皇上與主試者，根本沒人知道。若是想藉著封沈鈺為武狀元，好讓沈立言父子順理成章一起去賣命，丹年真的不知道他們家還能怎麼樣……

李慧娘一聽，長嘆了一聲，丹年聽見她的嘆息聲帶著顫抖，不禁越發心疼起這個娘親來了，連忙摟住她的胳膊安慰。

李慧娘拍了拍丹年的手。「你們去了沒關係，我只是擔心丹年，沒了父兄的照顧，大房還不是想怎麼樣就怎麼樣！」

沈立言一愣，還未說些什麼，丹年就搶先寬慰道：「娘，大伯父又不是皇上，哪能他想什麼就是什麼！我們一不吃他的，二不住他的，他有什麼資格要我做這個、做那個？上次是我們還念著親戚的情面，現在他知道我們不是軟柿子，哪裡還敢再有什麼不三不四的想法，除非他不要顏面了！」

李慧娘一想起沈立非那人平日最重視的就是顏面，常以文人雅士自居，想來也不會做出什麼沒皮沒臉的蠢事，便稍稍放下了心。

丹年見李慧娘鬆了口氣，就悄悄在心裡盤算起買房的事情。李慧娘不懂生意，若是以後連自己也有了不測，至少要留給她自己的房子，最好還有些田產，再加上小石頭和碧瑤的照顧，她後半生也算有了保障。

沈立言和沈鈺不知道丹年心中的盤算，按照廉茂的說法，沈鈺明日就要去兵部熟悉一下軍隊種種事務，接受幾位兵部官員的訓話，為將來面見皇上做準備。

第五十章　促膝談心

自從廉茂來了之後，風向似乎立刻轉變，原先熱鬧如集市的丹年家，突然變得門可羅雀。李慧娘前幾日還拿著那些人送來的閨女畫像細細查看，甚至拉著丹年給意見，想要挑一個合心意的兒媳婦，如今看這樣光景，她也只得感慨人情冷暖、世態炎涼。

丹年將鋪在桌子上的畫像一一收了起來，勸慰道：「娘，您別太操心了，哥哥此去若是能立功回來，還愁沒有姑娘願意嫁給保家衛國的英雄嗎？更何況，現在這些來提親的，不過是看中了武狀元的風光，有幾個人是真心看中哥哥的人，想和我們家結親的呢？」

李慧娘長嘆道：「這個道理我清楚，可眼見妳哥哥都要二十歲了，妳爹像他這麼大時，妳哥哥都出生了，我這做娘的也是著急啊！」

丹年只是嘻嘻笑著不回話，李慧娘看丹年的樣子，突然板起臉色說道：「娘知道妳和廉小姐走得近，可她和妳哥哥的事情，妳可不能參與。看他們家的態度，成功的希望不大，妳不要瞎攪和，壞了人家姑娘的名聲！」

丹年吐了吐舌頭，連聲稱是，只是怕人家廉清清巴不得壞了名聲，好乘機嫁給沈鈺呢！

沒多久，沈鈺就在沈立言和眾多兵部官員陪同下，覲見了皇上。

回來以後，面對李慧娘和丹年的詢問，沈鈺只是笑咪咪地說皇上封他和父親為征夷副統領，只等兵馬調度完畢後出征。

丹年有些好奇。「為什麼是副統領？打仗不是你們兩人指揮嗎？」

沈鈺朝皇宮的方向揚了揚下巴。「統領是兵部侍郎，監軍是司禮太監唐礫。」

丹年一聽是太監當監軍，頓時感到頭皮發麻。前世的她歷史書沒少看，明代有名的土木堡戰役，明軍就是敗在監軍太監王振手裡。

「哥，你一定要提防那監軍太監啊，跟太監扯上關係的都沒什麼好事！」丹年憤憤地說道。

沈鈺笑道：「我今天見過唐公公，一把年紀了，他年輕時跟在先帝身邊，也做過監軍，歷經了三朝，很得皇室信任，想必不是什麼無能之輩。」

丹年只得點點頭，再次提醒沈鈺要當心。沈鈺應下以後，就抱了一大堆卷宗去了書房，這些東西他要趕在出征前看完。

沈鈺離開後，丹年鋪開紙筆練字，一顆心卻無論如何也平靜不下來，連寫了幾張都不滿意，煩得把紙揉成一團扔掉，不一會兒桌腳就堆積了好幾個廢棄的紙團。看到丹年眉頭緊鎖，碧瑤也不敢多說什麼，輕手輕腳地溜出去找李慧娘繡花聊天去了。

吃過午飯，碧瑤就過來說廉清清來了。丹年一聽，手中的筆便不受控制地拐了個彎。

丹年嘆了口氣，再度將紙揉成一團扔掉。她心情已經夠亂了，廉清清來肯定是為了沈鈺的事情，可現在真的不是談婚論嫁的時候啊……

丹年匆匆收拾了一下房間，喊道：「讓她進來吧。」

碧瑤應聲而去，沒多久，一身水藍色衣裙的廉清清風一般地跑進了丹年的房間。

廉清清今日並未化妝，小臉上一點血色也沒有，頭髮只是簡單地綰了個髻，插上一支白玉簪子，整個人看起來文靜了不少。

看到丹年站在房間裡，廉清清顧不得多說，上前便抓住了丹年的胳膊，問道：「丹年，鈺哥哥是不是又要出征了？」

丹年嘆口氣，點了點頭。

「我要去見他！」廉清清擦了擦泛紅的眼睛，堅定地說道。

丹年不動聲色地擦去了腦門上的一滴汗。姑娘啊，我哥還好好活著呢，妳別搞得跟見最後一面似的，太不吉利了！

丹年輕輕搖了搖頭，指了指書房。「我哥在書房，妳自己過去吧。」

有些話丹年不方便當面聽，更何況，李慧娘也嚴厲警告過她不許插手這件事情。

見廉清清跑去了書房，丹年慢吞吞地貼著牆角跟在後面，並蹲在書房外間的窗戶底下。她是不方面當面聽兩人說話，可這並不妨礙她偷聽啊！

只聽見廉清清帶著哭腔喊道：「鈺哥哥，你去我家提親好不好？」

丹年大吃一驚，廉清清也太直接了吧！

過了半晌，沈鈺才用淡淡的語氣回了話。「廉小姐莫要說笑。」

廉清清哭了起來。「上次的事情是我不好，你別生我的氣，你馬上就要去邊境了，若是……我不想留下遺憾，我真的很喜歡你！」

丹年聽到「啪」的一聲，似是摔書的聲音，繼而傳來沈鈺飽含怒火的斥責聲。「妳喜歡？妳喜歡我，我就得娶妳嗎？你們廉家果然是家大勢大！」

廉清清嚇了一跳，連忙解釋道：「我不是這個意思啊……」

沈鈺嘆了口氣，用哄小孩子的語氣說道：「廉小姐，妳先回家去吧，等我從邊境回來，再說其他的事情，好不好？」

丹年鬆了口氣，沈鈺這樣算是退了很大一步了，只希望廉清清不要犯傻，別再重蹈上一次的覆轍。

哪知廉清清這會兒卻犯起了牛脾氣。「不好！誰知道你什麼時候回來？萬一你……反正不好！現在就訂下來，我爹娘那邊我去說！」

沈鈺耐著性子跟她講道理。「廉小姐，婚姻是大事，不是妳願意，妳父母就會同意的。妳還小，京城中滿是人中龍鳳，說不定我走之後妳就會碰到更合妳心意的，何必為了我而耽誤？」

廉清清嗚咽了起來。「他們一個個油頭粉面的，要不就是心裡拐著幾道彎，說話都包著幾十層意思，他們哪裡比得上你……」

「廉小姐。」沈鈺加重了語氣。「勒斥的新大汗已經繼位了，比原來的大汗更有野心，他現在一門心思想要入侵大昭，把大昭的良田變成勒斥的草原。我既是大昭子民，就不能坐視大昭淪陷；更何況，我母親和丹年還需要我的保護，我若是耽於兒女情長，如何在戰場上有所作為？」

廉清清抽了抽鼻子。「說到底，你就是不願意娶我。」

其實廉清清還省去了一些話沒說，若不是有那個口頭婚約在身，大昭那麼多千金貴女，她一個粗魯又不通文墨的女孩，如何能入沈鈺的眼？

沈鈺耐心告罄，說道：「廉小姐，妳還是回去吧，上次我說得很清楚了，婚姻不是兒戲。我還要看些東西，妳還是回家去過妳的大小姐生活吧，我們是兩個世界的人！」

丹年聽不下去了。沈鈺說得沒錯，廉清清是個年輕漂亮的女孩，家世又好，找一個門當戶對的貴公子不是問題。她嘆了口氣，悄悄起身回去自己的房間。

過沒多久，丹年就看到廉清清來找她，她睫毛上掛著淚珠，漂亮的小臉蛋慘白，看起來像是風雨中的蘭花一般。

廉清清抓住丹年的手，不屈不撓地說：「丹年，妳說，為什麼鈺哥哥不喜歡我？」

丹年拍了拍廉清清的肩膀。「我哥只是怕自己配不上妳。」除此之外，丹年實在不知道該如何安慰她。

廉清清一聽火氣就上來了，也不管丹年是相熟的好友，連珠炮似地嚷了起來。「你們一家人都是一個模子裡造出來的，什麼怕配不上我？你們沈家人個個都驕傲得不得了，還會怕這個？分明就是看不上我！」

丹年看著廉清清氣鼓鼓的小臉，笑著說道：「妳看妳，我才說一句，妳就回了我這麼多句話，倒讓我不知道該怎麼說了。」

她仔細看了看廉清清的臉色，見她沒剛剛那麼生氣了，斟酌了一下，才緩緩說道：「其實，我也不大贊成妳和我哥哥在一起。」

廉清清不敢置信地抬頭看著丹年，淚水迅速湧出了眼眶。「為什麼？我們不是好朋友嗎？連妳也不喜歡我?!」

丹年掏出絲帕幫廉清清擦了擦眼淚，一臉認真地說道：「正是因為我們是好朋友。我喜歡妳，才不願意妳這個時候來做我的嫂子。」

廉清清聽到丹年的話，稍稍放下了心，抽噎道：「那為什麼？我爹娘也挺喜歡鈺哥哥，不會不同意的。」

丹年拉著廉清清坐下。「我哥即將出征，未來如何誰都不能預料，將來他萬一有個什麼……妳是我今生最好的朋友，我真心希望我們成為一家人，但我不能讓妳冒著當望門寡的風險，讓妳的大好年華在黯淡孤獨中度過。」

廉清清剛止住的眼淚又湧了出來。「我不怕，我願意，我……」

丹年搖了搖手。「妳若真的喜歡我哥、喜歡我，那就依我一件事。」

廉清清愣了一下，下意識地說道：「什麼事？我都依妳。」

「我哥回來之前，不要讓任何人知道妳喜歡我哥。若是我哥能平安回來，我一定會幫妳；若是我哥……妳就按照妳爹娘的意思，嫁個好人家，過自己的好日子！」丹年說道。

廉清清抱著丹年嚎啕大哭起來。「好、好，我知道……」

丹年內心也難過不已，沈鈺這小子真是哪來的福氣啊？平日看起來沒個正經，只有一張臉能看，怎麼會有廉清清這樣單純善良又死心眼的女孩看上他呢？

除去那個口頭婚約不說，廉清清看上沈鈺時，他還只是一個默默無名的舉人，無錢無權，後來再來提親的，無非是看中了他的前途。如果有廉清清這樣毫無保留愛著他的妻子，那是沈鈺的造化。

未來的事誰都說不準，如果沈鈺能平安回來，他又願意接納廉清清，那就好了……

連著下了好幾日秋雨，等天氣終於放晴，丹年便戴了紗帽和碧瑤去了馥芳閣。見小石頭正在招呼客人，丹年朝他微微點了一下頭，就進了後面的房間，取了帳本細細查看。

正當丹年想事情想入神時，碧瑤掀開門簾進來了，她急促地跑到丹年身邊，輕聲說道：「小姐，大皇子殿下好像來了！」

丹年一驚，問道：「妳看錯了吧？」

碧瑤著急地說：「我這輩子就見過那麼一個殿下，哪會認錯啊！」

丹年沈吟了片刻，對碧瑤問道：「殿下進來後有什麼行動嗎？」

碧瑤回想了一下。「就和普通客人一樣，問馮大哥香料什麼的，我也是瞥了一眼，才發現居然是殿下。」

丹年心中有了計較，她指了指門外，輕聲說道：「妳去請殿下進來，再泡壺好茶送過來。」

然而還未等碧瑤出去，丹年就叫住了她。她戴上紗帽說道：「我親自去請殿下吧。」

小石頭正在對一群人講解香料，人群中央正是一身月白色錦袍的大皇子，他掛著溫柔和煦的笑容，手裡的摺扇不住輕輕敲擊著掌心。

等到小石頭說完，大皇子轉過身，看到戴著紗帽的丹年，便朝她笑了一下。

丹年上前行了個禮，有些結巴地告罪道：「不知道殿下來訪，未能遠迎，還望殿下恕罪。後面的房間還算乾淨，請殿下過去稍坐。」

大皇子看著丹年緊張的模樣，笑了笑，聲音裡有種天然的安撫力量。「丹年不要慌張，孤今天只是出來散散心，沒想到就走到這裡來了。」

丹年鬆了口氣，朝碧瑤擺了擺手，要她去泡茶。

大皇子吩咐金慎在鋪子門口守著，便跟著丹年進了房間，周圍的隨從立刻不動聲色地把守在房間門口。

丹年進入房間後便摘下了紗帽，大皇子見狀，笑道：「原以為丹年行事不拘小節，沒想到兩次在這裡見面，妳都戴著紗帽。」

丹年有些臉紅。「這個，丹年不為自己想，也要為爹娘與兄長著想，畢竟這裡是京城……」

大皇子見丹年認真起來，連忙擺手道：「孤這只是玩笑話，丹年可不要當真！」

丹年無意間看到大皇子的手，發現瘦了不少，骨節突出，幾乎看不到血色，右手拇指上的扳指也鬆了許多，擔憂的話語不禁脫口而出。「殿下為何不注意一下身體？」

大皇子微微有些吃驚。「喔？」

丹年覺得自己有些唐突，訥訥道：「身體是做事的本錢，若是身體不行，豈不是做什麼都沒希望了？」

大皇子莞爾道：「這種說法真是新奇，不過頗有道理。」

丹年見他並不在意，鬆了口氣，笑道：「丹年說不出什麼高深的道理，讓殿下見笑了。」

此時碧瑤送了茶水進來，丹年連忙幫大皇子倒了一盅。

大皇子接過茶盅，揭開蓋子聞了一下。「不是薄荷茶？」

丹年笑道：「薄荷茶是在家裡自己喝的，殿下是貴客，來了這裡自然要上好茶招待。」

大皇子細細嗅了一下，讚道：「茶不錯。」

丹年見大皇子神情還算滿意，微微放下了心。其實丹年很清楚，在皇宮中什麼樣的好茶沒見過？如今只怕是為了寬她的心才這麼說的。

大皇子微微啜了口茶，便將茶盅放到桌上，接著凝望著茶盅上方的水霧發愣，丹年則謹慎小心地坐在一旁，一時之間兩人竟無話可說。

「我小時候也常喝薄荷茶。」大皇子忽然開口了，丹年敏銳地注意到，他不再自稱「孤」，改成了普通的自稱「我」。

看到丹年吃驚的眼神，大皇子溫和地笑了笑，沒一點架子。「妳應該也聽說過，我的生母只是一名普通的宮女。我小的時候，母親會採薄荷葉泡水給我喝，還會哄我說喝了薄荷水，身體便不熱了。」

丹年看著大皇子眼神溫柔，注視著裊裊上升的水霧，心中湧起了一陣同情。

這個人對他的生母該是多麼依戀啊！他小小年紀便失去了母親，隻身生活在局勢險惡的皇宮，還要面對時時刻刻想毀了他的皇后和雍國公一家。

「天氣熱的時候，中午母親洗完了衣服，會拿大木盆曬一大盆水，把薄荷葉泡進去。下午水曬熱了，母親就會幫我洗一個薄荷澡，等到晚上睡覺時，身上還有清涼的薄荷味道。」大皇子說話時，臉上還帶著幸福的微笑。

丹年愣愣的，不知道該如何安慰他，因為那個全心全意愛著他、幫他洗澡、為他泡薄荷茶的溫柔女子早已不在了。

「說了這些，真是讓妳見笑了。」大皇子回過神來，有些不好意思地笑道。

「不會。我只是覺得，能有這樣的母親，是殿下的幸運。」丹年想了一下，輕聲回答道。

「幸運？可惜這種幸運只持續了八年……」大皇子喃喃說道。

「殿下，有人說過，不在乎天長地久，只在乎曾經擁有。雖然只有短短的八年，可您有那麼全心全意愛著您、處處為您著想的母親。儘管她已不在人世，可好人終歸有好報，也許她已轉世，重啟全新的人生；也許她還在天上，靜靜注視著您。」

大皇子面前的茶盅早已沒了熱氣，良久以後，才傳來他的苦笑聲。「真是如此嗎？」

丹年不敢遲疑，重重點頭道：「殿下的母親如此愛您，老天一定會善待她的！」

「可是……我連母親的長相都記不清楚了，只記得她頭髮又黑又長，總是梳著兩條大辮子垂在前面，其餘的都忘了。」大皇子嘆道。

「殿下記不得您母親的容貌，卻記得她對您的疼愛，對她來說，這樣已經很足夠了。」丹年輕聲勸慰道。

大皇子微微一笑，眼神溫柔地看向丹年，丹年慌忙低下了頭，她隱約覺得，經過這次談心，大皇子看她的眼神似乎有些不一樣了……

——未完，待續，請看文創風201《年華似錦》3

穿越時空／靈魂重生／政治鬥爭／婚姻經營之奇情佳品！

生動靈活、別具巧思／天然宅

年華似錦

全套四冊

多年前死裡逃生，只求平安度過下半輩子；
多年後風口浪尖，不想出頭卻是身不由己。
看她勇於抵抗命運，努力爭取幸福，活出一番錦繡人生！

文創風 199 1

這這這……這到底是穿越重生，還是重新投胎啊？!
丹華意識到自己變成小嬰兒，誕生在一個讓人感到陌生的地方，
在她只會哇哇大哭，還沒能真正弄清楚情況之前，
她的親爹突然抱著一個小男嬰回來，說他是當朝太子的遺孤，
要交換他們兩個人的身分，讓她這個親生女兒代替他去死！
就在丹華絕望地以為這次她真的得跟世界告別之際，
幸得忠君之士不顧危險救了她，並賦予她新身分——沈丹年。
之後沈氏一家借守喪之名遠離皇都，回到家鄉當起農戶，
雖然族人、鄰居不乏好事者，甚至還有人強占他們家的土地，
但她這個靈魂成熟的小女娃可不會讓這些人好過！

文創風 200 2

為了早日掙脫牢籠般的生活，又掛心養父與哥哥的安危，
丹年前去「威脅」親爹與那個太子遺孤，取得援助糧草的承諾，
甚至單槍匹馬前往遙遠的邊境，更深入敵營打探軍情，
遭到軟禁不說，還被挾持著逃命，換來一身傷。
雖然最後大昭打了勝仗，丹年一家也在外面另外找到住處，
然而她內心深處的願望卻落空了——
他們還得繼續待在京城，只因兩國之間的戰爭尚未完全結束，
養父與哥哥隨時都要準備好再上戰場賣命！

文創風 201 3

丹年就知道狗改不了吃屎，壞到骨子裡的人就是學不乖！
當初在家鄉欺負他們的族人，聽她養父與哥哥封了官受了賞，
竟厚著臉皮求她收容，實則想藉機揩油，好在京城橫著走；
而跟她討厭的堂姊一掛的蠢女人，則把腦筋動到她哥哥身上，
妄想藉機獻藝，再求得皇上賜婚，好成全一段「佳話」！
幸虧她明察秋毫，不但粉碎他們的野心，更一雪前恥，
在皇宮內大出風頭，讓眾人眼前一亮，刮目相看。
只可惜，她這麼做還是不足以杜絕某些人的癡心妄想，
看到那個笨蛋太子遺孤呆呆中了迷香，差點被人拉去「快活」，
還一副飄飄然、不明所以的模樣，她就氣得頭發暈！

文創風 202 4 完

就說她跟他一點關係也沒有，怎麼就是沒人相信呢？!
丹年很頭大地發現，古代八卦人士與狗仔隊的功力相當了得，
非但大肆渲染他們交往的「事實」，還把案情形容得很不單純，
不管她怎麼澄清，就是沒有人做出「更正報導」。
這下可好，以前追求過她或對她有意的人全翻了臉不說，
太子遺孤先生更正大光明地以另一半的身分自居，
不僅把她當成所有物，還對她毛手毛腳，簡直色情狂！
偏偏一波未平一波又起，新皇登基後想穩固治理根基也就罷了，
竟還把主意打到丹年這輩子最關心的人身上——
身處遠方的哥哥被陰謀算計，心愛的死對頭更是動輒得咎……

現代剩女穿越到古代農村，反而意外拾得好丈夫！

妙語輕巧，活潑悠然／于隱

在稼從夫

全套三冊

既然是半路出家、不善農活的莊稼人，乾脆就另謀出路經營買賣，
這頭喬好內宅婆媳妯娌關係，那頭應對地痞惡吏、朝廷徵兵，
看她如何巧施機智處理得順順當當，
不僅將農村小日子過得有滋有味，且能帶著全家奔小康……

文創風 196 1

已屆現代剩女標準的蘇瑾，在雷雨天被逼著出門相親已夠無奈，
沒想到還意外穿越到古代農村裡成為十五歲的何小茹，
且醒來隔日直接被人抬上大紅花轎作了新嫁娘，
幸好這素未謀面的相公方澤生原是一介讀書人，並非大老粗一枚。
在這男尊女卑的社會裡，女子遇人不淑的苦楚往往只能往肚裡吞，
上天卻讓她撿到這麼個好丈夫，不僅會下庖廚、知冷知熱地呵護她，
而且經過她一番調教之後，儼然是古代新好男人的典範！
美中不足的是，兩人皆為半路出家、投筆從「農」的半吊子莊稼人，
且說早起不外乎先解決開門七件事「柴米油鹽醬醋茶」，
平日還要喬好婆媳妯娌關係，甚至得應對地痞惡吏、朝廷徵兵等事，
不過，來自現代的她也非省油的燈，遇上難事總能轉危為安，
而一次市集遷址的契機，使她萌生在自家村裡經營雜貨鋪子的打算，
決心要讓往後的農村小日子過得更紅紅火火……

文創風 197 2

她協助丈夫將鋪子的營運上軌道，本想多過幾年小倆口的甜蜜生活，
然而「鴻孕」當頭，繼長嫂有孕，她也跟著懷上，且還是雙生兒。
本是雙喜臨門，可嫂子產後總為小事鬧騰，婆媳妯娌關係也日益緊張，
所幸在她的機智下終於化解每日一鬧的難題，讓日子回歸和睦了，
誰知，今年又遭逢蝗蟲天災，一下子將原先計劃給徹底翻盤……
她轉念一想，危機就是轉機，於是擴展鋪子生意至外地收購米糧，
既解救村內糧荒的燃眉之急，也因為洞察機先而發家致富……
也不知上天是否刻意捉弄人，或是忌妒人享福過了頭，
鄰縣忽然傳出會引人致死的傳染病——天花，
不僅從外縣返家的丈夫疑似出現病徵，連孩子們也無一倖免，
難不成她現今所擁有的幸福美滿，老天爺將要盡數收回？

文創風 198 3 完

如今盼來好光景，一躍成為村裡首富，原以為日子會過得更恩愛甚篤，
未料，於衣服上發現老公出軌痕跡一事，竟如實在古代上演！
無瑕的愛情在現代已不復存，更遑論將三妻四妾視為常態的古代？
當她把心一橫挑起冷戰，丈夫卻使出渾身解數，依然如故地待她好，
若非一場惡賊擄人風波所引發的誤會，
讓她見著丈夫的本心與深情，兩人才終於前嫌盡釋。
沒想到她一個不小心，言行露了餡，令丈夫當場疑心大起，
眼看著這形勢想要圓謊似乎是難如登天了……
可一思及自己來自現代時空的秘密一旦揭穿，
丈夫究竟會待她一如既往，情比堅貞地白頭相守下去；
還是原本不離不棄的夫妻情義會就此起變化，甚而轉瞬消逝……

好評滿分·經典必讀佳作　描情寫境，深入人心

董無淵　真情至性代表作

嫡策

全套六冊

至親的冷血相待，摯愛的殘酷背叛，
磨光了她敢愛敢恨、稜稜角角的性子。
重生而來，看透世情人心之餘，
她再不要被情愛蒙蔽了心眼，絕不再白活一遭……

文創風 190 1

一個侯門千金前世死乞白賴嫁給心不在自己身上的男人，
死去活來重生之後，她不再是那個敢愛敢恨的自己，
這一世她看透了、心寬了，只想好好活下去……

文創風 191 2

她又一次失去了母親，再一次失去了這個世間最愛護她的人。
既然父親冷血逼死了母親，生養她的賀家無情逼迫著她，
要想血債血償，她得想盡辦法先逃離這背棄她的家……

文創風 192 3

父親的冷情自私、祖母的硬心捨棄，讓她的心也狠了起來，
在皇后姨母的庇護下，一步步精心設計，讓仇敵自食惡果，
卻也讓她懷疑起為了愛連命都捨了，值得嗎？

文創風 193 4

她喜歡六皇子，就在他說他想娶她之後，
原本搖擺不定的一顆心終於落到了實處。
前世被愛傷透的她還是喜歡上他了，
就因為他願意承擔起娶她的一切後果……

文創風 194 5

她願意信任六皇子。
從痛苦死去，到懷著希望活過來，
再到眼睜睜地看著母親飲鴆而去，
再到現在……明天，她就要幸福地，
滿心揣著小娘子情懷地去嫁他……

文創風 195 6 完

六皇子說：「我們爭的是命，老天爺把我們放在這個位置，
要想自己、身邊人活命，就要爭。等爭到了，妳我皆要勿忘初心。」
她何其有幸遇見這個男人，值得用心去爭……

為流浪貓狗加油

和貓寶貝　狗寶貝

廝守終生(一定要終生喔！)的幸福機會

對人來說，貓寶貝狗寶貝只是生活的一部分，但妳(你)對牠們來說，卻是生活的全部，領養前請一定要考慮清楚——

▲ 小黑黑巴比找新家

性　　別：男生

品　　種：米克斯

年　　紀：1～2歲

個　　性：親人溫和

健康狀況：已結紮、植入晶片，完成注射年度三劑疫苗。

目前住所：新北市淡水區

本期資料來源：http://blog.xuite.net/andreacorleno/wretch

第232期推薦寵物情人

『巴比』的故事：

大家好！我的名字叫巴比，小黑黑是我的小名，目前已經一歲多了，把拔將我照顧得很好，現在的我健康又活潑，喜歡和把拔出去玩，也愛和其他哥哥姊姊、狗狗們打成一片，臉書上有人稱我為英俊的黑狗兄，讓我都很不好意思呢！

小時候，我在外流浪好些日子卻受了傷，以為再也沒力氣去欣賞這個世界時，所幸在去年夏天，把拔遇見我，將昏倒在草叢中的我救起並送醫急救。當時我因腦部受創，常常嗜睡，容易躁動不安，甚至有嘔吐、抽搐，平衡感失調等症狀，情況不是很好，所以幾度在鬼門關外徘徊，但把拔不辭辛勞在一旁為我打氣加油，所以我告訴自己一定要活下來，好好感謝並報答他。

在醫院待了近兩個月，我恢復健康。而把拔因有其他狗狗要照顧，所以開始幫我尋找新家，在等待被認養的期間，我與其他狗狗們生活在一起，牠們都對我很好，也很照顧我。可小時候因為太皮了，我常常咬壞網路線及電線，還好把拔沒有生氣，並且給我一根兩倍滿足感超耐咬的雞筋，讓我磨磨牙，度過很快樂的時光。

我喜歡和人相處，個性隨和溫柔，雖然小時候我很調皮，但把拔有耐心地教我，現在的我已經不會隨意吠叫，不但聽得懂「坐下口令」，還會乘坐機車喔！看完我的故事，喜歡我的把拔或馬麻們，歡迎來信至andreacorleno@gmail.com，別忘了在信件標題註明「我想認養巴比」，給我一個家～～

另外，想知道更多關於我的故事，歡迎到http://blog.xuite.net/andreacorleno/wretch把拔的部落格看喔！

認養資格：

1. 須年滿20歲，有穩定收入及家人同意，租屋者須獲得室友及房東同意。
2. 須同意絕育。
3. 須同意簽訂愛心認養切結書，出示身分文件。
4. 須同意接受送養人日後之追蹤探訪。
5. 謝絕學生情侶、寄養於工廠、放養方式。

來信請說明：

a. 個人基本資料：姓名、性別、年齡、家庭狀況、職業與經濟來源等。
b. 想認養「巴比」的理由。
c. 過去養寵物的經驗，及簡介一下您的飼養環境。
d. 若未來有當兵、結婚、懷孕、畢業、出國或搬家等計劃，將如何安置「巴比」？

年華似錦 2

國家圖書館出版品預行編目資料

年華似錦 / 天然宅著. --
初版. -- 臺北市 : 狗屋, 民103.07
冊 ; 公分. --（文創風）
ISBN 978-986-328-319-5（第2冊 : 平裝）. --

857.7　　　103011066

著作者	天然宅
編輯	連宓均
校對	沈毓萍　王冠之
發行所	狗屋出版社有限公司
地址	台北市104中山區龍江路71巷15號1樓
電話	02-2776-5889～0
發行字號	局版台業字845號
法律顧問	蕭雄淋律師
總經銷	知遠文化事業有限公司
電話	02-2664-8800
初版	103年7月
國際書碼	ISBN-13　978-986-328-319-5
原著書名	《锦绣丹华》，由創世中文網（chuangshi.qq.com）授權出版

定價250元

狗屋劃撥帳號：19001626

網址：love.doghouse.com.tw　E-mail：love@doghouse.com.tw